说唱文化（宝丰）生态保护区系列丛书

俊青 江国鹏 主编
乔双锁 演唱

马街书会长篇大书选（二）

美人洞

南方出版社
·海口·

图书在版编目（CIP）数据

马街书会长篇大书选.二,美人洞/申红霞,曹俊青,江国鹏主编.—海口：南方出版社,2022.2
（说唱文化（宝丰）生态保护区系列丛书）
ISBN 978-7-5501-7447-4

Ⅰ.①马… Ⅱ.①申… ②曹… ③江… Ⅲ.①曲艺－唱词－宝丰县－选集 Ⅳ.①I239

中国版本图书馆CIP数据核字（2022）第029343号

MAJIE SHUHUI CHANGPIAN DASHUXUAN（ER）MEIRENDONG
马街书会长篇大书选（二）美人洞

主　　编	申红霞　曹俊青　江国鹏
责任编辑	张淑娜
出版发行	南方出版社
社　　址	海南省海口市和平大道70号
邮　　编	570208
电　　话	0898-66160822
传　　真	0898-66160830
印　　刷	河南省环发印务有限公司
开　　本	710毫米×1010毫米　1/16
印　　张	12
字　　数	173千
版　　次	2022年2月第1版
印　　次	2022年2月第1次印刷
印　　数	1—3055册
定　　价	52.00元

版权所有　盗版必究

说唱文化（宝丰）生态保护区系列丛书编委会

主　任：申红霞
副主任：杨淑祯
委　员：曹俊青　江国鹏　周博雅　杨东熹
　　　　郭敬伟　樊玉生　徐九才　潘运明

前 言
PREFACE

"会听书向那××城（路）观看，只见……"

在传统中长篇大书的开场词中，书帽说完，往往用这样的话引故事中的人物出场。接着，说书人对出场人物要描述一番。俗话说："唱戏的腿，说书的嘴。"说书人绘声绘色、铿锵有力的开场白，会立刻使观众进入故事情节中。

这样的故事，十天半月都讲不完。当然，说书人说书的场次往往是一到两个小时为一场。观众要想完整听完一部书，就要有耐心。一是要一场不落地到说书场地听书，二是要跟着说书人或唱或表进入故事中，体会人物的喜怒哀乐、忠奸善恶。

在河南省平顶山市宝丰县马街书会上，能表演中长篇大书的说书人比比皆是。被"写走"的说书人大都能演唱多部长篇大书。这些中长篇大书，歌颂真善美，鞭挞假恶丑。或警醒世人，或赞美忠良，或弘扬孝道，内容多样，但是传递的都是正能量，都是教化人、启蒙人的好教材。

中长篇大书共同的艺术特色是情节曲折、引人入胜，回回相扣、余味无穷，人物众多、性格鲜明。一朝听书，终生难忘。

共同的语言特色是生动形象、接地气。有古白话，有乡村俚语，经过说书人的加工，听起来优美动听，凝结着浓浓的乡愁。

说书还有一个特点，就是有了"梁子"，说书人可以加工、再创作。这给说书人一个自由发挥的空间。既能显示说书人的创作能力、艺术水平，也能使说书人根据表演场景加入时代精神。

中长篇大书有这些特点，所以深受群众欢迎。但是，随着时代发展，生活节奏的加快，人们没有时间坐下细听慢品长篇大书述说的故事哲理，说书人一肚子的故事逐渐被尘封。非物质文化遗产保护工作，把中长篇大书的保护提上了重要议事日程。搜集、整理，记录、保存，传承、传播，我们非遗工作者责无旁贷。

本次出版的《马街书会长篇大书选（二）美人洞》，属于国家级说唱文化（宝丰）生态保护区系列丛书，也是马街书会2003年书状元、河南坠子民间艺人乔双锁经常演唱的书目。

但愿此书的出版能开启保护民间中长篇大书的先河，使更多人士重视中长篇大书的保护。

目 录
CONTENTS

第 一 回　　陶文斌花园结良缘　　/1
第 二 回　　陶文斌扒墓救赛花　　/17
第 三 回　　陶文斌误入美人洞　　/30
第 四 回　　长眉仙暗助陶文斌　　/42
第 五 回　　玉面仙魔法魇杭州　　/55
第 六 回　　试文斌玉面姑现形　　/68
第 七 回　　假表弟巧遇真表兄　　/80
第 八 回　　陶文灿遭难落枯井　　/94
第 九 回　　陶文灿当宝救凤驾　　/111
第 十 回　　寻英雄豪杰齐出动　　/128
第十一回　　陶文灿巧遇陈侠姑　　/141
第十二回　　贼刁龙诓骗雷万鹏　　/164

第一回　陶文斌花园结良缘

开书无闲言。今天咱们一不唱《五代残唐》，二不表《三国演义》，我给同志们献上一部长篇大书《美人洞》。一不唱头，二不唱尾，热闹中间选上一回。这部书发生在大明朝万历皇帝年间。话说大明朝万历皇帝驾前，有一家干国忠良，名叫陶彦山，官拜兵部大司马。这个陶老大人在朝居官清正，一清如水，两袖清风，爱民如子。谁料想得罪了掌朝太师名叫闫琦！这个闫琦呀和他的女儿西宫娘娘闫汉莲定了一计，把兵部大司马陶彦山全家三百三十零三口绑缚法场开刀枭首。当时逃走了陶彦山的两个儿子，长子陶文灿，次子陶文斌。不知道陶文灿逃往何处，单说陶文斌被一阵狂风刮离法场。大风息住落在溜平，陶文斌睁眼一看："啊？我咋跑到人家后花园里来啦，这是谁家的后花园啊？"谁家的后花园？这个花园的园主姓王名灿，人送外号"金刀王灿"。王灿在朝奉君，官拜镇京总兵之职。且说王灿年过花甲乏嗣无后，跟前所生一个独生女儿名叫王素珍。这个姑娘王素珍年过二九一十八岁，千娇百媚，如花似玉；琴棋书画，诗词歌赋，样样精通；长拳短打，马上步下，三韬六略，十八般兵器，无有不会。却说大姑娘王素珍今天在楼上坐得心焦闷倦，但见她香腮带笑，杏眼含情，轻启朱唇，慢吐莺声："丫鬟过来。"丫鬟春花走上前去："伺候姑娘。""不用伺候。春花，今天姑娘在楼上坐得心焦闷倦，一心想去花园观花赏景。去，你给我打一盆洗脸水来，待姑娘梳洗梳洗，打扮打扮，好去游园散心。""是！"丫鬟春花不敢怠慢，款动仆莲，下得绣楼，顺着甬路，直奔厨房给姑娘舀了一盆洗脸水，来到绣楼以上往盆架上一放，你看姑娘王素珍不紧不慢，在此绣楼上边可就梳妆打扮起来了。

好个姑娘王素珍，	一心想到花园游玩去散心。
开口来只把春花叫，	你赶紧给我端过来洗脸盆儿。
小丫鬟闻听不敢怠慢，	款动仆莲下楼梯儿。
丫鬟来到厨房内，	伸双手端起洗脸盆儿。
端着脸盆儿把楼上，	放在盆架正中心儿。

大姑娘描花腕捧起来洗脸水儿， 净一净脸上旧官粉儿。
花红汗巾拿在手， 展一展脸上的水淋津儿。
南京官粉净了面， 苏州的胭脂点嘴唇儿。
水汪汪一对杏眼含呀含秋水儿， 相称着两道新月眉儿。
大姑娘把脸净齐备， 打开青丝发万根儿。
前梳昭君抱琵琶， 后梳齐王乱点军儿。
昭君的琵琶人人爱， 齐王点军爱煞人儿。
左鬓角有几根乱头发，` 倒叫姑娘费了心儿。
梳三梳，拢三拢， 梳一对猛虎穿山林儿。
右鬓角又有几根乱头发， 倒叫姑娘慌了神儿。
梳三梳，拢三拢， 梳一对白鸟朝乌云儿。
脑门上也有几根乱头发， 慌坏姑娘王素珍。
梳三梳，拢三拢， 打指头绾一对白鹦哥嘟嘟噜噜落水盆儿。
头后辫儿又梳三孔桥， 桥底下又梳鲤鱼跳龙门儿。
正头顶又梳一座庙， 庙里头又梳三尊神儿。
有关爷，有刘备， 炸炸胡子名张飞，
本是桃园三个人儿。 庙东山梳了几百老和尚，
庙西山又梳几百小道人儿。 老和尚吹管子，
小道人吹笛子， 嘀嘀嗒嗒恁些人儿。
庙门外又有几根乱头发， 慌坏姑娘俏佳人儿。
梳三梳，拢三拢， 梳一对狮子把住庙门儿。
庙门外又梳三台戏， 梳三台大戏对庙门儿。
庙门外又梳了二十四棵小柏树， 梳条路过来了烧香恁些人儿。
还有老，还有少， 还有那七八十的老婆儿们，
还有八九十的老头们， 吭吭咔咔不断人儿。
左带着金镀簪银镀簪玉石簪就， 右带着玉蛾牌螳螂牌对对发新儿。
手脖儿里戴银镯真是好看， 配玛瑙十样里拣上一寻儿。
上穿着大披风小云架儿把花绣就， 袖口上只扎着四辈古人儿。
一旁边只扎着一老一少， 一旁边只扎着一武一文儿。

武的是伍子胥临潼斗宝，文的是姜子牙渭水钓鱼儿。
老的是老寿星八百八十岁儿，少的是少甘罗一十二春儿。
下穿着花罗裙飘飘荡荡，飘带上缀银铃喜煞人儿。
一对绣鞋做得好，绣鞋顶上扎故事儿。
只扎着，前三针儿三前针儿，后三针儿三后针儿。
左三针儿三左针儿，右三针儿三右针儿。
明三针儿三明针儿，暗三针儿三暗针儿。
弯三针儿三弯针儿，扭三针儿三扭针儿。
偏三针儿三偏针儿，正三针儿三正针儿。
上三针儿三上针儿，下三针儿三下针儿。
里三针儿三里针儿，外三针儿三外针儿。
长三针儿三长针儿，短三针儿三短针儿。
隔着三针儿蹦三针儿，拿过来算盘只一算，
总共一百单八针儿。脚尖纳到脚后跟儿，
脚后跟儿安高跟儿，高跟儿里头是空心儿。
空心儿里头装官粉儿，官粉又用麝香熏儿。
下点儿雨，有点儿泥儿，姑娘过去五花心儿。
只惊动小妮儿们小孩儿们，吃了饭没有事儿，
趴到地下闻地皮儿，用鼻子一闻香喷喷儿。
绣鞋上又扎一棵树，这棵树又扎九条枝儿。
九条枝儿九条枝儿，九条枝儿上卧虫艺儿。
吃杯茶，黄瓜路，叽叽喳喳是精致儿。
绣鞋尖上打兰草，兰草顶上趴蚰子。
说蚰子，道蚰子儿，说起蚰子像活哩儿。
得蹦蹦这面儿，得蹦蹦那面儿，
趴到兰草上喝露水儿。伸条腿儿蜷条腿儿，
眯缝着俩眼偷看人儿。八十老头它不看，
嫌他嘴上有胡子。八十老婆儿它不看，
嫌她脸上有枯皱纹儿。单看那十七八，十八七儿，
十七八岁的俏光棍儿，一二十岁的大闺女儿。

鞋把上绣了一棵大白菜，　　绣一棵碧绿爱煞人儿。
你说毛虫怪不怪，　　　　　偏偏飞来吃菜心儿。
锦棉镶口条子围，　　　　　绣的还是蝴蝶飞儿。
姑娘打扮多一会儿，　　　　叫声丫鬟下楼门儿。
丫鬟闻听前领路，　　　　　姑娘后边紧跟随儿。
顺着甬路来得快，　　　　　不多时来到花园门儿。

单说陶文斌刚刚被大风刮到此处，大风息住落在溜平，睁眼一看心中想：这是谁家的花园，我咋来到人家的后花园里来了？他正在想就听见外边"蹬蹬蹬"脚步声响。定睛一看：啊，外边来了两个女子。文斌心里想：男女授受不亲，男女有别，我是个男子汉，人家两个是女子，我咋能跟人家见面说话哩呀？我先躲起来吧。他赶紧躲起来了。躲哪啦？正好陶文斌落身之处有个养鱼池，养鱼池旁边有一块太湖石。他就往太湖石后一蹲，躲起来了。单说大姑娘王素珍一路观花赏景来到养鱼池旁边，看见这块太湖石，姑娘是见景生情："丫鬟过来。""伺候姑娘。""不用伺候。春花，我来问你，你识字吗？""姑娘要说也识字，要说也不识字。""春花，识字就是识字，不识字就是不识字，怎么要说呢？""姑娘，要说不识字哩，从小也上过两天女学，读过两天书。可要说识字哩，那是蚂蚁尿到书本上——识（湿）字不多！""不管如何说那你是识字了。春花，今天姑娘我考考你如何？""姑娘如何个考法呢？""春花，今天姑娘我出一副对联。我说上一联，你对下一联，如果你能对上，回楼去我赏你纹银十两。""姑娘那你说说让俺试试看。""春花，这副对联出在大宋朝六帝神宗驾前，宰相王安石之手，上联是：走马灯灯走马灯停马止步。我来问你，这下联配什么呢？""姑娘，上联是走马灯灯走马灯停马止步，这个下联配，这个下联配，下联配……配……配……"她配不上来了。

单说这个陶文斌他是八岁坐学攻书，双手会写梅花篆字，四书五经全都读通。他在太湖石后边一听，心中暗想：丫鬟你咋恁傻哩？上联是走马灯灯走马灯停马止步，下联是飞虎旗旗飞虎旗卷虎藏身，看这多好答，放着十两银子你挣不到手里，你配不来了。他本来是想哩，想着想着嘴不由心他说出来了。姑娘正在和丫鬟说话，听见花园里有男人的声音。"啊？春花，咱这花园里咋会有男人的声音呀，找！""是！"丫鬟就找。一找找到太湖石后，一伸手"腾"可抓住了："姑娘，在这呢。""丫鬟，去，到姑娘绣楼把姑娘我的宝剑取来。""是！"丫鬟到楼上把姑娘的宝剑拿下来了："给，姑娘！"姑娘接剑在手，一按绷簧"呛啷啷"拽出三尺龙泉，往空中一举："大胆狂徒，吃了熊心，长了豹胆，肚外长胆，胆大包天，青天白日，竟敢来到俺家花园。我来问你，姓甚名谁家居哪里，赶快对我如实而讲，一字讲差，看我不宰了你，讲！"陶文斌便叩起头来："姑娘，暂息雷霆之怒，慢压虎狼之威，小生我绝非寻花问柳之辈。不问我姓甚名谁倒还罢了，若要问起我姓甚名谁，姑娘稳站花园听小生与你讲来。"

陶文斌双膝跪在溜平，　　　　　止不住伤心泪往下直落阵阵伤情。
姑娘不把小生问，　　　　　　　一笔勾销话不明。
今一天问起来我的名和姓，　　　站花园听小生细说详情。
俺祖居北京城一座，　　　　　　有一个陶字传万冬。
子不言父我先赎罪，　　　　　　我把俺爹爹的名讳对你说明。
爹爹名叫陶彦山，　　　　　　　老人家忠心耿耿保朝廷。
俺娘本是柳氏女，　　　　　　　老人家受皇王三次封过诰命。
兄长名叫陶文灿，　　　　　　　陶文斌本是小生我的名。
只因为我的父居官清正，　　　　得罪了太师闫琦狗奸佞。
老奸贼与贱妃把那奸计定，　　　金殿上见万岁她把本升。
八宝金殿奏一本，　　　　　　　说我父臣戏君妻罪非轻。
万岁皇爷失了政，　　　　　　　只信奸臣不信忠。
昏君听信奸臣话，　　　　　　　一道圣旨下龙庭。
才把俺全家老少都上绑，　　　　绑到法场问斩刑。
法场上绑下俺三百三十零三口，　孤零零逃出我人一名。
鬼使神差来到此，　　　　　　　得与姑娘两相逢。
有道是三三见九真情话，　　　　望姑娘你宽宏大量饶了小生。
陶文斌这般如此往下讲，　　　　花园里怒恼了女中魁英。

"哦,说了半天我当你是谁,原来你就是陶文斌。""姑娘,正是小生。""哼,陶文斌你可知道本姑娘我是谁?""姑娘,小生不知。""哼,料着不说你也不知道,一说你就明白了。告诉你,你哥哥陶文灿打死的四国舅闫豹那是我的丈夫。陶文斌呀陶文斌,今天你落到我的手里,我问你,你是想死哩,还是想活哩?"

有的说去你的吧!杀夫之仇,夺妻之恨。这陶文斌是这姑娘的杀夫仇人的兄弟,仇人见仇人,眼中起红云,仇人相见,分外眼红。这姑娘见了自己的杀夫仇人,理应该手起剑落把陶文斌的人头取下,给自己的丈夫报仇雪恨才是正理,你咋会问着想死哩想活哩,啰唆啥哩?

这不是啰唆,这里边有个缘故。啥缘故?当初一日,镇京总兵金刀王灿为了讨好太师闫琦,就把自己的独生女儿王素珍许配给四国舅闫豹。大姑娘一年小两年大,年过二九一十八岁。这姑娘是知书达理呀,老太师在朝中恶贯满盈,怨声载道,他们父子的所作所为大姑娘是早有耳闻。所以这姑娘不愿意和奸贼结亲。不愿意也不行啊,那时候不是跟现在这样,婚姻自由,拍拍屁股再嫁,嫁十家八家没啥。那时候是父命不能违,她爹说了算。不过这姑娘与众不同,她有自己的主见,心里不愿意,面上不表露出来,为的是不惹二老爹娘生气。只是今天推明天,明天推后天,推着不跟他过门成亲而已。早一个月以前,太师府传来一封信,言说闫豹被陶文灿打死了。咦!大姑娘那心里美呀,猫舔了一样高兴。暗暗感谢苍天,暗暗感谢陶文灿,暗暗说道:"闫豹哇闫豹,你可死了!"

这姑娘本来就感激陶文灿,今天又见陶文灿的兄弟陶文斌这一表人才,那真是人有人才,文有文采,貌有貌才,一貌三才呀。心里好像驴踢了一下,"咯噔",爱慕之情油然而生,所以就问:"你是想死哩,还是想活哩?"陶文斌说:"姑娘,好死不胜赖活着。想活咋说,想死怎讲呢?""想死好办,你是我杀夫仇人的兄弟,今天我要给我丈夫报仇雪恨,我这手起剑落你还有命吗?""姑娘,那我要是想活呢?""想活?想活更好说!青天白日,朗朗乾坤,咱两个一男一女在这里说了这么长时间的话。天下没有不透风的墙,倘若传了出去,好说好讲,不大好听,那咱俩得拉扯拉扯。""拉扯拉扯?要说拉扯拉扯我可会,你拉住我,我拉住你,咱两个拉扯拉扯不就得了吗?""啥?我可不是说的那拉扯。""那你说的是啥拉扯?""我是说咱们得拉扯点亲戚。""亲戚?姑娘干脆咱两个面朝北跪下叩个头,我认你个姐,你认我个兄弟这好吗?""不行,太远了。""啊?太远了?那拉扯点儿啥亲戚哩?""拉扯点儿近亲。""拉扯点儿近亲?哦,姑娘,我还有个三舅哩,干脆我做媒把你嫁给俺三舅,你不是俺妗亲吗?""啥?我还不胜嫁给恁外爷哩!""俺外爷早死啦,你咋嫁给他呢?""陶文斌,我来问你,你到底咋的,天高地厚不知道?""看姑娘说哪里话?我陶文斌从小就读书,岂能不知道天高地厚呢!""那么我问你,何为天高?""父母为天高!""何为地厚?""夫妻为地厚!""那你就不会往那天高地厚上想想吗?"陶文斌一听心中想:哦,她是想和我拉扯婚姻之事呀。"姑娘不用言明小生便知,恕小生不能从命。""啊?你不愿意吗?""我不愿意。""为什么?""为什么?姑娘,恁爹和太师闫琦是一党,老太师是杀害俺全家的罪魁祸首。咱们是冰火不容炉,两条道上跑的马,走的不是一条路。俺陶文斌今天不幸落到你手里,你要给你丈夫报仇雪恨也是正理。但是,你想叫我应允婚姻之事那比登天还难。姑娘,要杀有头,要剐有肉,俺陶文斌皱皱眉头就不算陶门之后。姑娘我不愿意,你杀吧!"陶文斌这一番话讲出口来,姑娘王素珍是暗暗佩服:嗯,不愧是忠良之后,不愧是陶门之后,有骨气,有志气!

这位大姑娘看见陶文斌一表人才,心里早已有了爱慕之情,可是听了陶文斌这一番言辞之后,爱慕之情上边又添了几分钦佩的感觉来,说:"陶文斌呀陶文斌,你要真不愿意我可就要动手了。我的手脖一硬你还有命啦,不过陶文斌,你难道不觉得恁家死得冤枉吗?恁家这样死是死得其所吗?""姑娘,俺家死的实在是太冤枉了!""是啊,既然知道恁家死得冤枉,何不立志活下去,给你的二老爹娘报仇雪恨呢?"陶文斌心里着急埋怨自己:陶文斌呀陶文斌,我咋把二老爹娘的大仇给忘了呢?"姑娘,我陶文斌刚刚逃离法场,也别说没有立志报仇雪恨啦,纵有报仇雪恨之心,我是个手无缚鸡之力的文弱书生。

也别说是文弱书生了,就是武功超群出众之人,有道是:单拳难敌四手,只虎难斗群狼,好汉不及人多。现在就我一人,纵有报仇雪恨之心,那不也是一句空话吗?""陶文斌,此言差矣!俗话说:'留得青山在,不怕没柴烧。'只要留得你的命在,陶文斌啊,不就有了报仇雪恨的希望了吗?可是你要不愿意我把你杀了,恁家不就绝后了吗?恁家绝了后代,没有人给恁爹娘报仇雪恨,致使恁冤沉海底,以后你有何颜面去见恁全家人于九泉之下。陶文斌啊,何去何从还望你三思啊!"

陶文斌心里想:是啊!这姑娘说的不无道理呀。可是话又说回来了,我要想给俺爹娘报仇雪恨就得苟且偷生活下去,想活下去就得应允婚事与她成亲,我这忠良之后怎能与她奸贼之女结亲呢?嗯,对!常言道得好,妇道人家头发长见识短,妇女们哪心都软。不如我糊弄糊弄她,我就说愿意。我一说愿意,她心里一高兴,对我放松了看管,到那时,我偷偷地逃出王府,去往杭州寻找俺舅杭州王柳涛柳书春搬兵给俺爹娘报仇雪恨。想到此一抱双拳:"啊,姑娘,经你这番提醒,小生茅塞顿开,我愿意啦!""愿意啦?陶文斌啊,我看你是口是心非,你是在糊弄我哩。我能不知道你想的啥吗?你嘴上愿意,你那心里不愿意!""姑娘,我心口如一,都是实话。""都是实话?""都是实话!""既然是实话,来,跪下!""跪下干啥?""跪下对天盟誓!"陶文斌心里想:谁说的是实话,我说的就是瞎话嘛。可是我要是对天一盟誓,那不是弄假成真了吗?"姑娘,我说的都是实话,何必对天盟誓呢?""不盟誓就是瞎话,我还要杀了你,跪下。""那,盟誓就盟誓吧。"陶文斌腿一软往地上一跪,你看这个姑娘吧,你要人家给你盟誓你等人家说话呀!她还没有等人家跪稳哩自己急忙跪下了,人家还没有说话,自己抢先开口了:"苍天哪!"

大姑娘双膝扎跪地溜平, 连把苍天叫几声。
天灵灵,地灵灵, 离地三尺有神灵。
莫管神灵大和小, 能替俺办事就算灵。
今天俺俩拜天地, 上有苍天作证明。
我要有三心并二意, 老天爷打雷把我轰。

大姑娘真心实意地盟誓愿，　　陶文斌万般无奈把誓盟。
天灵灵，地灵灵，　　　　　　离地三尺有神灵。
莫管神灵大和小，　　　　　　管俺的闲事就算灵。
今天俺俩拜天地，　　　　　　上有苍天作证明。
我要有三心并二意……
（夹白）"说，怎么样？"
（唱）"姑娘心里知道可妥了，何必非说出来？"
（夹白）"少废话，说！"
（唱）"我的老天爷，我的老天爷呀！"
（夹白）"怎么样？你说呀！"
（唱）"老天爷你打雷……"
（夹白）"光打雷不下雨是不是？打雷怎么样？你说呀你！"
（唱）"老天爷你打雷把我头发轰。"

　　"看看，老天爷打雷把你那头发轰，轰你那头发碍你啥事啦？我说你是在糊弄我哩吧，好哇，你拿命来吧！"陶文斌觉着姑娘动怒了："姑娘你别急，方才我是给姑娘开个玩笑。""对天盟誓怎可开玩笑？现在说真的，玩笑留着等以后再说！""姑娘暂息雷霆之怒，慢压虎狼之威，你听我给你盟誓嘛。天灵灵，地灵灵，离地三尺有神灵。今天俺俩拜天地，上有苍天作证明。我要有三心并二意，老天爷打雷击鸡窝！""你还不胜击鸭窝哩！击鸡窝碍你啥事啦？陶文斌啊陶文斌，我杀了你吧！"大姑娘手脖有硬，陶文斌觉摸着姑娘真动怒啦："姑娘你别急，谁说击鸡窝了，我说击击我呀！""哦，这还差不多，官人起来吧。丫鬟过来。""伺候姑娘。""你看我和你姑爹已经对天盟罢誓了。对天一盟誓就算拜罢堂了，都拜罢堂了连个媒人也没有，以后怎老爷太太知道了，问起来咋说呢？你帮姑娘当个媒人好吗？"丫鬟心里想：看俺姑娘你有多能！你的话，怎两个就算拜罢堂了你找媒人哩，早些干啥哩呀？哦，我知道了，俺姑娘心多，还不是想背着老爷太太不让他们知道哩，怕我走漏风声，叫我当个媒人捂捂我的嘴这也是有的。想到此说："姑娘，俺情愿给您当媒人，这个媒人俺给你当定了！""好！丫鬟，天色已经不早，去，到在楼上把姑娘的绣房收拾收拾，安排成洞房，待我和你家姑爹同入罗帷！""是。"丫鬟转身走去，一会儿回来了："回禀姑娘，一切收拾妥当。""好！丫鬟你去忙你的，待我和你姑爹同入罗帷。"丫鬟转身走去，且说他们夫妻两个携手并肩直奔绣楼。这一回不去绣楼倒还罢了，要去绣楼下回书可就闹大了。

好个姑娘女红装，
对天盟下宏誓愿，
夫妻俩携手并肩往前往，
顺着甬路来得快，
迈步就把楼来上，
陶文斌细打量，
绣楼门口一副对，
上一联一枝梨花未开放，
横批上"谨守闺阁"四个字，
看罢对联把门进，
绣楼上的装饰非寻常。
往上看俱是石灰掺粉搅泥的墙。
不是乌木是黄杨。
绣花坐褥铺顶上。
上边摆得明晃晃。
摇摇摆摆三尺长。
压住文房书万章。
赤金壶只把银嘴儿镶。
黄乎乎的多么香。
只放着大姑娘常用的剑和枪。
那本是哭倒了长城的杞孟姜。
文人提笔写端详。
配一联闺阁稳坐绣楼房。

后花园她与文斌拜了堂。
西方坠落红太阳。
直奔姑娘的绣楼房。
绣楼不远在当阳。
上了胡梯十三桩。
打量着小姐绣楼房。
文人提笔写端详。
配一联二八佳人着红装。
斗大的金字放豪光。
我的老天爷，
往下看七十二块聚花板，
有一张八仙中间放，
两半拉摆着两把椅，
靠后墙丈二条几卷卷尾，
玛瑙瓶斜插孔雀尾，
放着一把压书剑，
放着茶盏白玉盏，
八个木瓜两边放，
条几两头看一眼，
后墙上贴着中堂画，
画两边紧趁一副对，
上一联巍巍不动春阁绣，
看罢对联我明镜，

我的妻文也精来武也强。
看暗间更比明间强。
五色穗子缀顶上。
看里边更比外边强。
一旁边只放着姑娘的胭脂和粉装。
衣裳架儿上搭衣裳。
大皮箱来小皮箱。
皮箱上只放着小姐的针线筐。
有绿有红还有黄。
还有两对没纳帮。
罗帷帐下罩小姐象牙床。
里朝阴来外朝阳。
两头放着枕鸳鸯。
鸳鸯枕上绣凤凰。
有金铃和银铃叮当响那个响叮当。
只放着大姑娘替新换旧鞋两双。
四颗宝珠放明光。
避火珠不怕大火来烧房。
夜明珠屋不点灯自放光。
那什么东西放明光。
圆圈又用猴毛镶。
仔细看是个尿盆子，

明间看罢暗间看，
红绸子门帘绿走水，
手把门帘往里望，
镜架盆架衣裳架，
脸盆儿架上搁脸盆儿，
大衣柜小衣柜，
大皮箱小皮箱，
大花鞋小花鞋，
还有两对没上底，
后墙下放着罗帷帐，
床帐子本是火旗缎，
床顶上红的铺来绿的盖，
鸳鸯枕枕鸳鸯，
珍珠褙个罗罗网，
接脚板看一眼，
四个床角看一眼，
避水珠不怕大水淹门户，
避尘珠不怕房中有尘土，
对着床下看一眼，
金打的底儿银镶的帮，
冬天暖，夏天凉，
用鼻子一闻桂花香。

有的说：去你的吧！那尿盆儿哪儿来的桂花香味？同志们，人和人不一样，东西和东西也不一样。人家王素珍是镇京总兵之女，千金之体，万金之躯。那尿盆早晚用过之后，是用桂花水洗哩，蜂糖浆哩，麝香熏哩。那咋会没有桂花香味哩？你放心，保险不会跟咱那一样澇骚烂臭哩。陶文斌看罢多时，和姑娘这才宽衣安歇。一夜夫妻晚景不需细表。次日早晨起的床来，漱洗已毕，丫鬟端来早饭，夫妻两个用罢早饭坐下扯了些闲话。

同志们，不觉早尽午来昏又至，良宵才过又清晨。光阴似箭，日月如梭，转眼间四个月的时间已经过去。成亲四个月来，陶文斌没有啥，可是姑娘呢慢慢慢慢地胖了。胖是胖，两头没有胖，当间胖了！不用说那是身怀六甲有了喜事了。

陶文斌看在眼里，想在心里，自己叫着自己的名字：陶文斌呀陶文斌，想我陶文斌全家被奸臣陷害，逃难来到王府花园偶遇姑娘素珍，结为夫妻。背着她二老爹娘不知，把我留在绣楼一住四个月。四个月来，我妻待我是千般温存，万般体贴，那可真是无微不至呀！可是，尽管姑娘待我再好，我陶文斌身为男子汉大丈夫，家仇不报，怎能守着一个女人寻欢作乐呢？可是，我有心离开北京前去杭州找舅舅搬兵给俺爹娘报仇雪恨，但不知我妻是否放我前去。如果她是个通情达理之人，我说出来了自己的想法，她允我去了倒也罢了。不然她知道了我的想法，对我严加看管，到在那时我陶文斌可是插翅难逃哇。这可如何是好？陶文斌越想心里越不高兴，心里不高兴面上就露出来不悦之色。

大姑娘王素珍眼观六路，耳听八方。姑娘一看陶文斌的表情，心中暗暗想道：今天俺丈夫是咋啦？我看他面带忧容，愁眉不展，难道说有不悦之事在心吗？是不是我得罪他啦？仔细想想他来到我的楼上，四个月的时间，我没有对不起他的地方啊。那么是不是我的容貌丑陋打不动他的心，仔细想想似乎也不是为了这个。

大姑娘百思不得其解。无奈何只好款动金莲，挪动碎步来到近前，香腮带笑，杏眼含情，轻启朱唇，慢吐莺声："官人，今天我看你面带忧容，愁眉不展，难道说有不悦之事在心吗？""这……贤妻呀，一言难尽哪！""一言难尽？官人，咋啦？""我不好说呀。""怎么不好说？""我说出来怕你心里不好受。""啊？怕我不好受？官人，是不是你来到我的楼上，四个月的时间，小奴家哪一点儿失去检点，做错啥事惹你生气，得罪你了？""不不不，贤妻呀你可不要胡思乱想，根本不是这个意思！""那么是不是为妻我容貌丑陋打不动你的心？""不不不，贤妻。更不是这个意思！""是啊官人，既不是我的容貌丑陋打不动你的心，又不是我哪一点失去检点，做错啥事惹你生气。那你咋不好说呢？你说说出来怕我心里不好受。官人，我王素珍是一个知书明理之人，我深知，做一个女人家，理应把自己的温存和体贴都献给自己的丈夫，作为妻子理应为自己的丈夫分担忧愁。你说说出来怕我不高兴，可是官人你要是不说出来，沤愁在肚里把你沤愁出病来，你的身体不佳能有我的好处，能有我的幸福吗？所以官人，你就把心中不悦之事说出来待为妻我与你分担痛苦！""贤妻，你可真是个通情达理之人哪！也罢，我就给你讲了罢！是这么一回事儿。"就把自己的想法从头至尾给王素珍讲了一遍。

　　大姑娘王素珍本就是知书明理之人，闻听此言可就埋怨开了："官人，这就是你的不对了！啥事儿能比给二老爹娘报仇雪恨事大？可是话说回来啦，纵然天大的事情，你是在俺家里，你不说走，我能撵着让你走吗？官人哪！人有双重父母，你的爹娘也是我的爹娘，你的家仇就是我的家仇。你要给二老爹娘报仇雪恨，这在情理之中，我王素珍不能拖了你的后腿。既然你去意已决，我留住你的人，留不住你的心。再说为了给咱爹娘报仇雪恨我根本不应该留你，你说吧你想啥时候走，我送你上路好了。"

　　"贤妻，你真放我走吗？""我真放你走。""你说的都是实话？""我又何必骗你呢？""贤妻呀，你要真放我走，我现在就走。""官人，不能操之过急，更不能草率行事，你来到我这楼上已经四个月啦。四个月来，你吃一碗丫鬟端一碗，水来伸手饭来张口，从没有离开过绣楼寸步。如今，青天白日你要从我这楼上走下去，家郎院公丫鬟仆妇俱多，哪一个看见从我的楼上下去一个男人，嘴尖腿快跑到大厅给爹爹说上一声，你能走得了吗？能有我的好处吗？""贤妻呀，那这可咋办呢？""官人，长年短月都等啦，何必这一天半日呢。这样吧，今天晚上到在一更之时，人脚一定我就送你上路。只不过官人哪，此去杭州千里迢迢，路途遥远，你独自一人免不了跋山涉水，餐风宿露，叫为妻在家实实挂念不下。临走之时你给我说说你爱吃啥饭，待为妻亲手给你做上一顿饭。你吃了我亲手给你做的饭，走到路上哪怕你饿死啦，我也不应记了！""贤妻呀！你想的可真周到。唉！想我陶文斌也是宦门之后，在家中之时那些山珍海味，海参鱿鱼我早已吃了个腻烦。我最爱吃的是俺家那厨子老师傅陶安擀那辣面条儿。自从俺全家被奸臣陷害,我来到你的楼上,四个月的时间连一顿面条儿也没喝过。眼看夫妻分别,临走之时我想喝上一碗辣面条儿,但不知贤妻你会擀不会?""官人,我不会擀不会学吗,擀的好赖不说。既然官人爱喝辣面条儿,你在这儿等着,待为妻我亲手给你擀面条儿去。"就只见姑娘王素珍款动金莲下绣楼来厨房给陶文斌擀面条儿去了。同志们,你听人家的面条儿擀的啥样。

陶文斌临走时想喝辣面条,
款动金莲下厨房,
扭过头,转过项,
先掂一瓢薛仁贵,
舀过北方壬癸水,
一搅两搅面成穗,
五折六折面成块,
九推十推太阳大,
拿过来赵匡胤的盘龙棍,
一擀王蟒撵刘秀,
三擀三人三马三条箭,
五擀程咬金大闹琼花会,
七擀七星共北斗,
九擀杨延景纂御状,
面叶擀得薄如纸,
刘金定大刀拿在手,
一切云南花关索,
三切三英战吕布,
五切伍员保娘娘,
七切七擒孟获共七放,
九切九里山前活埋母,
蒜白里捣上名焦赞,

慌坏了素珍大姑娘。
净一净描花腕一双。
把面盆放到锅台上。
倒在窑州盆当中。
泼到薛礼白袍上。
三搅四搅范喜郎。
七推八推赛月亮。
掐到鲁班的案板上。
撒上面醭赛雪霜。
二擀苏三来爬堂。
四擀四人四马去投唐。
六擀罗成回马枪。
八擀跪楼小罗章。
十擀樊梨花领兵反西唐。
叠成唐僧书万章。
切一个燕子闹水塘。
二切杨二郎担山撵太阳。
四切四郎探母回家乡。
六切六郎镇边疆。
八切八洞神仙数张良。
十切十字坡开店孙二娘。
手拿钢刀切孟姜。

拿过一颗蔡白杰，　　　　　　　摘摘顶上秦始皇。
关二爷青龙偃月拿在手，　　　　切一个擂鼓三声斩蔡阳。
大锅里添上北方壬癸水，　　　　掐过来一掐小柴王。
锅底里填上柴文俊，　　　　　　拿过来杀人放火叫孟良。
张羽煮海咯当当滚，　　　　　　五龙捧圣下面汤。
油岗上舀过来油员外，　　　　　严家滩捏过了严少王。
三国吕布拿在手，　　　　　　　菊花碗抹个溜溜光。
拿过来临潼山上秦快手，　　　　抄一个五虎来群羊。
抄三抄，搅三搅，　　　　　　　盛一碗五龙戏水漂长江。
端着碗只把绣楼上，　　　　　　叫相公为妻的手头笨你多多原谅。

　　大姑娘擀了一碗辣面条儿端上楼来递给陶文斌，简短截说，陶文斌用饭已毕。夫妻两个眼看就要分别，面面相觑，相对无言。这时候就听谯楼上边鼓打三更，谯楼打罢了三更人脚已定，姑娘叫道："丫鬟去，赶紧到在马棚以内与你姑爹牵出一匹白龙坐骑，纹银取出四百两装进马被套里边，在角门外边等候。""是！"小丫鬟转身下楼，马棚里牵出一匹白龙马，路途盘费准备妥当，在角门外边等候。夫妻俩携手并肩下了绣楼，直奔花园走下去了。

夫妻俩携手并肩下了楼棚，　　　走一步一滴泪滴湿了前胸。
正行走抬头看来到了花园，　　　进花园往前走又来到了花厅。
进花厅大姑娘驻足站定，　　　　连把奴的夫叫了几声。
今一天杭州城你去找咱舅，　　　哪一年哪一月哪一日能回程。
文斌说你只管楼上把我等，　　　多则仨月就回京城。
我的夫哇夫你慢慢走，　　　　　为妻我还有细叮咛。
常言道出外人三分小，　　　　　遇着事儿礼多才算个聪明。
你见了年老之人称伯父，　　　　年轻人施礼称长兄。
二八佳人称嫂嫂，　　　　　　　少年女子你把姐姐称。
你见了和尚称长老，　　　　　　你见了道士称仙翁。
路途上你若是碰见了大姑娘，　　可莫要争着走，你躲到一旁让给人家行。
可不敢给咱的爹娘挣骂名。
早早地住店，
住店莫住梢头店，
睡觉去莫挨着墙根睡，
坐船莫在船头坐，
千万万可不敢胡乱交友，
两个人切莫要把井看，
一个人进古庙肯中邪，
两个人看井怕他起下歹意，
千万万要记住早早来信，
夫妻俩一个哭来一个痛，
夫妻俩闻听睁眼看，

走过去可不敢回头再把人家看，
路途上太阳不落，
太阳高照再登程。
你住到官店正当中。
怕只怕贼人夜晚挖窟窿。
怕的是艄公见财害性命。
那一些甜言蜜语可是不敢听。
一个人不敢往古庙里头行。
常言道古庙里出些妖精。
恐怕他背后一推你遭凶。
莫叫妻长想念记挂心中。
就听见花园外传出脚步声。
有一人迈步进花厅。

第二回　陶文斌扒墓救赛花

书接上回往下听，	还唱夫妻两个在花园中。
抱头痛哭多悲痛，	就听见谯楼以上打五更。
谯楼打罢五更鼓，	花园外传出脚步声。
夫妻俩闻听睁眼看，	有一人迈步进花厅。

谁？丫鬟春花来了。咦，丫鬟咋这时候来花园里啦？却说丫鬟春花在角门外边等候，左等右等不见姑爹出来，就听谯楼打罢了五更。丫鬟往里边一看，姑娘姑爹还在抱头痛哭。丫鬟心中想：姑娘这就是你的不对了，你要放俺姑爹走，就赶紧让他走啊！你就这样抱头痛哭，再停一会儿，家郎院公丫鬟仆妇都起床前来收拾院落打扫花厅哩。看见你们一男一女在这里抱头痛哭，哪一个跑到大厅给老爷说上一声，俺姑爹能走得了吗？能有你的好处吗？我得赶紧提醒提醒俺家姑娘去。所以丫鬟就来了。

丫鬟来到花厅把自己的心腹想法给姑娘从头至尾讲说一遍，姑娘说："官人你一路上要小心在意加谨慎，多多保重身体！""贤妻呀你也要保重身体。"姑娘这才哭哭啼啼往楼上走去，这话言讲不着。再说丫鬟头前领路，文斌随后紧跟，来到角门以外。丫鬟解开马缰，把马缰递给陶文斌说："姑爹但愿你一路顺风，马到成功。""借丫鬟吉言。你回去吧，楼上好好伺候恁家姑娘，单等着恁家姑爹我搬兵回来，我要重重报答你的恩德！""哎呀姑爹，看你老人家说哪里话来，伺候姑娘这是俺丫鬟分内之事，你放心赶快去吧！"小公子陶文斌一伸手接过马缰，一翻身搬鞍认镫上了坐马，辞别丫鬟春花，鞭鞭催马离开北京，直奔杭州找舅搬兵走下去了。

好个文斌少书生，	催马离开北京城。
离开北京燕山地，	杭州城找舅去搬兵。
小公子在马上破口大骂，	手指着北京骂高声。
出言不把旁人骂，	骂一声太师闫琦你个狗奸佞。

老奸贼你那里南柯梦，　　　你怎知少爷我离开了京城。
杭州城找着我的老娘舅，　　搬大兵拿住奸贼把冤申。
小少爷思思想想往前走，　　马跑如飞快如风。
走了一里话不讲，　　　　　三里四里不用明。
走过五里桃花店，　　　　　又过十里杏花营。
一路上只走过山前山、　　　山后山、山搭山、
山连山、山挨山、　　　　　山靠山，山山不断。
又走过岭前岭、　　　　　　岭后岭、岭搭岭、
岭连岭、岭挨岭、　　　　　岭靠岭，岭岭数层。
正然催马往前走，　　　　　抬头看西方坠落太阳星。
日落昆仑天色晚，　　　　　文斌马上暗想情。
眼看着日落西山天色晚，　　我可往哪里把身停。
罢罢罢，为嘞是早日到达杭州地，为的是早日见舅搬来兵。
为的是早给俺爹娘把仇报，　今夜晚我搭个黄昏赶路程。
小公子主意拿停当，　　　　鞭鞭催马往前冲。
日落走到黄昏后，　　　　　黄昏走到点银灯。
一更走到二更鼓，　　　　　有一座松林面前停。
催马就把松林进，　　　　　就听见"日、啪、扑通"一声。

　　陶文斌刚刚催马走进了松林，就听见"日、啪、扑通"。乖乖，啥声音呀恁杂？对了同志们，零碎儿零碎儿句句够句儿，多了使不完，少了不成事儿，有响就有得讲。陶文斌他是个宦门公子，第一次离开京都怎知路途险恶呢？他咋知道今天晚上这个松林里有三个劫路嘞哩！这三个劫路哩乃是一母同胞所生亲弟兄仨，姓胡，人送外号"胡家三鬼"。老大胡林，老二胡顺，老三叫胡通。胡林、胡顺、胡通这弟兄仨不务正业，不偷人家就劫路。今天晚上刚刚用罢晚饭，弟兄仨一商量，就来到这个松林里头往路沿儿起一趴等哩。眼看等到二更天还不见有人从这儿路过，这时候三鬼胡通年轻冒失等不着了："哥，我说这儿不中，你非叫趴这儿趴这儿，趴了半夜了，别说肥羊啦，连个山柴狗也没有等着，走，走，走，换换地方！""嗯，兄弟莫急嘛。

心急不能成大事,天还早着哩,再等一会儿。"话音刚落,就听见那马蹄声响由远而近:"兄弟听见了吧,准备好!""是!"二鬼一伸手,"噌"从腰里头掏出一个弹弓,安上个弹丸,"嗯——"可就拉开了。陶文斌本来是不提防这儿有劫路哩,再加上这弟兄仨是截路的老手。看见陶文斌催马走进了松林,瞄准了,把手一松,"日——"是弹丸打出去了。"啪——"是弹丸打到陶文斌的太阳穴上了。"扑通——"是陶文斌落马啦。这一弹弓打得准、打得狠,硬是把陶文斌给打晕过去了。陶文斌一落马,这匹马围着陶文斌"㕷儿㕷儿"暴叫,转了两三圈停蹄站住不动啦。这弟兄仨一看人落马多时没有起来。"兄弟。""哥!""走上近前看看。"来到近前一看,呀嗨,乖乖!马身上有个马被套,里边装的鼓囊囊的。"兄弟,去,上前摸摸里边装的啥。""是!"三鬼上前伸手一摸:"哥,有运气不要财神爷,该咱弟兄发大财,净银子!""嗯,摸摸他穿的啥衣裳?"三鬼蹲下一摸:"乖乖浑身溜光!""脱喽!"三鬼这就把陶文斌的衣裳一件一件脱下。你说你脱哩给他剩一件,他才不舍得呢,连一根线也没有给陶文斌剩。他把这衣裳一挽,往马被套里边一装,牵着马走了。胡家三鬼走去这话言讲不着。单说陶文斌本来是被打晕过去了,一来十一月的天冷,二来陶文斌身上没有衣服,这一阵冷风一吹,陶文斌被冻醒了。文斌醒来睁眼一看:哎呀我的妈!我咋躺倒在这儿呀?咦,好冷哩慌啊!用手往身上一摸,咃,没有衣裳了。心中想:方才我催马走进松林,就觉着脑袋被啥东西撞了一下,我就失去知觉了。难道说我是碰见劫路的贼子了?要真是如此,贼呀贼你真是狠心贼呀!你把我的马匹、银两夺走倒也罢了,好不该把我浑身的衣服也给我脱了。我陶文斌是个男子汉大丈夫,到在明天我身上没有衣服可叫我怎样见人啊?唉!天哪,苍天哪,上有苍天,下有黄土,苍天有眼,黄土有灵。请保佑我陶文斌能碰上一位好心人,不管好赖衣裳弄一身顾住羞耻,我再想办法去到杭州寻找俺舅。主意拿定,站起身来,顺着大道往前走去。同志们,他不往前走倒还罢了。要往前走,那才是刚出龙潭,又入虎口,想活命比登天还难。

好一位文斌少书生，　　　不顾生死往前行。
一边走来眼掉泪，　　　　泪珠儿滚滚湿前胸。
严霜单打独根草，　　　　雪上下霜又一层。
我好比霜打黄叶落枯井，　枯井里出来我又跳火坑。
这才是走得慢了穷撑上。　走得快了撑上穷。
不紧不慢走几步，　　　　一步跳进了是非坑。
屋漏偏遭连夜雨，　　　　船漏偏遇顶头风。
暗地里我不把旁人骂，　　我连把劫路的贼人骂几声。
恁少爷我与你何仇恨，　　好不该今晚松林来剪径。
把我的马匹、银两都夺走，又把我的浑身的衣服脱干净。
浑身的衣裳都脱净，　　　可叫我怎样见人过营生。
罢罢罢，久后我要不得第，一笔勾销话不明。
久后我要得了第，　　　　贼呀贼，
拿住你切成片儿，剁成馅儿，刮骨熬油点天灯。
陶文斌哭哭啼啼往前走，　他顺着大道不消停。
转眼走够三四里，　　　　面前头有三间草房点着灯。

陶文斌哭哭啼啼正往前走，面前闪出孤零零三间破烂不堪的草房来，透门缝看见里边点的有灯。文斌心里想：有灯就有人，不知何人在此居住？待我上前看看。来到门口往门板上一趴，隔门缝往里一看：啊！咋啦？只见正当屋放了一辆纺花车，车怀里坐了个年逾花甲的老太太，满脑袋的银丝，正在那儿少气无力地纺花哩。陶文斌心想：你不管她有多大的岁数，但毕竟是个女人。我是个男人吧不说，身上还没有穿衣服，咋办？我先喊喊她吧。

陶文斌手拍门板："老太太救命，老太太救命啊！"老太太正纺花哩，听见有人喊救命，把花捻往花筐里一放，拍拍身上的花毛儿站起来了。陶文斌一看，哎呀我的妈，她站起来了我咋办？我赶紧躲起来吧！他赶紧躲起来了。躲哪啦？正好旁边有一棵大树，他就往树下边一蹲躲起来了。

单说老太太来到门口，把顶门杠子往旁边一拿，把门闩一抽开开了。四处一看："喊救命哩，你在哪儿呀？""老太太我在这儿呢，你别过来，我身上没有穿衣服，还光着腚哩。"老太太走到近前一看："咦，孩子，天这么冷，你咋不穿衣服蹲到这儿呢？走走走，赶紧随我上屋里暖和暖和去。""老太太，我去不成啊。""咋啦？""我没有穿衣服哇。你好赖衣裳给我弄一身儿待我穿上我好进去。"老太太拐回去了。自己纺的花，自己织的布，自己拿到染坊里染的，做的还是自己的衣服，拿出一身儿："给，孩子穿上吧。"陶文斌接过衣裳先摸上身儿。咦，带大襟儿。陶文斌心想：这是女人衣裳叫我咋穿哩？又一想：是衣挡寒嘛，穿上吧！穿上啦。捞住裤子一摸，嘿，大甩裆。想想，这是老太太的裤子，这么大的裆叫我咋穿呢？我要是穿上啦，到在明天，我在头前走，人家在后边捣我的脊梁筋。说陶文斌那货不要脸，贼穿人家老太太的裤子，那才丢人咪！可是，话又说回来了，你不管谁的裤子总比那不穿裤子顾不住羞强多了吧。唉，先穿上吧！捞住裤子往腿上一蹬。谁料想这个老太太光给他弄一身衣裳，忘记给他弄根腰带了。陶文斌无奈何只好捞住裤腰往那儿一掖。

等他穿好了，老太太说："孩子，走，随我上屋暖和去。"老太太头前走，文斌随后跟。两个人走进住房，回身把门一关，门闩一插，顶门杠子往门上一顶。老太太重新落座车怀，陶文斌就偎依在老太太的身边。老太太问："孩子你姓甚名谁，家居哪里，为何流落如此田地，赶快对我老身讲来。"陶文斌就把全家被害之事那是咋着咋着一咋着，一不咋着一咋着，猛一咋着又一咋着一咋着。该咋着不咋着，不该咋着要咋着。叫咋着不咋着，不叫咋着非咋着，到底还是不咋着，一不咋着一咋着。就给老太太讲说一遍。老太太闻听可怜哪！

两个人正在讲话，就听见外边喊门啦："娘，老婆儿，老乞婆，死老婆儿开开门，日他姐，发财了！"老太太一听："啊，孩子，不好了，他们回来了。""老太太，谁回来了？""就是劫你的俺的三个儿子回来了！"陶文斌这一惊非同小可。你想能不害怕吗？首先你跑不了啦，你在屋里，人家在门口，你就是破门而出，正好撞到人家怀里头，你咋跑哇？陶文斌趴地叩头："老太太，救人一命胜造七级浮屠，您老人家行行好，救我一命吧！""孩子你先起来，别害怕！

你别想着我是他们娘哩，他们是俺孩子哩。他们是歹人，我也是歹人？那可不一定！他们是歹人，我可是好人。也是他们从小时老身我管教不严，长大了儿大不由爷娘，我也管不住他们了。我天天劝他们弃恶从善，不叫他们偷人家他们偏偷人家，不叫他们劫路他们偏劫路。你没有听喊我那话，娘，老婆儿，老乞婆，死老婆儿，日他姐，发财了。俺那孩子在家停不住事儿，好偷人家，他回来一会儿就又该走了。你赶紧藏起来，等他走喽我再放你跑。"陶文斌一看，就这三间空落落的草房，连个箱子、柜子、床都没有，叫我藏哪儿呀？"老太太你叫我藏哪儿呀？""孩子，那锅底门旁边有堆碎柴草，你往那儿一趴，我把柴草给你往身上一盖，等他走喽我再放你走。""中啊！"陶文斌往那儿一趴，老太太掐柴草给他往身上一盖。

　　刚刚盖好，外边又喊了："娘！咆，你个死老婆儿咋着哩？睡死啦。""来了，来了！""嗯，慢事！"老太太来到门口把顶门杠子往旁边一拿，把门一开，出来了："孩子回来了？""回来跟到家了是一回事儿。你死老婆儿咋着哩，喊这么大时候不开门？""孩子，吃了饭恁都走了。天这么冷，娘又没有事儿我早就睡啦。恁喊门哩，娘能不穿衣裳？""你是穿的蟒还是穿的诰，咋不穿死你哩。""娘不是老了，腿脚不便利了？""老了你咋不死哩？""娘该死了，娘快该死了。孩子发财了吧？""发财了？都跟你老龟孙一样可发大财！还没有出出门，你前后撺着叨叨叨，叨叨叨，不叫偷人家，不叫劫路，偷人家光逮住哩，逮住啦？""娘不是怕吗？""就你龟孙胆小，你怕啥怕？我给你说，以后我再出门，你前后撺着逮住给我打臊气，我耳巴子扇你那牛肉脸。""孩子以后娘永远不给恁打臊气了。恁情光偷啦，情拣那主贵值钱那东西偷，那不主贵不值钱那东西可长圆别偷它。""啊跟这话样听着能不中？给你说，今天晚上劫住一只肥羊发了大财，光白银斗了四百两，还有一身好衣裳。割的有肉，灌的有酒。起来，煮肉喝酒。"老太太一听大吃一惊，心想：我的老天爷，我想着把公子埋到柴草下边，等他们走喽再放他走哩，谁料想他们又煮肉哩，他们把公子再煮出来咋办哩？"啊？煮肉。肉在哪儿啊？给我叫娘给恁煮去。""你去远些吧，你死老婆儿那嘴馋，好偷嘴吃，光偷俺的肉吃哩，不叫你煮，自己煮哩。"老太太闻听此言魂飞三千里，魄散九霄云，往草铺沿上一坐不敢多言，替陶文斌捏着一把汗呢！

单说这弟兄仨，大鬼说："兄弟，我切肉。"二鬼说："哥，我筛酒。"三鬼冒失："日他姐，我烧锅。"这家伙过来了。一看锅底门口正好有一瓦罐水，他端住往锅里一添，抓一把柴火往锅底一填，拿火镰敲着了火煤子引着了柴火一看：嗯，这不对呀！俺大哥二哥都能，一个切肉，一个筛酒。就我龟孙傻，我烧锅哩。这肉老不好煮哇，得一会煮着哩，这连一个墩儿也没有我坐哪儿哩，能蹲上半夜，哎呀干脆我坐柴火上吧。

他往柴火上坐哩。你要坐你轻些坐，这家伙本来个儿就大，再加上他冒失，凭空"扑通"可蹲上去了。坐住别处还好，正好坐住陶文斌的头，压得陶文斌嗯出声来。三鬼一惊："哎呀，我的妈！"扭项回头一看，从那柴火堆里出来个人头，他一伸手可抓住脖儿梗了，扭过来一看："原来是你呀！在松林里没有杀你，你说你哪儿不能去，来到俺家，我杀了你吧。"一伸手拔出腰刀往上边一举，眼看要杀陶文斌。就在这千钧一发之刻，听见大鬼说话了："慢着，不能杀。""哥，就你那心软。在松林哩我还没说杀了他哩你不叫，你说他哪儿也不会去，却跑到了咱家。今天你要不杀他放他跑了，到在明天，他到县衙里告上一状，大老爷捉拿咱可省的找不着门儿。""兄弟，就这也不能杀。""咋？""你把他一杀，他的阴魂不散，搅闹咱家宅不安。从今后咱弟兄做生意都不会发财了，偷人家光逮住。""啊？那你说咋办？放他跑喽？""也不能放他跑。""既不能杀也不能放，你说白养活着他？""也不能白养活，你看这小子长得文质彬彬哩，不用说八成他识字。干脆叫他入咱的伙给咱当账先儿，咱偷人家，叫他记账。""那这还差不多，跟他商量商量。"

"过来！""弄啥嘞？""我问你，你是想死哩还是想活哩？""想死怎说，想活怎讲？""想死一刀杀了你。""想活喽嘞？""想活好办。入伙吧。""啥呀？""入伙！""入伙？""啊！""啥是入伙？""入伙就是跟俺一块偷人家去。""我不会！""不会？学！""胆小，学也学不会。""学不会？我看你小子文质彬彬哩，不用说八成你识字，干脆，入伙给俺当账先儿，俺偷人家你记账，中不中？"陶文斌一听心想：这中啊，他偷人家我记账，不用说等他偷回来我才能记账哩。要不我就暂且应允，等他出去偷人家的时候我再跑。想到此处说道："中啊，既然如此，我情愿给恁当账先儿。我这一入伙咱们都成自己弟兄了，你看我当账先儿哩，我这身衣裳像账先儿吗？""哦，你小子是想要你的衣裳哩呀！跟你说吧，你那衣裳俺任谁穿上也不陪衬，还给你妥了。"又把文斌的衣裳给他啦。陶文斌接过自己的衣服往身上一穿。刚刚穿好就听见大鬼说话啦："账先儿上任头一天就有活干。""恭喜大哥生意发财，大哥啥活？""啥活？从咱这里正南八里半地有个村庄名叫蒋家寨，蒋家寨有一个武林老前辈，人送外号'分水夜叉蒋正'，蒋正有个独生女儿名叫蒋赛花。那蒋赛花是个女中魁首，巾帼英雄。今天白天她到荒郊野外跑马演武、拉弓射箭，去了半天，回来之后肚中饥饿。蒋正疼爱他的独生女儿，就给他闺女煮了一碗鸡蛋。那蒋正拿个鸡蛋剥去蛋皮儿，他闺女把嘴张开，他把鸡蛋往他闺女嘴里一送。谁料想蒋正用力过猛，填得太肯里头了，这一个鸡蛋就别到姑娘的食道里去了。进也进不去，出也出不来了，硬是把姑娘给噎死了。蒋正怕他闺女死的暴，夜晚诈尸，来不及打棺材，就把她装进蒋正那寿材里头拉到荒郊埋了。你想啊蒋正是个乡绅，再加上独生女儿死了，陪葬东西会少？别的啥不清楚，反正那姑娘头底下枕那金砖二十四块，今天晚上咱给它扒了去。""扒墓？""扒墓。""那中啊，大哥二哥那恁去扒去吧！""你呢？""我在家等着记账。""想的老到，你也去。""我不敢。""不敢也得去。""不是哩，我怕到那人家光逮住。""放屁，打臊气杀你小子。"陶文斌心中想：我就说到那儿人家光逮住，就这就算打臊气了杀我哩。嗯，要不我就跟他们一块前去，他弟兄任既个大又胆大，我叫他走头里，我就说我胆小我走后头，他们走得快我走得慢，走着走着，趁他们不防我好偷跑。"那中啊，只要你们不嫌弃，我情愿跟恁一块前去。""嗯，镢头、铁锨给，背着。""啊中。""二弟三弟。""在。""恁俩走头里。""是。""过来。""弄啥嘞？""你走正当间。"陶文斌心中想：看糟糕不糟糕！我还想着走后头偷跑嘞，谁料想叫我走正当间。腹背受敌，前后夹攻，看来我是插翅难逃。也罢，干脆我听天由命吧！想到此陶文斌随定三鬼前去扒墓。同志们，这一回不去扒墓倒还无事，要去扒墓想活命比登天还难。

陶文斌镢头、铁锨扛在身，　随三鬼到荒郊前去扒坟。
一边走一边想仰天长叹，　思前情忆往事令人伤心。
我只说到杭州去找俺舅，　谁料想黑松林里遇贼人。
贼人短道劫住我，　入贼伙荒郊去扒姑娘坟。
荒郊里去扒姑娘的坟墓，　吉凶祸福难定真。
苍天保佑多保佑，　保佑着今天晚上我能脱身。
保佑着今天晚上能逃走，　我情愿杀骆驼宰牛羊满斗焚香谢圣恩。
陶文斌哭哭啼啼往前走，　随定三鬼往前奔。
走了一里话不讲，　走够二里话不云。
转眼走了三四里，　面前头现出一座坟。
面前现出坟一座，　胡家三鬼停住身。

"甭走了！""咋啦？""到了。""到了？哪是啊？""那不是？那就是姑娘的新坟。镢头、铁锨你背着哩，你扒吧。""我胆小，我不敢！""不敢？拿过来。""给。""去，站那儿。""咋呀？""站那儿。""站那儿弄啥？""望着风。""咋呀？""望着风！""望着风？啊？啥是望着风？""嗯，望着风就是叫你看着动静。""哎呀，那你干脆说看着动静可妥了，你说望着风。""那是俺的行话。""行话？""啊。""啥是行话？""干俺这一行说俺这一行的话，就叫行话。""哦，干一行是一行的话，就叫行话。""对！既然今天晚上入了俺的伙，又叫你望风哩，先教给你几句。""中啊。""听着。""呀听着哩！""风紧，扯呼。""啥呀？""风紧，扯呼。""啥叫风紧，啥叫扯呼？""风紧就是有动静了，扯呼就是赶紧跑。""哦，风紧就是有动静了，扯呼就是赶紧跑。""嗯，去站那儿。""啊中！"陶文斌站一旁望风去了。

单说这弟兄仨拿住镢头、铁锨，刨的刨，铲的铲，叽里咣当把姑娘的棺材就给扒出来了。把姑娘的棺材档头打开尺把子一个缝，眼看东西都快弄到手里了。陶文斌在一旁望风嘞，他怕忘了，在那儿背哩。"风紧，扯呼，扯呼，风紧。"哎呀我的妈，眼看东西快弄到手了，他们仨听见说风紧，把镢头铁锨往地上一扔拔腿就跑。等跑出四五丈远了，还听不见陶文斌的脚步声响，回头一看，咂，他喊着风紧他站那儿不动。他看见啥了？四处一看，这也没有动静啊？！走问问他。

"过来。""弄啥嘞？""你看见啥了？""我啥也没看见。""就那你说风紧？""我是怕忘了！""嗯，臊气。"

二鬼说："哥，我看这小子入了咱的伙儿，不但帮不了咱的忙，反而咱跟着还要背包哩。你看，还没有来哩，他说到那儿人家光逮住。眼看东西都快到手里啦，他又说风紧。你不管他是怕忘了还是……唉，不管咋着，他是先打臊气先放快。叫我说量小非君子，无毒不丈夫，干脆把他害了算了。""咋害呀？""姑娘那棺材档已经打开了，咱就说姑娘头底下枕二十四块金砖，咱弟兄仨个儿大拱不进去，叫他进去拿去。他往里头一拱，咱给他往里头一埋……中不中？""嗯，就这样。"

"过来。""弄啥哩？""姑娘那棺材档头已经打开了。那姑娘头底下枕二十四块金砖，俺弟兄仨个儿大拱不进去。去，你进去拿出来去。""我胆小，我不敢！""不敢，杀。"陶文斌心里想：我说不敢他就要杀！看他仨凶神恶煞，既能够说得出，定能够做得到，他说杀我肯定不放过我。他就是把我杀了也不会恁好的心再挖个坑把我埋了，我就是死还得落个亮尸。可是，我要是往那里头拿金砖吧，那姑娘本来是吃鸡蛋噎死的。万一阴魂不散抓住我，不叫我出来咋办。唉！毕竟是个死，死里头比死外头强，还是死里头好！主意拿定，战战兢兢来到棺材跟前，把头往棺材缝里一伸，双手就摸大姑娘的人头。还没等他的双手摸住姑娘人头哩，就见胡家三鬼上前去抓住他的两条腿说声："你进去吧！""扑通"一声把陶文斌填进去了。这弟兄仨拿住镢头、铁锨，刨的刨，拆的拆，叽里咣当把陶文斌给埋起来了。

埋了个陶文斌，这弟兄仨拿着镢头、铁锨走啦。记住胡家三鬼走去这话言讲不着。

单说陶文斌往棺材里一填，隔绝了空气，出不来气，心里不好受，他在里边弹撑哩。他不弹撑还好，他这一弹撑就出事了。咋啦？你要知道这姑娘吃鸡蛋噎死之后，她爹埋葬她之时，成殓尸体不用说是脸朝上。陶文斌是摸姑娘头底下枕那金砖哩，本来是脸朝下。被胡家三鬼抓住两条腿往棺材里一填，他的头跑姑娘的脚那头去了，他的脚正好是姑娘的头那头儿。再说这个陶文斌还没姑娘高，他的两只脚正好蹬住姑娘的下巴颏。他在里头一弹撑两不弹撑，两只脚尖正好蹬住姑娘脖项，那个鸡蛋无巧不巧地"腾"蹬落腹内了。鸡蛋蹬落腹内，停了多时，这姑娘慢悠悠缓过一口气醒了过来。

大姑娘醒来睁眼一看，哎呀，今天晚上这夜这么长，到现在还不明哪。嗯？这不是我的楼房。我的楼房是砖墙这咋是木头？再说我的楼房宽敞，这怎么这么窄狭。哎呀，我身上这么沉是咋回事儿？一摸趴个人，又一摸还是个男人。咦，去你的吧！她能摸出是男人是女人吗？那咋不能哩。你看陶文斌的脚刚好蹬住姑娘的下巴颏，姑娘随手一摸他脚上穿的靴子，那就证明是个男人了。咋啦？那时男人穿靴子，女人穿绣鞋，所以姑娘一摸便知。姑娘心里想：我身上咋有个男人呀？哦，我想起来了。今儿白天我到荒郊跑马演武、拉弓射箭，去了半天，回来之后肚中饥饿。俺爹疼爱我，就给我煮了一碗鸡蛋。俺爹拿一个鸡蛋剥剥皮儿往我嘴里一填，也是我急着往肚里咽，这一个鸡蛋就卟到我的食道里了。俺爹跟俺娘又是捶又是搥，又是扒拉又是搓，折腾了老半天。才开始折腾我还知道，折腾着折腾着我就失去意识了。难道说俺爹跟俺娘想着我是吃鸡蛋噎死了把我埋了吗？你看俺爹吧，埋了可算了，又给我找个陪墓哩。找个陪墓哩可找了个啦，又给我找了个男人。哦，还是俺爹想得周到。还不是想着我在世时也没有寻个婆家，给我找个男人埋在一块，到阴间俺就是两口儿了。我没有死，他在我身上还自己弹撑哩说明他也没有死，既然俺两个都没有死，俺不能死到这里头，俺得出去！

你看姑娘想到此处，抓住陶文斌"卟嘟"往旁边一翻，把身子一揪她蹲起来了。一伸手抓住陶文斌，气沉丹田两臂叫力，一口真气穿三关越七窍，飞跃十二重楼，力贯头顶，猛地站起说声"开"。就听见"喀嚓"一声，硬是把棺材给顶开了，这姑娘抓住陶文斌就蹿了出来。

陶文斌闷得半死不活哩，但是嘴里还在嘟囔："大哥二哥，这棺材里没有金砖哪。"姑娘一听心中想：咋回事儿？我抱个扒墓贼！咦，你去恁奶奶的吧。"啪"把陶文斌往地上一摔，把脚一抬拧住了陶文斌。一按绷簧拽出宝剑，她有宝剑吗？当然有宝剑啦！这大姑娘是女中魁首，巾帼英雄，死了之后她爹埋葬她之时，把她生前所用之物都给她陪葬里头了。其中姑娘生前腰间佩戴的宝剑，她爹照样给她佩在腰间，所以这姑娘自然有宝剑了。却说大姑娘把宝剑往上头一举，骂道："大胆狂徒，吃了熊心，长了豹胆，肚外长胆，胆大包天，竟敢前来扒你家姑奶奶我的坟墓。我来问你，姓甚名谁家居哪里？赶快对我如实而讲，一字讲差，看我不宰了你，讲！"陶文斌强打精神趴地叩头："姑娘容禀。"

好一位公子名叫陶文斌，	叩个头就把姑娘尊。
姑娘你把我盘问，	俺非是少姓无名人。
提起俺高山点灯名头大，	大海里栽花根基深。
扬子江心捞苲草，	提起梢儿连起根。
上水头飘下来擂震鼓，	擂一擂五湖四海有声音。
俺祖居北京城一座，	有一个陶字传万春。
子不言父是正理，	我若是不说你难知闻。
爹爹名叫陶彦山，	柳氏女是俺的老母亲。
俺的舅家居杭州叫柳涛，	老人家官印大号柳书春。
俺娘没生多儿女，	所生俺兄弟两个人。
哥哥名叫陶文灿，	小生我名叫陶文斌。
陶公子这般如此表名姓，	大姑娘闻听喜在心。

"呀，说了半天我当你是谁，原来你是我家表弟陶文斌。表弟，

我是你表姐呀！""姑娘口称表弟又自称表姐，你是何人？""啊哟表弟看看你吧！恁舅是杭州哩，俺舅也是杭州哩。恁舅叫柳涛，俺舅叫柳书春。俺娘是恁姨，恁姨是俺娘，要是我没有记错的话，你今年十六了，我今年十八了。我比你长上两岁，你说你不是我家表弟，我不是你家表姐吗？""看看我说呢，方才我被那三个贼人劫住之后来扒你的墓的时候，他就说要扒蒋正之女蒋赛花的坟墓。我就听着这个蒋正与蒋赛花两个名字好生耳熟，可就是一时想不起来是谁。谁料想竟是扒住你哩墓了。姐姐，表弟多有得罪。你打也打得了，骂也骂得了，还望姐姐海涵一二。""看看表弟你把话说哪里去了。这哪是你来扒墓来了，分明是鬼使神差让你来搭救姐姐来了。要不是你来扒墓，恁家表姐焉有死而复生之理？按理说表姐还得报答你的救命之恩哩。表弟，这里不是盘话之处，走，随姐姐回咱家去。""姐姐咱家在哪儿呀？""正南！""离此有多远儿啊？""大约四里。""四里呀！姐姐，方才我被那三个贼人抓住两条腿往你那棺材里头一填，闷了一家伙，你把我拉出来又摔了一家伙，你那脚往我身上又踏了一家伙。这几家伙呀搞得我浑身发麻，两腿发软，我走不动了。""走不动？不要紧。来，姐姐背着你。"姑娘往那儿一蹲，陶文斌往他表姐身上一趴。

好个姑娘蒋赛花，	要把表弟背回家。
这回不背陶文斌，	一笔勾销话不拉。
这回背走陶文斌，	下回书要把天闹塌。

第三回　陶文斌误入美人洞

好个姑娘女婵娟，
但见她顺大道往前行走，
今儿白天到荒郊跑马去射箭，
回来后也是我饥饿难忍，
实指望吃鸡蛋补养身体，
我本是俺的娘的独生女，
倘若是二老爹娘哭坏身体，
多亏表弟把我救，
把他背到蒋家寨，
俺爹娘他见我死而又回转，
这本是大姑娘的心腹话，
陶公子口中不言心暗想，
我的表姐背着我，
把我背到蒋家寨，
我给俺姨把那安来问，
俺姨要问我爹娘在家可好，
我再说真情实话对俺姨讲，
倘若是俺姨娘哭坏身体，
我再编个瞎话把俺姨来骗，
千难万难难住我，
罢罢罢倒不免定上一个牢笼计，
定巧计我暂把表姐骗，
杭州搬来了我的舅，
单等着俺陶门奇冤昭雪，
到那时我给俺姨把安问，
想到此文斌主意拿停当，

身背表弟款动金莲。
心里头翻江倒海暗自参。
蒋赛花我去了大半天。
我的父他给我煮了一碗熟鸡蛋。
哪料想一个鸡蛋噎得我命丧黄泉。
我一死二老爹娘肯定也可怜。
倒叫我做女儿的心中不安。
我把他背至在蒋家寨园。
见我的二老爹娘去问安。
不用说他二老心里也喜欢。
回头来咱再把文斌的心事谈。
心里头翻江倒海暗盘算。
要把我背至在蒋家寨园。
见我的姨夫姨母去问安。
俺姨娘肯定要把我来盘。
可叫我拿何话前去答言。
俺娘死俺的姨肯定也凄惨。
年迈人哭坏身体我心中不安。
男子汉怎能够说瞎话把老人瞒。
倒叫我陶门后做了难。
骗一骗表姐女魁元。
我到在杭州城去把我的舅父搬。
打北京给俺的二老爹娘报仇冤。
我再来蒋家寨见姨问安。
咱姐弟两个再团圆。
但见他开了口说了一言。

"表姐，你把我放下吧，我有话给你说。""那好，下来吧。表弟，正走哩，你要下来干啥？"

"表姐，这儿离咱家还有多远呀？""大约四里。""四里呀！姐姐，从这里到咱们蒋家寨还有别的路可走没有了？""怎么表弟，你和姐姐一块儿还怕找不着路吗？""不是哩。我是说道路要是没有那么复杂的话，表弟我就是再笨也不至于会走错，你先头前走一步吧。""那你呢？""不好说。""看看你吧表弟，就你我咱姐弟两个还有啥不好说呢？""表姐，表弟我这一阵腹疼难忍，想到那边方便方便。"姑娘心想：俺表弟要去解手，我跟着干啥？"表弟从这里到咱们蒋家寨别的没路可走，只有这一条路可以到达。要当真如此，姐姐我先头前走上一步，我在寨门口等着你，咱姐弟俩寨门口见。""啊！姐姐你快些走吧。"姑娘不知是计，转身走了。

姑娘一走，陶文斌暗暗好笑：嘿嘿嘿，哎呀表姐呀，说起来你是个女中魁首，巾帼英雄，我这略施小计你可上当了。嗯，我得跑。可是我往哪儿跑哇？我再说正北，一来是背道而驰，二来我再被那三个贼人劫住咋办？正西没路可走，正东……对了！有一条斜小路直奔东南，我何不顺着斜小路正东南跑呢。对，我得快些跑，要不被俺表姐发现破绽撵下来就麻烦啦。主意拿定，陶文斌顺着斜小路直奔东南跑下去了。同志们，他不正南还好，这一正东南跑去，下回书陶文斌则有性命危险了。

陶文斌骗下了女魁元，　　　撒迈大步奔东南。
走一边想回头观看，　　　　看不见表姐在哪边。
姐呀别埋怨表弟我见识太浅，别埋怨表弟我道理不端。
别埋怨表弟我人事不懂，　　表姐呀你怎知表弟我有苦难言。
今夜晚我暂时把你来骗，　　我到在杭州城去把咱的舅父搬。
杭州城搬来咱的舅，　　　　打北京给俺的二老爹娘报仇冤。
单等着俺陶门奇冤昭雪，　　我再来蒋家寨见姨问安。
到那时我给俺姨把安问，　　咱姐弟二人再团圆。
文斌主意拿停当，　　　　　撒迈大步奔向前。
紧一阵，慢一阵，　　　　　脚步过去一溜烟。

有心让他慢些走，啥时候才能唱到热闹间。
一口气跑够三十里，直累得浑身出汗冒狼烟。
小公子累得嘘嘘喘，就听见金鸡三唱亮了天。
天色微明抬头看，有座大山把路拦。
这座山山势雄伟高万丈，山峰直插九重天。
山上看松柏交加遮云雾，山下看飞流瀑布千丈潭。
山左看蛇钻不透的黄蓓草，山右看百鸟齐鸣闹声喧。
脚下的斜小路直奔山顶，倒叫这陶门后又做了难。

这窝囊事儿都叫我给办完了！我只顾跑哩，也没有看见有真大一座高山，可是到了天明正好跑到这座山下。这座山高有万丈，山峰入云，怪石林立，脚下这条斜小路崎崎岖岖直奔山顶。就凭我陶文斌这腿功，从现在开始起步走，今儿一天我甭停，恐怕挨黑差不多能走到山上，今晚我得在山顶过夜。像这样大的高山，常有狼虫虎豹出没，万一那狼虫虎豹把我吞吃了，何人给俺爹娘搬兵报仇哇？我再说拐回去吧，俺表姐这时候找不着我肯定正在焦急哩。我要是拐回去岂不是咱送上门多找麻烦。唉，这一阵累得我实在够呛。反正天还早着哩，不如我就在这儿歇息歇息，等一等有人从这儿过，我就问问附近有路可绕没有。主意拿定，他就脸朝外背靠山席地而坐。记住文斌在这里休息言讲不着，回头来再说说这个姑娘蒋赛花。

却说姑娘来到蒋家寨门外，左等右等，不见文斌来到。又来到两个人分手之处，仍然不见文斌踪影。姑娘心想：咋回事儿？难道说俺家表弟真是没出过门儿吗？就这一转眼可失迷路径啦？也罢，我是俺爹娘的独生女儿，我这一死，昨天晚上俺二老爹娘肯定痛哭不止，万一要哭个三长两短那可如何是好？也罢，待我把门叫开，回到家中，见了爹娘，止住二老悲痛，然后再说知此事，出来寻找俺家表弟不迟。

想到此处，她就来到寨门楼下，手拍寨门："寨门楼上，今天晚上谁在这儿看寨门哩？开开门，开开门，恁姑娘我回来了！"谁在这儿看寨门哩？今天晚上看寨门的是蒋家寨的一名庄客，名叫蒋三。轮着蒋三看寨门，蒋三心里就犯嘀咕：俺姑娘活着就肯给我打渣子，轮住我看寨门，俺姑娘就吃鸡蛋噎死啦，万一阴魂不散，今天晚上再诈尸跑回来咋办哩！蒋三正在思想，呔，我咋听着有人喊门哩！蒋三偷偷哩，遛遛哩，蹑手蹑脚来到窗户台下，手扒窗户往下一看，吃了一惊：哎呀我的妈，这真是怕中有鬼，痒处有虱。越是怕狼来吓，俺姑娘真的回来了。俺姑娘活着就肯跟我打渣子，我呀长圆不敢搭这个茬，我还是赶紧回去见了我家老爷说知此事吧。蒋三轻轻下了寨墙，顺着大街大跑小跑来到蒋府大厅："爷，我回来了。"单说分水夜叉蒋正正在哭叹自己的女儿，闻听此言，睁眼一看："蒋三，你想着恁爷我这心里老好受是不是？你回来了看多主贵！""爷，我回来了有啥主贵？是俺姑娘回来了！叫我给她开门哩！你知道俺姑娘活着就肯跟我打渣子，我也没敢理她这个茬儿。我想咋着你是她爹哩，她不敢对你无理，你去到寨门给俺姑娘说说，让她拐回去吧，别回来了。""啊！自从恁姑娘吃鸡蛋噎死之后，昨天晚上恁老太太一下哭死了五回。蒋三，千万莫要大声说话再惊动与她。来，搀着我去见恁家姑娘。""爷，慢点来，慢点来。"蒋三搀扶蒋正，直奔寨门见姑娘走下去了。

蒋三搀扶老蒋正，　　　　　老蒋正走一步一滴泪滴湿前胸。
仰望着大门口掉下眼泪，　　哭了声早死我的儿娇生。
恁爹我四十二岁才有了你，　四十多得女儿喜在心中。
虽然说我的儿你是一个女娃娃，老爹爹并没有把你来看轻。
一生两岁学会走，　　　　　三岁上喊声爹爹，爹心里高兴。
小女儿你长到七岁上，　　　我把你送女学去念《女儿经》。
谁料想你不爱习文爱练武，　我花钱又给你请来两个武先生。
教授我儿学武艺，　　　　　盼望着我的儿青史留名。
昨一天我的儿跑马演武，　　老爹爹我亲自给你备走龙。
大门口见女儿上马走去，　　回家来煮鸡蛋等你回来把饥充。
实指望吃鸡蛋补养身体，　　哪料想一个鸡蛋噎得你丧残生。
细想想我儿死你别把他人怨，都怨恁老爹爹太把儿疼。
不料想我的儿死得太暴，　　今夜晚诈了尸又回家中。
现如今待我去到寨门口，　　见女儿叙一叙父女之情。

老蒋正哭哭啼啼来得快，　　寨门口不远面前停。
蒋三搀扶把寨墙上，　　　　手扒着寨门楼细观分明。

啊！不是我儿又是谁呀？"下边可是我儿赛花吗？""正是女儿回来了！爹爹赶紧把大门打开让女儿我进去。""孩子！别回来了，快些拐回去吧。""爹爹，女儿我特意回来了，你叫我拐回去干啥？""孩子！我知道你舍不了爹，舍不了娘，爹娘也舍不了你呀孩子！自从你死了以后，昨天晚上恁娘一下哭死了五回，方才我才把她劝住，你可长圆不要回来惊吓与她了。既然回来了，就在这里跟爹爹说说，争啥少啥待天明爹爹给你往坟上送。""爹，我啥也不争，就争你和俺娘。""哎呀妈呀，儿啦，你死还不够吗？难道叫我和恁娘一块陪你去死吗？""啊！爹爹说哪里话咳，女儿我没有死呀！""啥呀？你能骗得了别人，能骗得了我吗？清晨早起你跑马演武，拉弓射箭走的时候，是爹爹我亲自给你备的马。看着我儿上马走后，我想你回来之后肯定肚中饥渴，所以我就给你煮了一碗鸡蛋，等你回来充饥。果然不出我的预料，你回来之后肚中饥渴。爹爹我就拿个鸡蛋剥剥皮儿，往你那嘴里一填，也是恁爹我老没材料，填得太肯里头啦，这一个鸡蛋就把你给噎死啦。恁娘说你死得太暴了，怕夜晚诈尸，来不及打棺材就把你装到我那寿材里，是我亲自给你换的衣裳，我入的殓，我挖的墓坑，我下的葬。我能不知道你死了没有哇？""爹，你说的可能完全会是真哩。但是女儿我真的没死呀！常言道得好，人死如灯灭，浑身是凉的。你要不信，你下来摸摸我身上还热着呢！""啥？我才不摸你哩。""爹，要不你下来，我把门推开个缝，我把手伸进去，你摸摸我的手还热着哩。""蒋三！""爷，干啥？""下去摸摸恁姑娘的手看看热凉！""老爷，还是你下去摸吧。""你这孩子，恁爷不是老了吗，腿脚不便利了吗？""不碍事，我搀着你，走吧走吧。"不容他不下来，蒋三搀住把他搀下来了。

"蒋三，去！""啊？""你！养兵千日用在一时嘛，平常爷待你咋样，就这屁样大点事儿不敢上前啦。""老爷，那你给俺姑娘说说，叫她长圆不敢给我打渣子。""好！赛花。""哎，爹摸吧。""我叫蒋三摸摸你的手看看热凉,你可不敢跟他打渣子。""好,蒋三摸吧,不给你打渣子。"

她越说不打渣子蒋三心里越害怕,只见他把眼一闭,顺着门缝往上摸哩:"爷,冰凉。""摸住哪儿了?""嘿,门搭儿。""我叫你摸怹姑娘手哩,你摸住门搭儿能不凉吗?无用的狗才。去去去,待我亲自摸摸。"只见蒋正伸出虎爪照住姑娘的小手一摸:"嗯,蒋三,快把锁打开。"蒋三不敢怠慢,急忙把锁打开。

大姑娘破门而入,走上前去,双膝扎跪:"爹爹在上,不孝女儿下边叩头。问声爹爹身体可好,虎驾可安,万万地纳福。""哎呀,儿啦,家礼不可常叙,快快起来。儿啦,你是怎样死而复生的呢?""爹爹,这里不是盘话之处,回到家中再说吧。""嗯,我儿言之有理,快快随老父回府!"父女两个离开寨门直奔家中走去,这话言讲不着。回头再说公子陶文斌。

却说文斌在山下歇息了一顿饭的工夫还不见有人从这儿过,心中暗想:这里肯定是条背道,根本没路可走,我呀哪怕被俺表姐碰上,我还拐回去吧!主意拿定,双手按地就要站起身来。谁料想他屁股刚刚一离地,就听见半山腰山崩地裂一声响亮,咕噜噜噜——咚。吓得陶文斌"哎呀我的妈","扑通"一声又坐下了。慢慢回头一看,啊!只见半山腰炸开一座石门,石门上边悬挂一块石匾,石匾上明晃晃、亮堂堂写着斗大十个金字。上写:"铁塔九里山,八宝美人洞。"

文斌心想,我从小就读书,书上有记载,老人们传说过,言说这铁塔九里山,八宝美人洞里边是另一番天地,又说是六十年还原,大甲子年开一回门。今天正好开开洞门,正好叫我陶文斌碰上,难道说这美人洞与我有缘分。那么我就进的洞中,一观洞中仙境饱饱眼福,二来也可以躲避俺表姐的追赶,这不是两全其美吗?对!就这么办,待我上山。

想到此处,陶文斌站起身来,迈开大步,顺着崎岖山道,"腾腾"等到吃中午饭的时候他就来到洞门口了。他不敢贸然行进,往门口一趴,探头往里边一看,哎呀我的妈,听说那里边是另一番天地,果然是名不虚传呀!我们这个世界,今天正好是十一月十五的天气,那里边正是三月艳阳之景。洞中有满园不谢之花，四季长春之景，奇花异卉，芳香扑鼻，鸟语花香，令陶文斌心旷神怡。陶文斌心中想，嗯，待我进洞观看。想到此迈步走进美人洞，一边走一边看，一边看一边赞：嗯，好景！果然是好景啊！我陶文斌今天看了洞中仙境，下了高山，到达杭州，找着俺舅，搬来大兵，杀了闫琦，宰了西宫，给俺爹娘报了仇雪了恨，我若得上一官半职，等我到在晚年和后辈人坐在一起，谈论起我陶文斌昔日遍游美人洞，那该有多痛快呢。哈哈哈哈……正在高兴，就听见咕噜噜噜噜噜——咚。文斌回头一看，啊！咋啦？门又关上啦。

陶文斌心中埋怨自己，陶文斌呀陶文斌，这窝囊事儿叫我给办完了。美人洞开了大半天我倒没有进来，刚进来这门就关上了。美人洞六十年开一回门儿，我今年到十六啦，再停六十年我到七十六啦。我都七十多了，俺舅不早就沤成灰了。陶文斌呀陶文斌，谁叫你进来哩，我再不胜……可是话说回来啦，掏钱难买再不胜啊！我既然进来啦，门也关上啦，我就是再埋怨也没啥益处。我想，既然有前门，肯定有后门。既然前门关上啦，我就找后门出洞吧。陶文斌无心观看洞中仙境，哭啼啼往前行走是要找后门出洞。同志们，他不找后门还好，要找后门出洞，那才是越走越远，越陷越深，想出美人洞，真比登天难。

美人洞关住了两扇洞门，　　困住了忠良后陶文斌。
哭啼啼顺大道往前行走，　　一心心下高山前去找后门。
"我只说进洞中看仙境，　　谁料想刚进洞关住洞门。
关洞门困住我陶门之后，　　眼看着陶文斌大祸临身。
大丈夫生何欢死而何惧，　　我有死俺陶门就要绝根。
死了我陶文斌不要紧，　　是何人给俺爹娘把冤申。
苍天爷保佑多保佑，　　保佑着陶门后找到后门。
只要我离开美人洞，　　我情愿杀骆驼宰牛羊满斗焚香谢圣恩。"
陶文斌哭哭啼啼往前走，　　头不抬，眼不睁直往前奔。
走了一里话不讲，　　走够二里话不云。
转眼走够二十里，　　就听见面前头一阵声音。

陶文斌越走地方越大，一望无际。心中想：这后门在哪儿呢？我想着找个人问问，别说人啦，连个村庄的影子都没有看见。他正想着看不见村庄的影子哩，就听见前边"咯儿咯儿咯儿"。咦，那是啥响哩？我陶文斌从小就读书，书上有记载，说大宋朝有个呼延庆，探地穴得金鞭，给他祖上报仇雪恨。民族英雄岳飞之子岳雷，探地穴得宝枪，才能扫平北国。想我陶文斌要到杭州找舅搬兵给俺爹娘报仇雪恨。要报仇，得杀闫琦。要杀奸贼，得用兵刃。难道说这美人洞也和那地穴里头一样，有宝贝，故意开开洞门等着我进来得宝唻？那"咯儿咯儿咯儿"的声音难道说就是那宝贝发出的声音等着我去拿它哩？我先别哭哩，找找看！

陶文斌顺着声音往前大约走了五六十步，他看见了。是啥？原来是个老头。他没有看见老头的正脸儿，光看见老头的后相不过五六十岁的年纪，手里拿了个镢头，"咯儿咯儿咯儿"弄啥哩？正在那儿刨树疙瘩哩。陶文斌不敢往老头面前来，来到老人背后，一抱双拳："老人家我给你见礼了，老人家我给你见礼了，老人家我给你见礼了。"连说三遍，那老头慢慢把镢头往地上一放，扭脸一看陶文斌。吓得陶文斌"哎呀我的妈呀！"咋啦？他没有看见老汉的别处，光看见老头哩眉毛从眼顶上一家伙耷拉到脚脖子。扭项回头看陶文斌的时候，用两个小拇指勾住眉毛往耳根儿后边一搭："哼哼，哈哈哈……陶文斌。"

陶文斌心里想：我都没有来过他就知道我叫陶文斌？"对，别看你没有来过，我就知道你叫陶文斌。"哎呀我的妈！我就心里想想，嘴里又没说出来，他可知道了。"你根本就不用说，想想我就知道。"那我长圆都不敢想了。"你不敢想我也知道。""老人家，如此说来你对我的事情是了如指掌啦。""陶文斌你是人吗？""老人家我咋不是人呀？""你是人不瞎话，但是你回忆回忆你自己做的事情是人做的事情吗？""老人家，学生我也不知道哪点儿失去检点，做错啥事，惹你老人家生气，得罪你了？""唉，你咋会得罪我呢？陶文斌你想啊，恁爹陶彦山官拜兵部大司马，清如水，明如镜，两袖清风，爱民如子。堪称大明朝擎天白玉柱，架海紫金梁。谁料想被老太师害了恁全家三百多口命丧法场，你逃离京都，理应该给恁爹娘报仇雪恨。但是，你不但不给恁爹娘报仇雪恨，反而有闲心来到洞中观看洞中美景，你算啥人啊？""原来如此呀老人家，这你就错怪我了。我就是急于给俺爹娘搬兵报仇，我才来到这里头啦。既然我不说你就知道，这说明你对我的事情是了如指掌啦，以前的事情我也不用再给你重述啦。昨天晚上，我为了躲开俺表姐，我就一口气跑到这座山下。可是刚刚来到山下，这美人洞就开开洞门了。你知道我从小就读书，四书五经全都读通。书上有记载，老人们传说过，言说这铁塔九里山，八宝美人洞里边是另一番天地，又说是六十年还原，大甲子年开一回门。今年正好是大甲子年，今天正好开开洞门叫我碰上，难道说这美人洞与我有缘分，那么我就进得洞中一观洞中仙境饱饱眼福，二来也能躲避俺表姐的追赶，这不是两全其美吗？可是我刚刚走进美人洞这洞门可就关上了。我想，只要有前门肯定有后门，既然前门关上啦，我就找个后门出洞算了。老人家，请问您这里边有后门吗？""你想哩老到！有后门吗？只有那一个门儿。""老人家，六十年还原大甲子年开一回门儿那可是真哩？""那能有假？千真万确一点儿也不假。""老人家，我今年都十六啦，再停六十年我都七十六啦，我都七十多啦俺舅不早就沤成灰啦？""那怨我？我把你背来啦？""我不是说怨你呀老人家，男子汉大丈夫生而何欢，死而何惧。我陶文斌自从娘胎生下，早把生死置之度外了。可是，话说回来了，我若一死，俺家不就绝后了吗？俺家绝了后代，没有人给俺爹娘搬兵报仇，致使俺爹娘冤沉海底。我怎对得起二老爹娘的在天英灵，有何颜面去见俺全家人于九泉之下，老人家你救了我吧！""啥呀？你住口。你可长圆别说叫我救你！我敢救你吗？我要把你救出美人洞她们不撕吃我才怪。""啊？老人家谁要撕吃你呀？""给你说实话。美人洞里边三千六百口，就我自己是个男人，其余都是仙女儿呀！""啊？老人家，就你自己是个男人啊！那你咋进来啦？""我跟你一样。""跟我一样啊，那你来了之后你都干点啥？""你没有瞅见？天天刨树疙瘩。""那你都不感到寂寞吗？""寂寞？寂寞有啥办法？""那你都不想着出去？""咦，你想出去就出去了？跟你说实话，美人洞是好进不好出。六十年开一回门儿不瞎话，但是等到开开洞门儿之后你能走不能走还在两可之间哩！""老人家那你来了几年了？""我已经记不清了。""你今年高寿？""唉！我岁数不大，称不起高寿，今年满共得三万六千岁了。"陶文斌心里想：怪不得眉毛能耷拉到脚脖子哩！"老人家，你能不能救我，能不能给我指个路？""路也不能指。""老人家，我知道你还在生我的气，气我不该走进美人洞里来。可是话说回来了，人不错成神，马不错成龙。知错改错不为错。我陶文斌知错就改，以后诸如此类的事情绝对不能在我身上发生啦。老人家，千不念万不念，念起俺爹是干国忠良，全家被奸贼陷害，死得冤枉，你就可怜可怜我这忠良之后，给我指个路吧。啊？""唉！陶文斌哪陶文斌，要念起你，你这个人我根本不应该理你。可就是你的话，念起恁爹是干国忠良被奸贼陷害，死得冤枉，我就给你指个路。可是，你可不敢说是我给你说哩。""老人家，你放心。只要你给我指个路，我一定不暴露你。""嗯，过来，你顺着我手指的方向正北走四里，然后正东一拐再走四里，面前有个村庄。你进西头儿往东走路南有个井台，上边蹲坐着一个大姑娘在那儿洗衣裳哩，你去找她去。""我找她，她能救我？""她能救你。我给你说实话，那姑娘名叫玉面仙姑。美人洞中三千六百口就她自己当着家儿哩，她乃美人洞一洞之主。""那我见她咋说呢？""你别急嘛。你见她不敢喊她别哩啥，你喊她仙姑娘。你就说仙姑娘我给你见礼了，你说着话，看着她，看她瞅你不瞅你。她若瞅瞅你倒还罢了。不瞅你，你就说：'姑娘我给你跪下啦。'你给她跪下。""老人家，那我要是跪下她还不瞅我咋办哩？""那么你就哭。""咋呀？""哭。""哭？""嗯，我问你会哭不会呀？""反正是以前没有哭过，这一路哭哩不少。""你只要会哭就行，你能哭哩那姑娘睁眼瞅瞅你，你就死不了。你能哭哩那姑娘说句话，说陶文斌别哭啦，这就有救你的希望。你能哭哩那姑娘一伸手搀起你，说你起来吧，这就能马上送你出洞。如果你做不到这三点儿，想出美人洞，必等六十年。去吧！""老人家，我去了她要是不救我咋办，我还拐回来找你？""啥呀？妥妥妥。别去了，别去了。你还没走哩就打点儿还拐回来哩，会中啊？我给你说，美人洞六十年开一回门儿，那姑娘六十年离开她家到井台上洗一回衣裳。如今，就剩下八件衣服还没有洗完哩。等她这八件衣裳一洗完,她一回家,你就得六十年见不到她。必须等到再开洞门,她再出来洗衣裳你才能见到她,可是那时候她忙于洗衣裳,她能救你吗?衣裳一洗完她再一回家,你还得等六十年。你还拐回来找我哩,别拐回来啦,快些去吧!""老人家,谢过你的指教,学生告辞,咱们后会有期。"一转身,辞别长眉老汉,顺着老人手指的方向,直奔井台找仙姑走下去了。

陶文斌迈大步往前走下,	二目中掉眼泪心如刀扎。
刀割胆箭穿心阵阵伤悲,	哭了声九泉下儿的爹妈。
实可恨朝纲乱奸臣当道,	贼闫琦施毒计害咱全家。
恁的儿逃出京离乡背井,	杭州城找舅搬兵把仇人来杀。
不料想今一天来到山下,	美人洞开了门我喜开心花。
实指望进洞中观看仙境,	不料想关洞门将儿困煞。
倘若是在洞中儿把命丧,	是何人报冤仇把仇人杀。
那老头说的话不知真假,	若是真指路恩将来报答。
陶文斌哭啼啼来得好快,	井台旁端坐着一朵鲜花。
仙姑娘坐井台正把衣洗,	陶文斌上前去仔细观察。

陶文斌顺着老人手指的方向正北走四里,往东一拐又走四里,面前闪出一座村庄。进西头往东走,路南有个井台,上边蹲坐着一个大姑娘,正在那儿洗衣裳哩。陶文斌心里想:那老头给我说,叫我向她求情,让她救我哩。那姑娘也不知道长得啥样?要是长得看着怪面善,救我不救我和她说两句也没有啥。要是看着梆可恶,就不敢瞅见,瞅见就害怕,还不敢给她多说少道哩。我先看看她长得啥样吧。来到近前仔细一看,咄,她没得脸唻?你说那姑娘又没有勾头,就这样平常的姿势在那儿搓衣服哩,陶文斌光能看见头上的头发和面前的刘海,就是看不见姑娘的脸。文斌心想:别看啦。人家是仙女呀!人家那脸都是仙容啊!既然看不着姑娘仙容,还不是说明姑娘不愿意叫看。既然不愿意叫看,那可别强看了,再看着看着,姑娘不耐烦了还糟糕哩。干脆按那老头说的办吧。走上前去,一抱双拳:"姑娘,仙姑娘,我

给你见礼啦。"不瞅我。"仙姑娘,我给你见礼啦。"还不瞅我。"姑娘,我给你见礼啦。"还不瞅我,这弄不好得下一跪哩。为了出洞跪就跪吧:"姑娘,我给你跪下了。"还不瞅我。"得哭,哭就哭。姑娘,我的仙姑娘啊……"

陶文斌双膝跪在溜平,　　止不住伤心泪往下直落阵阵伤情。
先问声仙姑娘仙驾可好,　　再问声仙姑娘仙驾安宁。
仙姑娘坐井台慢把衣洗,　　你听听小生诉诉冤情。
我的家可不住在恁美人洞,　　俺祖居凡间就在北京。
眼看公子表名姓,　　下一回惊动女仙童。

第四回　长眉仙暗助陶文斌

自幼姓陶一个字，　　　　　　　有一个陶字传万冬。
我的父名叫陶彦山，　　　　　　老人家忠心耿耿保朝廷。
俺娘本是柳氏女，　　　　　　　老人家受皇王三次封过诰命。
兄长名叫陶文灿，　　　　　　　陶文斌本是小生我的名。
只因为我的父居官清正，　　　　得罪了太师闫琦狗奸佞。
偏赶上红毛国三年无有宝奉，　　我的父领圣旨离开了朝廷。
红毛国内去催贡，　　　　　　　红毛国差使臣献宝来到朝中。
八宝金殿献上了宝贝，　　　　　金殿上逼万岁说出宝贝叫什么名。
谁料想万岁爷难认宝贝，　　　　解宝官金殿上认也认不清。
万岁主被逼得万般无有奈，　　　捻御笔写下了降书一封。
又按上大明朝玉玺印，　　　　　眼看着要递给那使臣接在手中。
倘若是那使臣接过降表，　　　　大明朝十万江山就要一旦倾。
就在这千钧一发燃眉时刻，　　　仙姑娘我的父缴圣旨回到了龙庭。
我的父八宝殿去缴旨意，　　　　就看见万岁皇爷龙颜不高兴。
我父问万岁主出了什么事，　　　万岁爷从头至尾讲分明。
我的父金殿接过宝贝观看，　　　看罢了才说出宝贝的名。
俺爹说那宝贝名叫十把穿金扇，　它不在凡间在天宫。
扇子边是月宫娑罗做，　　　　　扇子面九天仙女织王母娘绣成。
金殿上我的父说出宝贝根底，　　喜坏了万历皇爷一盘龙。
万历皇爷龙心喜，　　　　　　　又把俺爹来加封。
连升三级还不算，　　　　　　　又把那宝贝赐给我的父亲生。
金殿上万岁爷曾传旨意，　　　　晓谕了满朝文武卿。
言说是哪家大臣想看宝贝，　　　金殿上领寡人圣旨一统。
有了圣旨能看宝，　　　　　　　无圣旨看宝贝欺君之罪非能容。
金殿上万岁爷传下旨意，　　　　我的姑娘啊，我的父倒退八步下龙庭。
我的父回到兵部府，　　　　　　大厅内又取出宝贝看分明。
我的父正把宝贝观看，　　　　　四国舅闫豹要宝到在俺家中。
我的父念国舅是皇亲，　　　　　才把那宝贝递到闫豹手中。

闫豹接宝往外走，
大厅里给俺爹把安问，
俺就问俺的父出了什么事，
我兄长身为武将脾气不好，
撑国舅要宝贝到大门外，
我兄长被逼得忍无可忍，
大门口夺回十把穿金扇，
大门口打死一位四国舅，
金殿上万岁爷定他无理，
西宫院去把娘娘千岁见，
又停一月偏赶上火神庙里起了大会，
回来的路上路过御街，
言说是西宫娘娘她在前边等，
我的父不想把娘娘见，
实指望正东一走就了事，
我的父打马正西走，
我的父打马走中间，
逼得俺爹无计奈，
我的父磕头给她把安问，
打罢俺爹不解恨，
我的父身为忠良脾气好，
实指望回家一走就了事，
计牢笼。
那狗贱妃十指分剪脸挖破，
身上的凤衣都撕烂，
狗贱妃上殿见圣驾，
大街上他把娘娘戏，
万岁爷这才龙心怒，
才把俺全家老少上了绑，
法场上绑下俺三百三十零三口，

我和兄长大厅里给俺爹问安宁。
就看见俺爹脸上不高兴。
俺的父从头至尾讲分明。
打一个箭步往外冲。
四国舅昧了宝贝不认承。
才把那宝贝强夺手中。
不料想一巴掌他把国舅头打脓。
老太师八宝金殿见朝廷。
老太师哭哭啼啼到西宫。
与娘娘定下计牢笼。
我的父打马烧香求神灵。
忽听见守令人报禀一声。
等俺爹下马问安宁。
打马扬鞭奔正东。
谁料想西宫娘娘撑正东。
西宫娘娘正西迎。
西宫娘娘把当中。
下马磕头问安宁。
狗贱妃不由分说耳巴子抡。
抬脚又往俺爹脸上蹬。
上马扬鞭回家中。
我的姑娘啊，谁料想中了贱妃的

翡翠冠打碎地下扔。
凤头花靴拽掉扔。
她本参俺爹是个奸佞。
臣戏君妻罪非轻。
一道圣旨下龙庭。
绑到法场问斩刑。
孤零零逃出我人一名。

逃出北京燕山地，　　　　　杭州找舅去搬兵。
小生来到高山下，　　　　　美人洞开开洞门庭。
也是我好奇心误入仙境，　　刚进洞美人洞又把洞门封。
关住洞门困住我，　　　　　一看小生难活成。
大丈夫生而何欢，死而何惧，我一死是何人给俺爹娘把冤申。
万般出在无计奈，　　　　　我来找仙姑恳求情。
望仙姑发慈悲，　　　　　　多发怜念救救小生。
仙姑娘好话我说了千千万，　难道说你的心是铁打铜铸成。
姑娘啊不念僧面念佛面，　　不念鱼情念水情。
鱼情水情全不念，　　　　　念起俺爹是干国卿。
忠良臣他被奸臣害，　　　　难道说仙姑娘你都不心疼。
救了我吧救了我，　　　　　你把我送下高山峰。
只要你送我出了美人洞，　　忘不了姑娘你救命的大恩情。
久后我若不得第，　　　　　一笔勾销话不明。
久后我若得了第，　　　　　我把你刻牌位敬到俺那堂屋中。
一天三遍把香上，　　　　　三天九顿问安宁。
我把你当成俺八辈老祖宗，　我问你救我中不中。
陶文斌一哭一个肝肠断，　　谁料想哭得姑娘怒冲冲。
哭得姑娘心不愿，　　　　　抓住衣裳猛一拧。
拧干放在脸盆内，　　　　　端着脸盆奔正东。

　　陶文斌越哭越痛，谁料想哭着哭着，哭哩姑娘不耐烦了。抓住衣裳一拧，往盆里一放，端着盆正东跑啦。陶文斌一见心里想：看这多排场，那老头给我说叫我跪那儿哭哩，只要哭哩姑娘能睁眼瞅瞅我，我就死不了，能哭哩给我说句话就有救我的希望，能哭哩伸手拉起我就能马上送我出洞。看这多排场，哭了大半天连一眼也没有瞅我。那你瞅我不瞅，我多蹲一会儿怕啥，端着盆可跑啦。跑，跑喽我就撵。还不敢撵哩，那老头没给我说叫我撵啊。我跟那老头俺两个以前不认识呀，第一次见面呀，可以说是萍水相逢，素昧平生啊。有道是画虎画皮难画骨，知人知面不知心。究竟他在我跟前安的啥心我可不知道哇。他说那姑娘是个仙女，万一那老头骗我哩，说不定那姑娘是个妖怪变哩，他故意把妖怪说成仙女叫我撵哩，撵着撵着一回头"哈吞"一口。可是，再说不撵姑娘吧咋办？干脆，还拐回去找那老头儿去。咦！他又拐回去啦。

陶文斌迈步刚刚走出村庄就听见"咯儿咯儿咯儿"。呀嗨，你别看那老头儿恁大岁数了，刨树疙瘩刨哩还老快哩。就这一转眼可刨了八里地，省得我多跑八里地呀。还是上前问他吧。你看他紧走几步来到近前，一抱双拳："老人家，我给你见礼了。""滚。""老人家。""陶文斌哪陶文斌，你来到美人洞里边见了我又是哭又是泪，叫我给你指路哩。我冒了天大的风险给你指了个路，叫你找仙姑娘哩，你不去找她又来找我干啥？""老人家，你说叫我找她跪那儿哭哩。""是啊！你哭了吗？""长这么大就这一回哭哩狠哩。""那她没有救你吗？""那不是废话？她要救我我还回来干啥。不但没有救我，连瞅我一眼也没有。那她救我不救我，多蹲一会儿怕啥，她却端着盆儿可跑啦。""跑啦，正哪儿跑啦？""正东啦。""你看准啦？""看哩才准哩，正东跑啦。""她往正东跑你咋不撵哩？""敢撵？""咋不敢撵，那姑娘是试你哩，看你有真心没有，她在头前跑你在后边撵，这说明就是真心实意她情救你啦。本来是试你哩，你不去撵她，又来找我干啥？""啊？你也不知道早些弄啥哩，不说清楚。""陶文斌哪，你到底是想出洞不想出洞啦？你要是不想出洞算了，这里边三千六百口就我自己是个男人，实在是寂寞无聊。你既然来了咱两个搁个伙计，你给我做个伴儿，我刨树疙瘩你给我招呼着点儿，我天天管你吃饭，到夜晚咱两个在一块睡觉。""老人家，我得出洞给俺爹娘搬兵报仇哇。""想报仇，想出洞，拐回去。""上哪儿？""井台上！""到那儿咋办？""哭！咋办。""还得哭？""还得哭！""那她要是再跑喽哩？""她要再跑你就撵。""敢撵？""敢撵，她上天你撵上天！""我不会上天呀。""哎呀，她会上天吗？她要会上天我能叫你撵她？我的意思是说，她跑哪儿你撵哪儿，务必撵上她，恳求她让她救你。""老人家，我要是撵上她，她还不救我咋办，我还拐回来找你？""你还拐回来找我？给你说实话，找仙姑娘必须是一心一意，且莫要三心二意，如果有半点儿私心杂念就不能成事儿。去吧！""老人家，谢过你的指教，学生告辞，咱们后会有期。"陶文斌一转身辞别长眉老汉，二次找仙姑，直奔井台走下去了。

陶文斌辞别了长眉老汉，　　　　第二次去找玉面仙。
一边走一边想仰天长叹，　　　　思前情忆往事心酸。
我只说进洞中来把仙境看，　　　谁料想刚进洞又把门关。
关洞门困住我陶门之后，　　　　找仙姑我也曾去到那井台前。
井台旁跪在地我哭哩有多悲痛，　仙姑娘她的心犹如铁坚。
现如今二次去把仙姑找，　　　　但不知这回沾弦不沾弦。
苍天保佑多保佑，　　　　　　　保佑着仙姑娘大发怜念。
只要她送我离开美人洞，　　　　我情愿满斗焚香谢苍天。
陶文斌哭哭啼啼往前走，　　　　井台不远就在面前。
仙姑娘在井台正把衣裳洗，　　　陶文斌走上前扎跪平川。
先问声仙姑娘仙驾可好，　　　　再问声仙姑娘仙驾安。
仙姑娘在井台慢把衣裳洗，　　　你听听陶门后诉诉奇冤。
全家仇我已经讲了一遍，　　　　血泪痕我不说仙姑娘你知端。
因此上我来把仙姑恳求，　　　　恳求你把小生送下高山。
只要你送我离开美人洞，　　　　忘不了仙姑娘救命的大恩典。
久后我要不得第，　　　　　　　一笔勾销话不谈。
久后我要得了第，　　　　　　　我把你刻牌位敬到俺那堂屋前。
一天三顿把香上，　　　　　　　三天九顿去问安。
今一天你若不把小生我搭救，　　陶文斌跪死到你面前。
陶文斌只哭哩肝肠断，　　　　　谁料想哭哩仙姑不耐烦。
哭哩姑娘心不愿，　　　　　　　抓住衣裳就拧干。
拧干放在脸盆儿内，　　　　　　端着脸盆正东窜。
仙姑娘正东一走不要紧，　　　　惊动文斌暗盘算。
适才那个老头儿对我讲，　　　　他的言语我记得全。
他言说仙姑娘要跑让我撵，　　　她要是上天叫我撵上天。
既如此你要跑我就撵，　　　　　紧紧跟在你身后边。

你上天撵你到灵霄殿，　　你入地撵你去到鬼门关。
正东撵你东洋海，　　　　正南撵你普陀山。
正西撵你雷音寺，　　　　你正北撵你去到饮马泉。
一定把你来撵上，　　　　恳求你把我送下山。
想到此文斌主意拿停当，　拔腿紧追玉面仙。
一个跑一个撵，　　　　　脚步过去一溜烟。
才开始陶文斌还能撵上玉面仙，撵着撵着撇后边。
虽然说撵不上还能看见，　撵着撵着看也看不见。

那老头给我说哩，她跑哪儿叫我撵哪儿哩，撵上撵不上曡能瞅见还有点儿撵头儿，这瞅也瞅不见了还撵啥哩，自己跑撵自己。我哩眼都没有眨，咋没有看见她跑哪儿去啦。陶文斌四处一看不见姑娘的踪影，就见路北闪出一座黑油漆大门儿来。陶文斌心想这一阵累得我实在够呛，既然见不着姑娘，干脆拐这一家儿歇歇吧。抬腿迈步刚要进大门，又一想，不能去。那老头儿给我说啦，言说找仙姑必须是一心一意，且莫要有三心二意，如果有半点儿私心杂念就办不成事儿。那姑娘本来是试我哩，我要是往这一家一拐，可有她说哩啦：撵我哩拐人家那一家儿弄啥哩？再说不拐吧还看不着姑娘。咋办？干脆还拐回去找那老头儿去。咦，他又拐回去啦。

陶文斌迈步刚刚走出村庄，就听见"咯儿咯儿咯儿"那老头儿正那儿刨树疙瘩哩。陶文斌来到老汉跟前一抱双拳："老人家，我给你见礼了。""滚！""老人家。""陶文斌呀陶文斌，你呀！""老人家，你甭光埋怨我了。你想想你叫我撵俺我就撵，撵上撵不上曡能瞅见还有点儿撵头儿，这撵着撵着瞅也瞅不见了还撵啥哩，自己跑撵自己？""你没有瞅见她就没有瞅见旁哩啥？""没有哇。""到底瞅见没有？""那能给你说瞎话，真没有瞅见哪。""连一点儿东西都没有瞅见？""那我就看见路北有一座黑油漆光亮大门儿。""哎呀，那就是她家你咋不进咮？""你也不知道早些弄啥哩不说清楚。""陶文斌，你到底想出洞不想啦？你要是不想出洞算了。你要是想出洞快些拐回去！""拐回去咋办？""哭！咋办？""她要是再跑唻咮？""再跑你就撵,撵上撵不上只管往她家进。""中啊,老人家,那我去了!"妥啦,陶文斌拐回来啦。

同志们,恁也急着听,我也急着唱,咱们的心情都一样。反正是跑到那儿一跪就哭,一哭人家就不愿意,不愿意就跑,一跑他就撵。两个人一个跑一个撵,撵着撵着,又撵到那个黑油漆大门前了。仙姑娘迈步走进大门,陶文斌一看,中!真是她家,我也进去吧,跟着就进来了。

走进大门,转过影壁墙一看,咦,那姑娘又往哪儿去了,咋又看不见踪影啦咪?她家跟俺家的不一样咪?俺家进大门儿是影壁墙,转过影壁墙是东西两厢房。再往前走是二门,进二门是俺家的客厅。她这大门里头和影壁墙里边咋啥也没有呢?难道说在二门里边吗?我进二门看看吧。进二门一看还没有,进三门。简短截说,走进了七道门儿,面前这才闪出一座客厅。文斌心里想:那姑娘八成在客厅里等着我哩,我进去看看吧。

陶文斌迈步走进客厅一看,不见姑娘踪影。就见客厅里摆设金碧辉煌,应有尽有。正当间放一张八仙桌子,两边两把椅子。陶文斌一见这椅子呀,散劲儿啦。唉,昨天晚上为了躲开俺表姐,我就一口气跑到这座山下。自从走进洞中来回见姑娘折腾这几阵子,天都要黑透了,今儿一天哪,我连一口水还没有进腹内哩。又饥又渴,又累又困,唉,坐这儿歇歇吧。往椅子上边一坐。谁料想他那屁股刚刚挨着椅子,就听见外边"铛儿铛儿铛儿……"哎呀我的妈,啥响哩?"铛儿铛儿铛儿……"陶文斌一看,外边来了个女子。是那个姑娘吗?不是哩。原来是姑娘的一个丫鬟。就见丫鬟手里端着一个条盘儿,上边放着四盘八碗儿来了,这"铛儿铛儿铛儿"是丫鬟的脚步声。只见丫鬟端着条盘走进客厅,把条盘往八仙桌上一放,把盘子、碗往桌子上一摆,然后对陶文斌一指。陶文斌心里想:陶文斌呀陶文斌,我咋恁傻哩!怪不得我在井台上那样的哭,那姑娘都不理我,她这里头都是哑巴,咋理我咪?她给我比比指指,那意思还不是说东西给你摆好了,叨着吃吧。一天都水米没搭牙了,又饥又渴哩,还客气啥?吃就吃。就见他狼吞虎咽,不多一时,风扫残云,四盘八碗叫他干了个干干净净。

等他用罢啦，丫鬟把盘子、碗一收拾，"铛儿铛儿铛儿"走啦。一会儿又铛儿铛儿铛儿来啦。陶文斌心里想这刚走又来弄啥哩？只见丫鬟走进客厅，直奔东山墙下，把手一抬照住山墙"啪啪啪"连拍三掌。文斌心想：拍那山墙是干啥咪？三掌过后又开开个小门儿来，丫鬟进去啦。一会儿出来啦，对着陶文斌一指。丫鬟比罢转身走了。陶文斌心里想：哦，我知道了。那意思还不是说，里头床给你铺好了，抱住头睡去吧。我的老天爷我敢在这儿过夜吗？那老头说她这里边都是仙女，万一老头是骗我咪，那姑娘是个妖怪变哩，他们是一伙儿，他故意把妖怪说成仙女把我骗到巢穴里头，等着晚上我睡着喽来吃我哩？话又说回来了，她要真是妖怪想吃我，我就是躲到哪儿也逃不出她的魔掌。既来之，则安之，干脆，我就在这儿听天由命过上一夜，不过我得把门上紧。于是把门一关，门闩一插。心中想：不行，我把这八仙桌子也搬过来顶门上。桌子也搬过来啦，又一想还不咋着，条几也给他顶上去。来到后墙下往条几底下一拱，扛着条几过来了，"咚！"往门上一顶。心中想弄不开了，睡去吧。

　　来到暗间，往床上一看，哎呀我的妈！这床上铺哩盖哩都是啥东西做的呀？明晃晃，亮堂堂，耀眼生辉，比我在家时铺哩盖哩可强多了。唉，不管好歹睡吧。陶文斌往床沿上一坐，刚要脱衣。又一想，我不能脱衣裳。她要真是妖怪半夜里来吃我来啦，我先把衣裳脱个净光她吃着怪省事。我不给你脱，吃我你也费费事，自己脱吧你！

　　陶文斌往床上一躺，捞住一条锦被往身上一盖，回头把灯"噗"一吹，心中辗转思索犹如翻江倒海一般。自己叫着自己的名字，陶文斌哪陶文斌，想我陶文斌一时好奇误入美人洞被困在此，不知道今生是否能下高山？若是下得高山倒还罢了，不然死在美人洞中，不能给俺爹娘报仇雪恨，致使俺冤沉海底，怎对得起二老爹娘的在天英灵，有何颜面去见我全家人于九泉之下。思想起来好不痛煞人也！

陶文斌躺床上难困朦胧， 　　真好比刀扎罗隔箭穿前胸。
出言来我不把旁人骂， 　　　骂一声太师闫琦狗奸佞。
恁闺女青丝发给你换来乌纱帽， 红小袄给你换来袍滚龙。

49

花罗裙给你换来白玉带，红绣鞋换来朝靴你二足蹬。
仗势恁闺女多搽四两粉，上欺天子下压卿。
上殿来咳嗽一声君王怕，下殿来袍袖一摆文武惊。
你狗仗人势将人害，害了俺全家人命丧残生。
若不是狗奸贼将人陷害，恁少爷我怎会离开北京。
恁少爷我怎能会离乡背井，恁少爷我怎会被困此中。
今一生我若离开美人洞，拿住奸贼点天灯。
倘若我死在了八宝美人洞，变成厉鬼我也要活活掐死狗奸佞。
陶公子思思想想难入睡，就听见"铛儿铛儿铛儿"一阵脚步声。

哎呀我的妈，来吃我来啦！但见他睁眼一看：哎呀我的妈，她这里边的夜真短，我还没有睡着哩可明了啦。别睡啦，起来吧。下得床来，穿好靴子，来到明间一看：啊？昨天晚上我睡的时候，门是我关的，门闩是我插的，桌子是我搬的，条几是我扛的，都在那门上顶着的，我连一眼都没眨，并且连一点儿响动都没听见，那门啥时候可开了啦，东西谁又给它搬回去了？果然是仙女，神通广大呀！

他正想哩，丫鬟来到近前给他一指，意思是：水端来了，洗脸吧。陶文斌就洗脸。洗罢脸丫鬟端着水"哗"一泼，"铛儿铛儿铛儿"走了。一会儿端着饭"铛儿铛儿铛儿"来了，往桌子上一摆，给他一指他就吃。

同志们，不觉早尽午来昏又至，良宵才过又清晨。光阴似箭，日月如梭，三个月零九天的时间已经过去，这一天清晨早起，陶文斌在床上还没有起床的时候就在那儿盘算哩。自己叫着自己的名字，陶文斌哪陶文斌，想我陶文斌自从十一月十六日走进美人洞中至今，数一数查一查算上一算，今儿啦正好是整整一百天哩，这一百天来我还没有见过姑娘到底啥样哩。虽然说没有见过姑娘，但是，这丫鬟天天伺候我实在周到，可以说是水来伸手，饭来张口，待我是无微不至呀！待我恁好，咋不放我走呢？既然不放我走为什么不害我呢？既然没有害我，这说明对我没有加害之意。可又没有放我走，哼哼，我知道了，她这里头三千六百口就那一个老头，还不是欠男人，兴许是想留住我不让走哩！今儿啦我使使劲儿，我就说我走哩。我一说走她肯定出面挽留我，等她跟我见了面我再缠着她不放让她救我。陶文斌主意拿定他就起床了。

陶文斌起得床来，丫鬟给他先端水，后端饭。等他吃罢饭，丫鬟把盘子、碗一收拾，刚要迈步走，陶文斌一抱双拳："丫鬟姐请留步！"丫鬟一抬头看看陶文斌，意思是：干啥哩说吧。"丫鬟姐，我来恁家一百天了还没有见过姑娘哩，姑娘居住哪里？"丫鬟看看陶文斌往高处一指，意思是：在楼上呢。"丫鬟姐，我有心见见仙姑娘仙容，但不知您仙意如何？"丫鬟把头一摇，手一摆，意思是：盐疙瘩打糨子——咸（弦）也不粘。"丫鬟姐，我来恁家整整一百天了。百天来吃了饭就睡觉，睡起来再吃饭，实在是寂寞无聊。我不想在恁家了，我想走哩。"丫鬟给他一比，意思是：你说你走哩，我不当家儿，你在这儿等着，我到楼上给俺姑娘说说去。"丫鬟姐，借你口中言，传我心腹事，但愿你快去快来，我在这儿恭候佳音。"

丫鬟"铛儿铛儿铛儿"走了，"铛儿铛儿铛儿"拐回来了。陶文斌赶紧迎接："丫鬟姐，仙姑娘仙意如何？"丫鬟给他一比，意思是：你说你走哩，我到楼上给姑娘一说，姑娘愿意，走吧，请吧。陶文斌一看，自己埋怨自己：陶文斌哪陶文斌，这窝囊事儿叫我办完了。我想着使使劲儿哩这又使掉里头啦，那还是走吧。我走不走呢？走吧，今儿晌午往哪儿吃饭，今儿晚上往哪儿安身。再说不走吧，我自己说走哩，人家又愿意，这咋不走哩，男子汉说句话能不算话？走就走！陶文斌一抱双拳："丫鬟姐，学生告辞，咱们后会有期！"丫鬟把手一摆，意思是：不客气，请吧。陶文斌只好出来了。

陶文斌离开仙府，走出村庄，心中空荡荡漫无目的往前行走。大约走了二十来里就听见面前头传出来"咯儿咯儿咯儿"。呀嗨！那不是那老头儿刨树疙瘩那声音吗？我想着我们已经分别两三个月啦，再也不能见到他老人家了，不料想鬼使神差今天在此又见到了他，这才叫踏破铁鞋无觅处，得来全不费工夫呢，我还是上前见他吧。

想到此紧走几步来到近前，一抱双拳："老人家我给你见礼啦！老人家我给你跪下啦！老人家我给你叩头啦！老人家我给你叩响头啦！老人家我给你叩带把儿头啦！""起来吧，起来吧。头叩脓我也不稀罕！陶文斌哪陶文斌，你又出来弄啥嘞？""老人家我在她家待真长时间了也没有见过她。虽然说没有见过她，但是丫鬟伺候我实在周到，可以说是水来伸手，饭来张口，对我是无微不至呀！我想着待我恁好不放我走，我想着这里头三千多口就你自己是个老头，还不是欠男人，兴许是想留住我不让我走哩。我想着我使使劲儿，我一说走，她肯定出面挽留我，等她跟我见面的时候，我再缠着她不放让她救我。谁知道我一说走哩她就叫我走。""看你多排场，你自己说走哩，人家为啥不让你走？陶文斌哪陶文斌，你呀！""老人家你甭光埋怨我了，叫谁谁不急，今儿都整整一百天啦！""今儿够一百天了？""那别人不清楚你能不明白，自从十一月十六日到今天不整整一百天哩？""整啦？到黑啦？""没有哇！""陶文斌哪陶文斌，这窝囊事儿叫你办完啦。九十九天零一清晨你都等了就剩今儿半天你等不了了。今儿中午那姑娘都该跟你见面啦，你出来弄啥哩？""啊？你早些也不知道弄啥哩，不说清楚。""那你既然出来了，那就招呼着刨树疙瘩吧。""老人家我得出洞给俺爹娘搬兵报仇哇。""想报仇？想出洞？拐回去！""我自己说走哩，人家又愿意，我走了咋再拐回去哩？""嗯！你还嫌丑哩，还要脸哩！""看你说那，男子汉大丈夫能不要脸？""你给我说脸值多少钱一斤？要脸出不了美人洞，抹扔喽，别要了。""啊，你说我不要脸拐回去，今儿中午那姑娘就该跟我见面了？""你想哩老到。那九十九天白等了，从今儿起再等一百天。等到一百天那一天的中午那姑娘就该亲自给你送饭啦。等她把盘子、碗往桌子上一摆，给你一指叫你吃的时候，你把你男子汉大丈夫的气派使起来。你就说：我不吃啦。想叫吃饭坐那儿陪着我，陪着我我吃，不陪饿死我也不尝。她不陪你只管别吃，等你吃罢了她要收拾盘子、碗要走，那时候你别让她走，把你那架子使出来，往那儿一跪！""还得跪？""还得跪！""跪那儿咋办？""哭！""还得哭？""还得哭！哪儿痛你往哪儿哭，哪儿揪心你往哪儿哭。你能哭哩那姑娘伸手拉起倒还罢，如果她不拉你，狠狠心要收拾盘子、碗走，那时候你别哭了。""中，之后哩？""站起来。""是，站起来。老人家，我站起来咋办？""你搂住她。""啊？我敢搂住她吗？""敢搂！

不但搂，并且搂紧。搂住了之后，你就说答应今天跟我拜堂成亲我松开你，不答应拜堂成亲，我搂住你搂死也不松开了。""老人家我敢跟她拜堂成亲吗？""敢！听话，回去吧。""老人家那我要是回去了，她要是不跟我成亲，也不送我出洞咋办？我还出来找你？""哼哼哼，哈哈哈……陶文斌，你还出来找我？你想着我天天都没事儿刨树疙瘩是不是？给你说实话，刨树疙瘩是为了等你。这是咱两个见最后一次面，指最后一回路，以后不得再见。走吧，走吧，走吧。"陶文斌拐回来了。

陶文斌走进仙府，来到大厅，刚刚往椅子上边一坐，就听见外边"铛儿铛儿铛儿"，丫鬟端着饭又来了。陶文斌心里想：唉，你不管咋说，以前呢丫鬟伺候我实在周到，再说呢以后还得在一块儿相处百天，再说呢我自己说走哩走了啦又回来了，人家毕竟是主人，先跟人家说话没有啥。陶文斌站起身来，走上前去一抱双拳："丫鬟姐，我又拐回来啦。"丫鬟把嘴一撇，手指头一捣脸，意思是：不要脸，走了啦又拐回来。陶文斌心中想，看糟糕不糟糕，撇撇嘴捣捣脸不是说我不要脸吗？嗨，人到矮檐下，怎肯不低头。不要脸不要脸罢，那也没有啥。丫鬟把盘子、碗往桌子上一摆，然后对他一指，陶文斌就吃。同志们，有话则长，无话则短。简短截说，九十九天已过。

一百天这一天清晨早起，陶文斌起得床来，漱洗已毕，吃罢早饭，坐在大厅，好不容易等到天到正午哇。天已正午，文斌心想：那姑娘为啥不来给我送饭呢？咋听不见她的脚步声呢？他正想着听不见姑娘脚步声响哩就见大厅门口一人影，仙姑娘迈步走进客厅。陶文斌心里想：我来这儿半年多了还没有见过姑娘到底啥样哩，今儿啦，我要好好看看她。这才闪双睛瞪二目，仔细打量玉面仙姑。但见这姑娘，沉鱼落雁之容，闭月羞花之貌，比天仙仙，比玉玉瑕。有倾国倾城之色，好像是水中莲花，岸边弱柳，九天仙女，月宫嫦娥一般，真漂亮啊！那老头给我说叫我搂住她哩，叫我跟她成亲哩，这姑娘要真能跟我成亲，我陶文斌情愿怕一辈子老婆！想到此上前一抱双拳："仙姑娘我给你见礼了。"仙姑娘没理他，把盘子、碗往桌子上一摆，然后对着陶文斌一指。陶文斌："哼！不吃啦。想叫吃饭坐那儿陪着我，陪着我我吃，不陪呀，八天不吃饭，八年不吃饭，八辈子不吃饭，饿死我也不尝它啦！"他这一句说出口来不要紧，但只见仙姑娘仙容发红，把头扭向一边，一滴泪在眼里"嘟噜……"转七十二圈儿没敢掉下来。停了多时，仙姑娘慢慢把头扭了过来，看了看陶文斌，然后用手一指，意思是：你坐下吃吧，我不能陪你！"不陪？不陪就是不吃，你看我男子汉说句话算话不算话。"就这，她不陪，他不吃，归根结底还是陶文斌战胜仙姑娘了。仙姑娘被逼不过，只好对陶文斌一指，那意思：你坐下吃吧，我陪着你好了。两个人往椅子上边一坐，仙姑娘拿起筷子，端着个小花碗往嘴边一放。陶文斌一见：中！嗯，陪了，你吃不吃我先把肚子填饱再说。他就赶紧用饭，可是等他吃罢啦，仙姑娘那一碗仍然是动也没动。仙姑娘看见陶文斌用罢了饭，把碗往桌子上一放，双手一按桌子站起身来就要收拾盘子、碗。陶文斌走上前去："姑娘你救了我吧姑娘，我给你跪下了，我给你叩头了姑娘！"嘿！陶文斌往地上一跪叩头如捣蒜。你看陶文斌多能，叩头不往别处叩，专往姑娘脚尖上叩。一边叩头，一边哭一边说，那是哪儿痛他往哪儿哭，哪儿揪心他往哪儿说。他哭仙姑娘陪着掉泪。等他哭到悲痛之时，仙姑娘一伸手就搀陶文斌。陶文斌哭是哭眼可没闲着，他看着哩。他一见姑娘伸出手，心中想：中，动心儿了！咦，想搀我哩！乖乖，手伸出来了啦！搀吧，搀吧，手伸大长等着叫搀咪。谁料想这姑娘半空中把手一蜷，一狠心抓住袖子把眼泪一擦，上前去要收拾盘子、碗。文斌一看她要走：嗯，我不哭了。"蹭"站起来了。说声："仙姑娘走不了了你，我搂住你了。今天，你答应跟我拜堂成亲我松开你，不答应拜堂成亲，我搂住你搂死我也不松开了。"不知两个人能否结亲，且听下回分解。

第五回　玉面仙魇法魇杭州

书接上回。话说当下陶文斌跪在地上，是哪儿痛他往哪儿哭，哪儿揪心他往哪儿说。等他哭到悲痛之时仙姑娘一伸手就搀陶文斌。谁料想这仙女半空中把手一蜷，一狠心抓住袖子把眼泪一擦，就要收拾盘子、碗。陶文斌一看她要走，嗯，我不哭了，"蹭"站起来了，上前去说声："仙姑娘走不了你，我搂住你了。答应今天与我拜堂成亲我松开你，不答应与我拜堂成亲，我搂住你搂死也不松开了。"仙姑娘不由地一阵阵心中伤情。

埋怨声长眉大仙无道理，
想当年在高山我苦苦修炼，
高山上苦修了五千余载，
谁料想他陶门被那奸臣陷害，
陶文斌来到了高山以下，
开洞门你故意引诱他入洞，
关洞门困住了陶门之后，
我有心站起身把丈夫迎接，
倘若是见文斌把儿女情动，
击去我的道行摘了仙体，
我宁愿割断俺儿女情长，
我只说井台不动万事皆无，
中途路你不该等文斌，
你叫他井台以上把我来见，
陶文斌来到了井台以上，
我恐怕陶文斌看见我的脸，
万般出在无计奈，
我只说看不见脸他就该走，
陶文斌他一哭山摇地动，
铁石之人也伤悲，

你不该千方百计把我小仙坑。
五千年我才修成人形。
五千年与文斌修造下百年的恩情。
陶文斌离北京到杭州去搬兵。
长眉仙谁叫你给他开开了咱的洞门庭。
陶文斌进洞来你不该又把门来封。
小仙我井台洗衣早已知情。
还恐怕见文斌就要动感情。
老天爷打雷就要把我轰。
辜负了在高山修炼苦功。
因此上在井台动也没动。
长眉仙你不该中途路上又卖人情。
等文斌你给他指引路径。
井台上见小仙前去求情。
倒叫我玉面仙大吃一惊。
我看见陶文斌也就不行。
隐身法挡住脸不让他看清。
你叫他跪在我面前大放悲声。
也就是铁打的人心也伤情。
更何况俺有那儿女之情。

文斌啼哭我掉泪，
好几次就要站起搀扶于他，
我不忍再看俺丈夫悲痛，
我只说正东一走就算了事，
路径。
第二次你叫他把我搀，
眼看着搀到俺大门口，
万般出在无计奈，
我只说看不见我他就该走，
陶文斌来到俺大厅以内，
虽然说在楼上我动也没有动，
把他来侍奉。
小仙我在楼上早已算就，
果然不出我的预算，
小仙我在楼上正在庆幸，
你不该三番五次把他等，
现如今陶文斌抱住了我，
这可叫我怎么办，
我再说与他成婚配，
我再说不跟他成婚配，
我本是美人洞一洞之主，
罢罢罢讲不起，
虽然说我与他成亲有大罪，
想到此玉面仙终于开仙口，

文斌伤情我心里疼。
终于地又坐下没有动。
端住了衣裳盆直奔正东。
长眉仙谁叫你等他二次给他指引

陶文斌搀着我不肯放松。
倒叫小仙我无计可生。
隐身法挡住身躯不让他看清。
第三次你叫他来到俺家中。
小仙我在楼上没下楼棚。
我天天差丫鬟端茶捧水铺床叠被

一百天陶文斌该离家庭。
一百天陶文斌离开我的家庭。
长眉仙谁叫你等他又在半路中。
更不该你给他说出真情。
口声声要与我把亲成。
可叫我小仙怎样行。
私配凡人罪非轻。
陶文斌抱住我不肯放松。
叫外人谈论起来我落个什么名。
倒不免我与文斌把亲成。
长眉仙你泄露天机罪非轻。
出言来叫文斌："你把手松。"

"文斌，你松开吧！""我不松！""你松开吧！""我不松嘛！""你松开吧，咱们有话好商量。""那没啥商量。你说吧，到底愿意不愿意？愿意就松开，不愿意，还是那句话，搂住你搂死也不松开了。""文斌呀，你松开吧我暂时愿意。""你暂时愿意我就暂时松开。""文斌哪，不是我不愿意呀，怕的是我愿意你不愿意呀。""咦，姑娘，只要你愿意，我陶文斌一百个愿意。""但愿如此。不过文斌你可知道我的根底？""姑娘，你不就叫玉面仙姑吗？""咳，那是我的名字，你可知道我是什么东西修成的人形啊？""啊！姑娘，那你是什么东西修成的人形啊？""给你说实话，我乃五千年得道的大狐狸！"

陶文斌一听心里想：我的妈呀！我当她是啥东西哩，谁料想她是五千年得道的大狐狸呀！我陶文斌虽然说没有见过真正的狐狸，但是我从小就读书，书上对狐狸有描写呀，言说那狐狸一年半载都长哩跟那哈巴狗样。乖乖，她都五千年了，长得再慢，最起码也得跟那牛犊样恁大。她毕竟根底不正，是个畜生啊，我敢跟她成亲吗？我要跟她成了亲，将来我到在杭州，找着俺舅，搬来救兵，给俺爹娘报了仇雪了恨，我若得上一官半职，到那时，我在前头走，人家在后边捣我的脊梁筋说：陶文斌那货不要脸，抱住个畜生过一辈子，那才丢人哩！可是，话又说回来了，我要是不应允她能把我送出美人洞？对，我先糊弄糊弄她，我就说我愿意，只要她把我送出了美人洞，照住屁股蹬一脚——你东我西。

陶文斌口是心非，心里这样想，嘴里可不这样说，一抱双拳，满面带笑："仙姑娘你放心，只要你送我出了美人洞，别说你是个狐狸啦，你就是个猪我也愿意！""文斌，你说的可是实话？""姑娘，句句属实，若有半句虚言，天诛地灭！""咳！我相信你说的是实话可妥啦，何必发誓诅咒呢？不过文斌哪，今天我不能跟你拜堂成亲！""姑娘，今天不能拜堂成亲，啥时候才能拜堂成亲呢？""文斌哪，今天我只能把你送出美人洞。至于何时成亲那是以后的事情。"陶文斌心想：对劲儿，那才对哩。成亲不成亲是小事儿，出洞不出洞是大事儿。只要她把我送出美人洞，反正那时我是得了第啦。我愿意跟你成亲就跟你成亲，我想跟你成亲就跟你成亲，我要是不想跟你成亲哪，哼，你没门儿。

"姑娘你放心，只要把我送出了美人洞，至于何时成亲我陶文斌恭候着你哪。""不过文斌哪，我还有一事相求。这件事情你若答应了，我就把你送出美人洞。你若不答应，那我就不送你了！""姑娘你放心吧！只要你送我离开美人洞，别说一件事了，就是千件万件，我陶文斌件件依从。但不知姑娘你所说何事？""文斌哪，要说这件事还是由你而起。要不是你来到美人洞中，我跟你见了面儿说了话儿，还得送你出洞，将来还得跟你拜堂成亲，也根本不会有这个事情的发生。只因为了这一切，今天我把你送出美人洞，你是得第啦。可是，等你得第之后，我的劫数难逃，老天爷打雷就该抓我了。你说等老天爷打雷抓我的时候，你愿意救我不愿？你如果愿意救我，今天我就送你出洞，你如果不愿意救我那我就不送你了。""姑娘，你叫我咋救你哩呀？""文斌哪！若干年之后，你得第的那一年三月二十八日，正当午时，天东边起来一块红云彩黑边儿，天西边起来一块黑云彩红边儿，这两块儿云彩一碰就是个炸雷。那雷呀就是抓我哩。你要有心救我，你就提前做上一口白荏棺材，那一天清晨早起，你把棺材放到中宫当院，用桃枝和柳枝分别压在棺材的头尾之上，然后，你就趴到桃枝与柳枝上边。正当午时，你不管风有多猛，雨有多急，雷声多么的响亮，你都不要动，单等着风停雨住雷息之后，你再打开棺材观看，那时候我就在里边躲着呢。一来，我保住了五千年的道行和我的仙体。二来，我躲过了劫数，到在那时，我才能跟你真正的拜堂成亲，咱们夫妻欢度终生，但不知文斌你愿意救我不愿？"

陶文斌一听，我的妈呀！我当她叫我咋救她哩，谁料想她趴里头叫我趴外头，老天爷打雷抓她哩碰住我喽咋办哩？可是，我要说不救她能送我出洞？对，火烧眉毛且顾眼下，我先糊弄糊弄她。我就说愿意救她，只要她把我送出洞，反正那时候我是得第了啦，我想救你喽救你，不想救你不救你，老天爷打雷抓你活该。陶文斌口是心非，满面带笑一抱双拳："姑娘，我陶文斌也是个男子汉大丈夫。我深知得恩必报，有道是得恩不报非君子，忘恩负义是小人。常言道得好，得人恩惠，必当报答。得人点水之恩，必当涌泉相报。今天你若送我离开美人洞，救我一命不死，恩同再造，就是我的重生父母、再世的爹娘，救命之恩俺陶文斌没齿难忘。你别说叫我趴到棺材外头救你了，哪怕你要了我项上人头。你就是叫我上天摘月亮，下海探龙须，上刀山下火海，赴汤蹈火，我陶文斌万死不辞。"

"文斌，你说的可是实话？""姑娘，句句属实，若有半句虚言，天诛地灭！""那好，我现在就送你离开美人洞。""姑娘，你咋送我呢？""来！我背着你。你在我身上把眼闭上，耳旁听见风声响，你可不要睁眼观看，你要是偷偷地睁眼观看，要把你从我身上摔下去摔成肉酱。""中！"只见仙姑娘往那儿一蹲，陶文斌往仙姑娘身上一趴。"文斌，你把眼睛闭上。""早都挤上了啦。"就听见"呜——"一声。仙姑娘说："文斌，你把眼睁开吧。"陶文斌睁眼一看："哎呀我的妈，好热闹的杭州城啊！"

好一个公子名叫陶文斌，	这一阵好像驾祥云。
挤着眼并着腿，	不知不觉出洞门。
陶文斌离开了美人洞，	举目抬头四下轮。
骄阳似火照大地，	晴空万里飘彩云。
山又清来水又秀，	山清水秀一片新。
陶文斌他这才长出一口气，	一出洞他就起歹心。
仙姑娘只要你送我出了洞，	别想再与我成亲。
别仗着你的本事大，	腊月的萝卜你淡操心。
陶文斌思思想想头前走，	仙姑娘就在身后跟。
迈步就把城门进，	看了看一街两巷多少人。
来来往往有人走，	也有富来也有贫。
三教九流争名利，	诸子百家乱纷纷。
文斌看罢驻足站，	回头来就把仙姑娘尊。

"仙姑娘，这就是杭州城吗？""是啊，这就是杭州城。""那，咱舅家居住哪里呀？""咱舅家居住哪里我并不知道。""是不是找个人问问呢？""问路是你们男人的活儿，那你就问吧。""好，你等着，等我问问。"陶文斌一回头，旁边不远处有个老汉，陶文斌紧走几步来到近前，一抱双拳，深施一礼："老人家，小生这厢礼过去了！""啊哈哈哈……公子呀，施礼必有所求，但不知公子施礼为何？""老人家，我向你打听个人你可知道？""公子呀，不是我老朽对你吹哩，偌大个杭州城，谁家的锅底门儿朝哪，刷子

骨朵儿戴个帽儿我都知道。有名便知,无名不晓哇!""老人家,我问的这个人乃大大有名之人。""姓甚名谁?""此人姓柳名涛,表字书春,人送外号孟尝君小善人柳老侠客,被封杭州王爷,你可知道?""哦,原来你问的是柳老王爷。""正是!""你跟他有亲?""有亲。""有故?""有故。""何亲何故?""他乃我的母舅大人。""哦呀呀!原来你是柳老王爷的令甥啊!公子呀,我听你说话的口音不像杭州人氏,大概是北京人氏吧?""老人家耳音不差,晚生我乃北京城兵部大司马陶彦山的次子陶文斌是也!""哎呀呀呀!原来是陶二公子,失敬失敬。陶二公子呀,你要问别人我还真不知道。你要是问起柳老王爷呀,那我可知道了。他家住杭州城钱塘县竹坂巷口,坐北朝南,黑油漆光亮大门,门前有匾,匾上有字,上写'德高望重杭州王府',那就是您舅的家,你去吧。""谢过老人家指教。"一转身,"仙姑娘走吧?""走!"只见陶文斌头前领路,仙姑娘随后紧跟,顺着老人手指的方向直奔柳府走去。同志们,这一回不去柳府倒还无事,要去柳府,下回书才引出陶文斌定计要害玉面仙姑。

陶文斌迈步领路径,
陶文斌一边走心中暗想,
多亏仙姑把我送,
眼看着就能见到俺的舅,
眼看着能给俺爹娘把仇报,
陶文斌思思想想往前走,
但只见青砖蓝瓦石灰挂缝,
走马门楼安吻兽,
哈巴狗子拉铁索,
一对旗杆分左右,
门框上边一副对,
上一联福如东海长流水,
横批上吉星高照四个字,
门上边悬挂一块匾,

仙姑娘她就在后跟从。
心里头翻江倒海暗叮咛。
把我送到杭州城。
眼看着就能搬来杭州兵。
咋不叫陶门后喜在心中。
一抬头有一座府门好威风。
高阶石台四五层。
安着石狮子玉宝瓶。
猫儿头盘山里外青,
把门狮子列西东。
文人提笔写得能。
配一联寿似南山不老松。
门两边悬挂两盏大纱灯。
上写着杭州王爷万岁封。

文斌看罢驻足站，　　　　　　回头来就把仙姑娘称。

"仙姑娘，这就是咱舅的家吗？""是啊，这就是咱舅的家。文斌哪，你看，我已经把你送到咱舅家大门口了，你呀也不会出什么三差两错啦，我的责任也算尽到啦，你就自己进去吧，我该回去了。"陶文斌闻听心里想，对劲儿，她把我送到俺舅家大门口了，她拐回去哩。你要走快些走，你这一走，我自己进去，俺舅要问我：文斌，你和谁一块来了？我就说我自己，俺舅该夸我有志气哩！可是话又说回来了，你不管如何说，人家毕竟把我送到俺舅家大门口了，你不管心里咋想，面上得说道排场些。想到此一抱双拳："啊，姑娘，你看你是我的救命恩人，今天来到咱舅大门口了，何不进去稍坐一时，然后再回去也不迟嘛！""既然公子有如此美意，那我就不走了。"陶文斌心里想：你看这臊气不臊气！虚意思碰见热黏皮。"啊，姑娘，你看你是我的救命恩人，既然来到咱舅家大门口了，你在这儿稍待片刻，待我进里边见了咱舅，说知此事，让他老人家出来迎接你两步。""文斌哪，你快去快回，我在这儿等着你，如果你进去的时间长，我等不着你那我可走了。"文斌心想：那我一进去就不出来了。"姑娘你放心，我进去就出来了，进去就出来了。"转身迈步走进大门直奔客厅。

陶文斌大门口骗下玉面姑，　　顺甬路直奔舅父的待客屋。
迈步就把客厅进，　　　　　　走进客厅瞪二目。
陶文斌瞪二目，　　　　　　　打量着舅父的待客屋。
明三暗五前出厦，　　　　　　门两边紧趁四个花窗户。
雕梁画栋世间少，　　　　　　明柱倒有一搂粗。
玉石八砖铺的地，　　　　　　石灰掺粉把墙糊。
有一张八仙中间放，　　　　　明晃晃本是檀香木。
放着茶盏白玉盏，　　　　　　银做金镶一把壶。
四把斗椅两边摆，　　　　　　个个顶上铺坐褥。
靠后墙丈二条几卷卷尾，　　　巧工造就龙凤图。
玛瑙瓶斜插孔雀尾，　　　　　摇摇摆摆三尺如。

放着一把压书剑，压住了颜曾孔孟几部书。
后墙上贴着中堂画，那本是福建少林寺的练武图。
图两边紧趁一副对，文人提笔真特殊。
上一联拳打南山猛虎死，配一联足踢北海老龙酥。
横批上又写几个字，上写着无毒不丈夫。
对联两边一幅画，看一看原是八仙图。
吕洞宾背着斩仙剑，铁拐李身背火葫芦。
张果老倒骑毛驴子，手提云板曹国舅。
韩湘子手提花毛篮，漂洋过海的何仙姑。
汉钟离手拿芭蕉扇，李东海手掂着简板会说书。
东山墙上条山画，赵匡胤老祖卖过华山图。
西山墙上一幅画，唐僧取经带孙猴。
山墙下摆着一张桌，桌上边摆着象棋解心愁。
陶公子一眼观不尽，柳涛打坐待客屋。
走上前去双膝跪，叩个头问舅父你可纳福。

"舅父大人在上，不孝甥儿下边叩头。问声舅父大人身体可好，虎驾可安，万万的纳福。"柳涛柳书春正在闭目养神，闻听人言微睁虎目一看："嗯，下跪者你是何人？""舅！我乃你不孝的甥儿文斌是也。""啊！原来是我甥儿到此。儿啦！快快起来坐下盘话。""谢舅父。"

"儿啦，我来问你，你从哪里来？""舅，我从家里来。""我再问你，你家二老爹娘身体安康吗？""舅，不提起俺家爹娘倒还罢了，若提起俺二老爹娘嘛，好不叫甥儿心中悲叹啊……"陶文斌就把全家被害之事这般如此对柳书春讲了一遍。柳涛柳书春闻听此言哭了声："哎呀我的老姐，你死得好苦哇……太师闫琦！我把你个八十岁的老汉留偏毛，我的老乖乖儿啦，你吃了熊心，长了豹胆，肚外长胆，胆大包天。仗势恁闺女多搽四两白粉，上欺天子，下压群臣，横行朝野，恶贯满盈。你害了别人我且不恼，好不该害了我家姐姐、姐丈全家三百多口命丧法场。俺柳涛柳书春岂肯与你干休。今天，我要发下杭州倾城兵将，围困北京，杀太师宰西宫，给我死去的姐姐、姐丈报仇雪恨。儿啦,你可是自己来吗?""啊,要说也是我自己来!""怎么要说呢?""要说还有一个呢。""看看,看看,一个就是一个,两个就是两个,怎么要说呢?""舅哇,是这么这么这么这么一回事儿。"就把美人洞洞中之事从头至尾对柳涛讲了一遍。柳书春闻听此言:"哦,竟有如此之事?哎呀儿啦,既然是我的外甥媳妇,又是俺外甥的救命恩人,今天来到舅父的大门口,舅父理应该出府迎接她两步。走,领舅父出府迎接与她。""舅,你慌啥哩?""咋啦?""谁叫你迎接她哩?""我呀!""你迎接她弄啥哩?""她是我的外甥媳妇呀!""哎呀舅哇,她不是人呐!""我知道她不是人,你不是给我说她乃美人洞一洞之主,是个仙姑娘吗?""哎呀舅哇,她是仙姑娘不瞎话。但毕竟根底不正她是个畜生啊!""你胡说。儿啦,男子汉大丈夫恩怨分明,恩是恩,怨是怨,有恩报恩,有怨报怨。别说她是个仙姑娘了,哪怕她是个妖怪,只要有恩于你,对你没有害处,你就应该报答人家的救命恩德。常言道得好,得人恩惠必当报答,得人滴水之恩,必当涌泉相报。人家救你一命不死,恩同再造,就是你的重生父母,再世的爹娘。救命之恩你咋能转眼就忘呢?有道是得恩不报非君子,忘恩负义是小人。你可长圆不能做那些忘恩负义之事呀!走,领舅父出府,把她迎到客厅,舅父与你做主,命你们两个完婚就是!""啊,舅哇,你可长圆甫说完婚那俩字,我就不敢听见,听见就头疼。""嗯,你不愿意吗?""你想想我能愿意吗?她是个畜生!""那你既然不愿意,在洞中为什么要应允哪?""哎呀舅哇,那是不得已而为之呀。你想想我要是不应允,她能把我送到这儿?咱们爷儿俩能见面吗?""儿啦,男子汉大丈夫言出如山。一言既出如白染皂,绝无更改,出尔反尔乃小儿之辈。儿啦,不是舅父劝你跟她成亲哪,那可不是一般寻常女人,你说不愿意一封休书休了她,她没有办法。这可是个仙姑娘啊,神通广大,你要是说了不算,她肯与咱干休?""舅,那你说咋办?""儿啦!听舅的话还是跟她成亲。""舅哇,我是长圆都不能与她成亲,你想想我敢跟她成亲吗?我要是跟她成了亲,将来你老人家给俺爹娘报了仇雪了恨,仗你老人家的虎威,我若得上一官半职,到在那时候,我在前头走,人家在后边捣我的脊梁筋,说陶文斌那货不要脸,抱住个畜生过一辈子。舅,你说那丢人不丢人。""哦,原来如此呀。

儿啦,那你既然不听舅父话,你说咋办?""舅,为了安全起见,如今咱爷儿俩到在大门外,把她迎到客厅以内,用好酒把她灌醉,然后把你那宝剑拿出来,把她那人头,嗯——""儿啦,你的意思是说杀了她?""舅!你想想不杀她能行吗?""儿啦,那可是你的救命恩人啊!救命之恩如同再造,你不但不报答人家的救命恩德,反而以怨报德要害人家性命,你还要良心不要啦?""舅!你给我说良心值多少钱一斤?啥是良心?良心,有道是量小非君子,无毒不丈夫嘛!""哦,原来你是想当个真正的大丈夫。""嗯,正是!""你真想叫杀了她?""真想叫杀了她!""杀了她你不后悔?""不后悔!""真不后悔?""真不后悔!""你说的都是真心话?""都是真心话!""纯是肺腑言?""纯是肺腑言!""你要跟恁舅说瞎话。""看看俺舅吧,咱爷儿俩糊弄这咪?外甥跟你说半句虚言,天诛地灭!""好哇,陶文斌你睁眼看看我是恁舅不是?"陶文斌睁眼一看:啊!哪是柳春舅,分明是玉面姑,哪是杭州城,还在美人洞啊!

好一个美人洞主玉面仙,　　　　　这时候定了一个巧计连环。
用魔法魇杭州才把柳涛变,　　　　骗出了陶文斌的肺腑之言。
仙姑娘只气得浑身打战,　　　　　皱皱眉瞪瞪眼咬咬牙关。
出言来我不把旁人埋怨,　　　　　埋怨声陶文斌负心男。
自从你走进美人洞,　　　　　　　刚进洞美人洞又把门来关。
关洞门困住你陶门之后,　　　　　你找我也曾到井台之前。
井台旁跪在地你哭哩有多悲痛,　　小仙我井台洗衣动也没动弹。
并非是小仙我的心肠狠,　　　　　那时候我就知陶文斌你心术不端。
你不该三番五次把我撵,　　　　　在俺家你住够多半年。
虽然说如今我才跟你见一面,　　　在平常伺候你差来我的心腹小丫鬟。
小丫鬟伺候你端茶捧水,　　　　　可以说我对你恩重如山。
谁料想陶文斌你如此无情意,　　　你不该说出来了负义之言。
既然是你无情别怪我无义,　　　　我叫你想得活命难上难。
仙姑娘是着恼来带着怒,　　　　　打个箭步往上蹿。
陶文斌只吓得浑身打战,　　　　　腿一软双膝跪平川。

双膝跪叩头如捣蒜，
仙姑娘你暂息雷霆怒，
千错万错都是小生我的错，
虽然说小生说错了话，
你是仙俺是凡，
还望姑娘大发慈悲，
今天你要是原谅了我，
今天不把我原谅，
仙姑娘仙姑娘连叫几番。
适才我都是跟你闹着玩。
我不该说出来负义之言。
还望仙姑娘多多容宽。
你仙姑娘可不能跟俺见识一般。
你把我陶门后多多容宽。
忘不了仙姑娘你的大恩典。
陶文斌跪死到你的面前。

"仙姑娘，反正是我说错啦。常言道，人不错成神，马不错成龙，知错改错不为错。人家说，路走错了还能拐回来，话说错了就再也拐不回来了。虽然说，我说错了话，做错了事，还望姑娘你原谅了我，你要是原谅了我倒还罢了，你要是不原谅我我跪死这儿也不起来了。""唉，文斌哪，我这个人就是有这个弱点，心肠太软了。不论任何人，哪怕他有一万个对不起我，只要在我跟前说上三句好话，再不能原谅我也得原谅了他。就按方才你在大厅给我说的那些话，我实在是恨透了你，恨不得食尔肉喝尔血，一口活吞了你。可是你这几句话说得我对你怎么也下不去那个毒手了，再不能原谅，我也得原谅了你。可是话又说回来了，我就这样轻而易举地原谅了你，实在话，难解我心头之恨。原谅是原谅，不过，我要罚你！""姑娘，你要罚啥？""我要罚跪！""咋跪呢？""双腿并齐跪在地上，双手按在膝盖上不准离开。腰直起来，头抬起来，目视前方，不论是蚊叮还是虫咬，身子不要有丝毫的晃动，动一动都不算，还得重跪。""姑娘，你叫我跪多长时间呢？""跪多长时间？给你说实话吧，现在我恨透了你，不敢瞅见你，瞅见你都恶心，看见你就讨厌，想起来你说那些话，恨不得一口活吞了你。你只管跪吧！跪得我敢瞅见你啦，看见你不恶心了，你情起来啦。"陶文斌心里想：那啥时候得敢瞅见我哩，这姑娘的心真狠哪！"啥呀？陶文斌是你的心狠还是我的心狠哪？"哎呀我的妈，我就心里想想，嘴里又没有说，她可知道了！"哼哼，你根本就不用说，你一想我都知道，你一动我就知道，你跪吧我走了。"姑娘说罢飘然而去。

姑娘一走，陶文斌跪在地上动也不敢动了。这时候"铛儿铛儿铛儿"丫鬟端着饭又来了。小丫鬟端着条盘走进客厅把条盘往陶文斌身旁地上一放："陶文斌，吃吧。"陶文斌心里说，在里边的人都不是哑巴呀，都会说话呀，那为啥开始见我都装聋作哑哩？哦，这是故意试探我哩。

"丫鬟姐，这饭是让我吃的吗？""是哩，俺姑娘特意盼咐，叫我给你这负心汉端来的。姑娘说了，叫你双手按在膝盖上不准离开，不能端碗，腰不能弯，头不能低，嘴不能张，吃吧！"说罢丫鬟转身走了。

丫鬟一走，陶文斌心想：这是叫吃饭哩吗？不张嘴咋吃饭哪？这不是不让吃嘛！既然不让吃，你又何必端来呢？哦，这是故意捉弄我哩。可仔细想想都怨我陶文斌哪，自从我陶文斌走进美人洞中至今，已经半年之久。半年来，虽然说姑娘方才才跟我见了一面，但是丫鬟伺候我实在周到。可以说是水来伸手，饭来张口，待我是无微不至呀。要不是姑娘盼咐，丫鬟凭什么待我恁好哇！丫鬟待我越好，说明姑娘待我情义越深。可是，我陶文斌都在人家姑娘面前想了些啥，说了些啥，又做了些啥。要得公道，打打颠倒，方才在大厅我说姑娘那些话换换是姑娘说我的，我陶文斌绝对不能容忍她，就这人家姑娘都原谅我了。人家姑娘宽宏大量，我陶文斌心胸狭隘，我与姑娘相比那可真是天壤之别。以前哪，我真是对不起仙姑娘了，从现在起，我定要痛改前非重新做人。我一定对得起仙姑娘，我听她的话，她叫我正东我不正西，叫我打狗我不撵鸡，她叫我擀面我保险不去捣蒜。我要再在姑娘跟前三心二意，天诛地灭，叫我死到五黄六（音 lù）月天，生蛆化脓不得善终。陶文斌刚刚想到此，就听见屏风后边一声长叹："文斌，你呀！"

玉面仙一阵阵珠泪纷纷，	用手指埋怨一声陶文斌：
"枉读诗书不知礼，	说出来了负义话令人伤心。
自从你走进美人洞，	刚进洞美人洞又关住了洞门。
关洞门困住你陶门之后，	在那北京城撇下你的妻子独自一人。
撇下你的妻子名叫一个王素珍，	你把她撇到她娘家绣楼门。

你撇下王氏女不管不问，陶文斌你坏良心对不起人。
你对那王氏女咱先不论，贼呀贼对爹娘你安的什么心。
小羊羔未曾吃奶先下跪，丑乌鸦十八天大报娘恩。
黄金再贵也不算贵，爹的骨，娘的肉价值千金。
埋罢父，殡罢母堂中为孝，不埋父，不殡母你算个什么人。
不埋父，不殡母情有可原，对小仙你不该起了歹心。
既然是陶公子心回意转，今一天我原谅了你这负义之人。"

"文斌，你起来吧！""姑娘，我不起来。你叫我多跪一会儿吧，多跪一会儿我心里才能好受些。""你起来吧！我知道你对我是真心实意还不行吗？""那你既然知道我对你是真心实意，那我就起来啦。""文斌哪，在你们凡间夫妻两个成亲，说什么先拜天，后拜地，夫妻对拜，然后才能送入洞房，那是你们凡间的臭规矩。这是在我们美人洞，一来这里没有这个规矩，二来我乃美人洞一洞之主，我说了算，别人不敢有任何非议。我说啥时候跟你成亲就啥时候与你成亲，我啥时候看见你格外称心如意，愿意啥时候与你成亲就啥时候与你成亲。文斌哪，你来到我美人洞已经半年之久，半年来就现在才对我有一点真心实意。我这个人哪是记恩不记怨，不论什么人，哪怕他有一万个对不起我，只要在我跟前有丝毫的好处，那些恩恩怨怨就一笔勾销了。现在我看见你格外的称心如意，今天晚上咱们就成亲好了。"说好便好，两个人当天晚上就成了夫妻。

一夜夫妻晚景不需细表，次日早晨起得床来，漱洗已毕，丫鬟端来早饭，两个人用罢早饭坐下扯了些闲话。光阴荏苒，不知不觉成亲四个月的时间已经过去。成亲四个月来，仙姑娘对陶文斌那是千般温存，万般体贴，那真是无微不至呀。陶文斌心里美呀，猫舔了样高兴。不料想乐极生悲，不幸之事接踵而来。不知陶文斌到底也出了何事？且听下回分解。

第六回 试文斌玉面姑现形

　　书接上回,这一天清晨早起用罢早饭,陶文斌一抱双拳:"贤妻呀,想我陶文斌来到美人洞是为了观看洞中仙境而来,可是,自从来到这里已经十来个月了,这十来个月当中啊我也没有离开过咱家寸步。偶然离开过一回半次也无心观看洞中仙境,今天左右没有啥事儿,我想着是不是你陪着我出去散散步,让我看看洞中仙境饱饱眼福呢?""这……啊,文斌哪,这是我们美人洞,我洞中有个规矩,六十年开一回门。六十年我只能到那井台上洗一回衣服,不到开开洞门,不到我出去洗衣裳的时候,我是绝对不能离开俺家半步。虽然说咱们是夫妻,但你毕竟是个凡人,我乃美人洞一洞之主,万乘之尊,怎能陪同你个凡夫俗子出去观看洞中仙境呢?要去你就自己去吧!""那好,既然贤妻不能陪我前往,我陶文斌也就不强人所难了,那我自己去了。""官人,早去早回,免得为妻在家挂念不下,记住,早些回来用饭啊。""放心吧,忘不了。"陶文斌这才辞别仙姑,离开仙府,直奔荒郊野外游玩散心走下去了。

陶文斌迈步出府门,	一心心看洞景游玩散心。
迈大步刚来到村庄野外,	陶文斌只觉得耳目一新。
来时景现如今依然如故,	三月里艳阳天景色似锦。
遍地里尽是些奇花异草,	花儿香鸟儿鸣美景怡人。
陶文斌看到此夸赞不尽,	果然是神仙景非比凡尘。
陶文斌我若能久居在此,	日久后凡间子定能成神。
陶公子刚想到得意之处,	就听见面前头传出声音。

　　"咯儿咯儿咯儿",吨!陶文斌心里想:那不是那老头刨树疙瘩的声音吗?我想着我们已经分别了六七个月啦,再也见不到他老人家了,谁料想鬼使神差又使我们在此相见。仔细想来,我得与仙姑娘拜堂成亲多亏他给我穿针引线,说起来他是我的月老媒红。既然见到了他,上前道个谢吧!想到此处紧走几步来到跟前一抱双拳:"老人家,

小生这边礼过去了！"那老头早已经把镢头往地上一放，慢慢地扭项回头："哈哈哈……文斌哪，来来来来，咱两个坐下好好聊聊。""老人家别来无恙，一向可好，""嗯，好，好！文斌哪，来，来，坐，坐。""老人家，咱都坐，都坐。"两个人席地而坐。老头问："文斌哪，你不是和仙姑娘拜堂成亲了吗？""是啊老人家，多亏你老人家给我穿针引线，才使我们夫妻终成眷属。""嗯，好，好！成亲多少日子了？""老人家，四个月啦！""四个月来仙姑娘待你如何呀？""咦，老人家，多承您老挂念，我妻待我是千般温存，万般体贴，那可真是无微不至呀！""如此说来，仙姑娘待你不错？""那可真是不错，好极啦！""文斌哪，那么我来问你，你们夫妻成亲到现在四个月的时间，是分居两处还是同居一起呀？""老人家，不好意思，你怎么连我们的房事也给打听起来了？""你只管回答我的问话。""有这个必要吗？""当然有这个必要。""老人家，说起来您老人家是我的月老媒红，咱们是自家人，啥事儿啦我也不用瞒你。我们夫妻自从成亲那天晚上起直到现在，四个月的时间，天天是同床共枕，从没有分居两处。""好，好！哎文斌哪，我来问你，每天晚上上床歇息之时，是你先上床还是她先上床？""这个……""你只管回答！""那每天晚上都是她先上床。""是她靠里头，还是你靠里头？""老人家，每天晚上都是她靠里头。""睡到半夜，你发现你妻有啥动静没有？""没有哇！""没有？你今天出来是干啥哩？""老人家，我今天出来是观看美人洞洞中仙境哩呀！""是你自愿出来哩还是她要你出来哩？""老人家，这不能坏良心。这是我自愿出来哩。""自愿出来哩，看景哩。别看了，回去吧。""咋啦老人家？""咋倒不咋。今天回到家中，你就说身体不老舒服，你先上床歇息，并且你靠里头叫她靠外头。睡到半夜，你看看你妻会出现个啥动静？""啊，老人家，她会出现个啥动静啊？""究竟会出现啥动静我也不清楚，你一看都明白了。""那我看了咋办？""看了明天还往这儿找我。""中，中啊老人家，那我去了。""咄，陶文斌你可不能这个样子呀。今天晚上回到家中，你装作若无其事哩，该吃就吃，该喝就喝，该笑就笑，该说就说，长圆不能让她看出半点破绽。""中，中啊老人家，那我回去了。"陶文斌走着想着，越想越害怕，越害怕身上越没劲儿。一步四指难挪，就这二十来里地走到家，天早已经黑透了。

仙姑娘早都等急了，看见文斌回来，赶紧站起身来："官人，你回来了！""嗯，啊，我回来了。""你怎么啦？""今天看了看洞中仙境，有点累哩慌了。""饿了吧？""不饿，有点饥。""丫鬟，端饭伺候。""是。"丫鬟把饭菜端来，往桌子上边一放。仙姑娘陪着陶文斌用罢了晚饭，陶文斌一抱双拳："贤妻呀，今天我看了看美人洞洞中仙境，有点劳累，身体不老舒服，我想早点歇息呢。""官人，那你就歇息去吧，略停片刻，待为妻把一切收拾妥当，便去陪你歇息。"陶文斌进来了，来到暗间往床沿上一坐，你看他把靴子一脱，和衣往床上一躺，往床里边一滚，捞住锦被往身上一盖。心想，我的老天爷，今天晚上也不知道究竟会出现个啥动静？咦，不敢想，一想她就知道了。

单说仙姑娘把一切收拾妥当来到暗间往床沿上边一坐，扭项回头先看了看陶文斌，然后把衣服一宽，往床头上边一搭，往文斌身旁一躺，拉住另一条锦被往身上一盖，不多一时，就进入了梦乡。陶文斌心里想：这也没有啥动静啊，不敢想。他正想着不敢想不敢想哩，就觉着那床一蛄蛹，陶文斌慢慢把被子撩开个缝往外一看，就见仙姑娘起来了。仙姑娘起得床来，往床沿上一坐，扭项回头先看了看陶文斌。看了多时，一伸手从桌子上拿过来一面镜子，对着镜子照了照，笑了笑，笑了笑，照了照。照足了，笑够了，把镜子往桌子上一放，扭项回头又看了看陶文斌，看了多时，这才慢悠悠把头扭了过来。一伸双手抱住人头"卜嘟卜嘟，唭儿"，可薅掉啦，把头薅掉，往桌子角起一放，就地一滚，变成个大狐狸，牛犊大小，眼放凶光，摇头摆尾，张牙舞爪，来到床前，把前爪往床上一搭，把嘴张开，对准陶文斌的头"哈"。眼看那狐狸嘴呀离陶文斌的头尚有二指，没有啃下去，她停住了。停罢多时，你看她把前爪一抬，往桌子上一搭，把嘴张开，舌头伸出来，对准那个人头"呱嗒呱嗒呱嗒呱嗒"一顿舔，舔了个明光亮光哧哧叫地发光。舔足了舔够了，伸前爪对着人头梳了梳，搂了搂。然后抱住人头往脖颈上边一放，又成了仙姑娘啦。往床沿上一坐："文斌，文斌，文斌。""哎。""咋啦？""害怕！""害怕啥？""做了个噩梦，光害怕啦。""咳，做了个噩梦怕些什么？有为妻陪着你不用怕啊，睡吧。"说罢往文斌身旁一躺捞住被子往身上一盖睡啦。

次日早晨，起得床来，用罢早饭，陶文斌一抱双拳："贤妻呀，昨天我出去了一天，只看了美人洞洞中一隅，今天左右没事儿，我想着再出去玩耍一天呢。""官人哪，你就去吧。啊，早去早回，免得为妻在家挂念不下。""你放心吧。"但见陶文斌辞别仙姑，转身迈步离开仙府，直奔村庄野外，前去寻找长眉大仙走下去了。

好一位公子陶文斌，
迈大步离仙府荒郊前往，
一边走一边想眼中落泪，
仰望着北京城点一点项，
想当初恁二老在朝把君奉，
常言道伴君如伴虎，
可叹陶门全家三百多口，
东法场绑下咱男子汉，
面前边点着灯三盏，
灯灭三盏人头掉，
苍天爷他不绝咱陶门后，
那时候逃出孩儿人一个，
偶遇贤妻王素珍，
背着她二老爹娘不知晓，
绣楼上俺两个成了亲眷，
实指望恩恩爱爱白头到老，
辞别了贤妻王素珍，
临走时贤妻把我送，
花园里夫妻分别说的话，
贤妻说今一天杭州城去找咱舅，
我言说贤妻放心你把我等，
贤妻说一路上小心在意你要加谨慎，

辞别了仙姑娘离开府门。
一心心去寻找那位长眉人。
真好比刀扎罗隔箭穿前心。
哭了声九泉下二老双亲。
堪称干国栋梁臣。
恁二老命丧法场成冤魂。
绑到那法场以上命归阴。
西法场绑下咱满门女钗裙。
背后又支着炮三蹲。
炮响三声命归阴。
法场上逃走了你的儿文斌。
我逃难去到了王府的花园门。
俺两个一见钟情成了亲。
把孩儿我留到她的绣楼门。
说不尽夫妻恩爱雨水情义深。
我不该起下了报仇雪恨心。
到杭州找舅搬兵把冤申。
手拉手肩并肩送我到花园门。
到今日想起了仍然伤心。
哪一年哪一月哪一日回家门。
多则仨月我就转回门。
生瓜梨枣莫要沾唇。

盼望着官人你早早来信，莫叫妻常想念记挂在心。
自从那日分开了手，晓行夜宿往前奔。
那一天来到了高山下，美人洞开开了两扇门。
美人洞开开了门两扇，我不该起下了好奇心。
一心心进洞中观看仙景，谁料想刚进洞关住洞门。
关洞门困住我陶门之后，第一个见到的就是长眉人。
长眉老汉给我把路指引，为了我他操了不少的心。
多亏他给我来穿针引线，我得与仙姑娘拜堂成了亲。
也自从俺夫妻成亲到现在，仙姑娘待我有天高地厚恩。
昨天我把家来离，一心心看仙景游玩散心。
那时节我来到荒郊野外，天凑巧又碰上那长眉老人。
长眉老汉对我言讲，他叫我半夜三更看假真。
昨天晚上我的妻只把原形现，差一点吞吃我陶文斌。
虽然说到最后她没有下毒手，仔细想想吓死人。
昨日里我与老汉有约定，今天见面说原因。
今一天我去把长眉老汉见，见一见长眉老汉诉说原因。
陶文斌思思想想来得好快，来到了两个人约定之处不见人。
既然是长眉老汉没有来到，不免我在此坐等他来临。
文斌主意拿停当，一屁股坐到地底上。
吃罢了清晨饭等到日过午，日过午又等到日西沉。
日落西山天色晚，仍然不见那长眉人。
既然是长眉老汉失信于我，倒不如陶文斌我转回家门。
回家去我对贤妻讲，我把那这般如此对她云。
那时候我把我的贤妻问，问问她这老头到底安的什么心。
想到此双手按地身站起，撒迈大步往回奔。
刚刚走了十几步，就听见背后有人喊文斌。

"哎呀呀，文斌哪，让你久等了啊！""老人家，你怎么如此言而无信呢？""咄，这是什么话，我怎么言而无信了？""老人家，昨天你与我约定，让我今天来这儿见你，我在这儿足足等了你一天，你怎么这时候才来？""我跟你约定今天在这儿见面，我可没有跟你约定啥时候见面呀。再说我这不都是为了你吗？要不是为了你，我能到现在才来吗？给你说实话，我为了你能出美人洞而足足地奔波了一天哪！文斌哪，天色眼看不早，你还要赶快回去，快些给我说说，昨天晚上到底都看见啥了？""哎呀老人家，差一点儿没把我吓死。""嗯，都看见啥了？""老人家，她睡着睡着起来了。起得床来往床沿上一坐，扭项回头先看了看我。然后拿过来镜子，照了照，笑了笑，笑了笑，照了照，照足了，笑够了，把镜子往桌子上一放，扭项回头又看了看我。看罢了这才慢悠悠把头扭了过去，一伸双手抱住人头，"卜啷卜啷，唪儿"可薅掉了。往桌子上一放，就地一滚，变成个大狐狸。牛犊样恁大，眼放凶光，摇头摆尾，张牙舞爪来到床前，把前爪往床上一搭，对着我的人头"哈吞"一口，我当是她吃我哩。谁料想停罢多时，她才慢悠悠把头扭了过去，把前爪一抬，往桌子上一放，把嘴张开，舌头伸出来，照着人头"呱嗒呱嗒呱嗒呱嗒"一顿舔，舔了个明光亮光哧哧叫地发光，舔罢了伸出前爪梳了梳，搂了搂，双手抱住人头往脖颈上边一放又成那仙姑娘了。""喊你了吗？""喊啦。""喊几声？""三声。""你答应没有？""答应啦。""啥呀？你答应了？陶文斌哪陶文斌，本来你明天就该出洞了，你这一答应不要紧，还得在此多待四年呀！""老人家，那你为什么不给我说清楚哪？""文斌哪，这叫天机不可泄露哇！再说，我想着你见到你妻现出原形，露出真身，不把你吓死才怪。谁料想你有如此大的胆量，不但没被她吓死，还能应出声来，这真是让我始料不及呀！这也是天意如此。文斌哪，既然错了，那就将错就错，错从错处来，你赶快回去，看看她今天晚上会出现啥动静。""老人家，今天晚上还有动静？""还有动静。""看了咋办？""看了明天还往这儿来见我。""中，中，那我拐回去了。"陶文斌拐回来啦。

　　陶文斌回到家中天早都黑透了。仙姑娘见文斌回来，站起身来："官人回来了？""回来了！""今天怎么回来这么晚呢？""今天我看了两个洞角，所以说比昨天晚上回来得更晚了一点儿。""不用说又饥又渴啦，丫鬟，赶快端饭伺候。""是！"丫鬟端来饭菜，姑娘陪着陶文斌用罢晚饭，陶文斌一抱双拳："贤妻呀，今天我看了两个洞角，比昨天累之更甚，我想早点歇息呀。""官人，你去歇息去吧，等为妻我把一切收拾妥当便去陪你歇息。"陶文斌进来了，来到暗间把靴子一脱，往床上一躺，床里边一滚，拉住锦被往身上一盖，心中想：也不知道今天晚上会出现啥动静？

单说仙姑娘在外边把一切收拾妥当，这才迈步来到暗间，往床沿一坐，扭项回头先看了看陶文斌。然后把衣服一宽，往床头上一搭，往文斌身旁一躺，捞住被子往身上一盖，不多一时就进入了梦乡。睡着睡着陶文斌就觉床上一蛄蛹，陶文斌慢慢地把被子撩开个缝往外一看，就见仙姑娘起来了。仙姑娘起得床来，往床沿上一坐，扭项回头先看看陶文斌。然后拿过来镜子，面对着镜子皱了皱眉头，瞪了瞪眼睛，咬了咬银牙，撇了撇嘴唇。看了多时，"噔"的一声把镜子往桌子上一扔，回头又看了看陶文斌。这才伸双手抱住人头，"卜嘟卜嘟，哗儿"可薅掉了！把人头往桌子角起一放，就地一滚，变成个大狐狸。只见这只狐狸屁股往地上一蹲，伸出右前爪，照住肚皮"刺啦"撕开了，把前爪伸进肚内，从肚子左边掏出拳头大小一块肉来，往爪中一托，搁鼻子上闻闻，嘴里头嚼嚼，舌头伸出来舔舔。等她舔足了，嚼够了，闻罢了，把那块肉往肚子里一放，一拨拉，肚子长住了。只见她"呼"地一声站起身来，把前爪往桌子上一搭，把嘴张开，舌头伸出来，照住人头"呱嗒呱嗒"一舔，梳了梳，搂了搂，然后抱住头往上边一放又成了那仙姑娘啦。往床沿上一坐："文斌，文斌，文斌。"连喊三声，见陶文斌一腔没答，你看她往文斌身旁一躺睡啦。

次日清晨，起得床来，洗漱已毕，用罢早饭。陶文斌一抱双拳："贤妻呀，今天我还想再出去玩耍一天呢。""官人，以后有你的自由，你愿意去玩你就出去，愿意啥时候走你就啥时候走，愿意回来你就回来，不过，可不要听信别人的话啊！"陶文斌一听心里想，我的妈呀！我妻这话是门神卷灶爷——话中有话呀。难道说我暗地里去会长眉老汉我妻已经知道了？唉，不管如何，昨天我与那长眉老汉有约，既然有约，就不能失信于人。今天我再去见他最后一面，回到见来，我是不能再离开俺家半步了。陶文斌想到此处，辞别了仙姑娘，离开了村庄，来到两个人约定之处，左等右等不见长眉老汉来到。一家伙等到日落西山，又等到用罢晚饭，文斌心想：罢了！今天这个老汉哪是彻底地失信于我了。既然是如此言而无信之人，我还等他做甚？待我回到家中，与我妻说知此事。常言道得好，夫妻夫妻，有话同知，有话不知还是什么夫妻？我妻既然待我真心实意，我不能对她有外。待我回到家中把来龙去脉说与我妻知道也就是了。

文斌主意拿定转身就走，刚刚走了四五步就听见后边喊了："啊哈哈哈——文斌哪，让你久等了啊！""老人家，这就是你的不对了，你怎么到现在才来呀？""这不都为了你吗？要不是你前天晚上答应出一声来，我也不会如此辛苦，整整为你奔波了一天。文斌哪，天色不早了，你还要快点回去，赶紧给我说说昨天晚上看见啥了？""老人家是这么这么这么这么一回事儿。""嗯，文斌哪，我来问你，你知道不知道你妻昨天晚上现出原形，从肚子里取出的那一块肉，是什么东西呀？""老人家，晚生愚昧，不知道。""我给你说实话，你妻已经身怀有孕，有了你的后代了，她取出的那一块肉，就是你的孩子。她把你的孩子取出来，用鼻子闻闻，嘴里嘀嘀，舌头舔舔，那是表示对你孩子的喜爱。她对你的孩子越亲，她对你越爱至深处，她对你越爱至深处，她就不愿意让你离开美人洞，到达杭州去找恁舅。因此，她要想办法挽留与你。给你说吧，美人洞六十年开一回门，这是规矩。六十年她才能离开她家到那井台上洗一回衣服，不到开开洞门，不到出去洗衣裳的时候，她是绝对不能离开她家半步，也别说让她送你出洞啦，那叫犯规。她要守住规矩，又舍不得让你走，因此上，她要想办法挽留与你。昨天晚上该你答应你又没有答应，还得在此多待四年。就这两晚上你做错两件事情，就得在此多待八年哪！""老人家，要按你说，我就是想马上离开美人洞，不是八年以后的事情了？""八年？再有八个八年你也出不了美人洞。不过，事在人为。你若想马上离开美人洞我可以助你一臂之力。""老人家那你咋助我呢？""我这里有个两全其美之计。""何为两全其美之计？""我给你一件仙家之宝，名叫聚魂瓶。你把这个聚魂瓶拿回家中，半夜三更之时，你连喊三声仙姑娘，她的灵魂就跑进你那聚魂瓶里去了。然后你把瓶盖一盏带在身边,我再想办法送你出洞就是。虽然说她的灵魂随你出洞了,但是她的躯体还留在美人洞,这不叫犯规。等到你杭州搬来恁舅,打了北京,给你爹娘报了仇雪了恨,我再想办法使你妻灵魂附体,你们夫妻再续恩爱。""如此说来,我陶文斌谢过你老人家的云天高义了!可是,有那么神妙吗?""仙家之宝,妙用无比。天色不早,赶快接宝。"说着伸手从袖筒里掏出一个小琉璃瓶来,递给了陶文斌。陶文斌接过宝贝,趴地叩头说:"老人家,咱们两个今日一别,可有后会之期吗?""文斌哪,只要缘分不尽,自有相见之日,快些回去吧。"

　　只见陶文斌辞别长眉老汉,顺着原路,大踏步回来了。回到家中,正好三更。仙姑娘早就等急了,看见文斌回来,站起身来:"官人你回来了?"陶文斌有了宝贝啦,有恃无恐了。"啊,回来了。""呀,今天怎么回来这么晚哪?""今天我把美人洞洞中仙景都看了一遍,所以回来得更晚了一点儿。""今天都碰见谁啦?""谁也没碰见。""那老头都给你说的啥?""啥也没有说!""啥也没有说?他给你那聚魂瓶呢,拿出来叫我看看。""啊?贤妻你都知道啦?""哼!陶文斌哪陶文斌,从你来到我美人洞,我对你如何?你不该听信别人挑唆,接受他人宝贝,妄想害我性命,我岂能容你,陶文斌你拿命来。"陶文斌一见,罢了,一不做二不休,扳倒葫芦撒了油,他早已经把聚魂瓶拿在手中,"唪"一声拔开瓶塞,连喊三声仙姑娘。但见仙姑娘"扑通"一声摔倒在地,你看陶文斌盖好瓶塞,拔腿就跑,一脚踏空,耳旁生风,"呜——"

好一个文斌少书生,　　　这时候取出了宝贝聚魂瓶。
仙姑娘连连三声喊,　　　灵魂摄进宝瓶中。
不顾死活拼了命,　　　　真好像腾云雾里行。
不知文斌生与死,　　　　不书岔开另有明。
压下一头表一尾,　　　　压住一层表一层。
回书再表哪一个,　　　　回头来咱再说说北京城。

　　单说北京城,镇京总兵金刀王灿府,绣楼上边,王灿的独生女儿,陶文斌的妻子王素珍。大姑娘王素珍自从那天送走了陶文斌，回到楼上，天天想，夜夜盼，思念丈夫，盼望官人，不知不觉又住了四个月。前后四个月，八个月的时间，大姑娘已经是出身啦，不能下楼了。大姑娘在楼上身体虚弱，精神恍惚。这一天姑娘手扒绣楼门，眼望着杭州城说声："文斌，你在哪里呀？"

> 大姑娘坐绣楼把那泪水滴，
> 眼望杭州掉下泪，
> 那一天在绣楼我的心闷倦，
> 花园以内碰上你，
> 后花园对天盟下了宏誓大愿，
> 在绣楼咱两个成了亲眷，
> 实指望恩恩爱爱白头到老，
> 临走时我问你哪里前去，
> 我问你今日走几日回转，
> 为妻我信以为真放你走去，
> 不见官人你回家转，
> 难道说在外边你出了事，
> 再不然奴的夫你得了病，
> 再不然官人你又有新遇，
> 不知道官人想我不想我，
> 大姑娘楼上只把丈夫想，
> 大姑娘忙站起，
> 手扒楼门往外看，
> 公鸡打食儿头前走，
> 公鸡打食舍不得用，
> 回头就把母鸡叫，
> 白天成群它把食儿来打，
> 扁毛鸡它还有夫妻义，
> 大姑娘女多娇，
>
> 泪珠儿滚滚滴湿衣。
> 盼一声陶文斌奴的好女婿。
> 随丫鬟观花散心去到那花园里。
> 咱两个一见钟情多么有情义。
> 背爹娘我把你留在我那绣楼里。
> 说不尽夫妻恩爱，如胶似漆。
> 四个月下绣楼你辞别为妻。
> 你言说杭州找舅搬兵要报冤屈。
> 你言说多则仨月就回家里。
> 官人哪你一走十个月不见你的踪和迹。
> 为什么你书不捎来信也不提。
> 再不然奴的夫你惹出是非，
> 在外边得病死一命归西。
> 得了新人忘了旧妻。
> 为妻我想你着了迷。
> 就听见绣楼下一阵阵呜呜啼。
> 手扒楼门看仔细。
> 绣楼下咯咯叫跑过来一群鸡。
> 后跟一群老母鸡。
> 回头来咕咕叫母鸡。
> 把食儿递到母鸡它那嘴里。
> 到夜晚歇宿到一个窝里。
> 难道说你就忘了家中妻。
> 思念丈夫心发焦。

手扒着楼门往下看,
一棵桃一棵桃,
官人你不回来奴家没有事儿,
桃树浇得旺旺的,
桃儿长得肥又大,
带到我的绣楼上,
描成俺丈夫陶文斌,
虽说不当茶和饭,
大姑娘一枝花,
眼望杭州掉下泪,
难道说你真的有了病,
要真是官人死故了,
你的阴魂回家转,
大姑娘楼上正把丈夫想,
大姑娘秋波闪,
这位大姑娘她一见蝎子心暗想,
想必是俺丈夫真的丧了命,
要真是我的丈夫回家转,
绣楼上没有旁人就我独自家。
羞羞答答那是挝。
顺着隔扇就往里爬。
果然是我的丈夫回到家。
走上前伸手就把蝎子拿。
金钩子拧住姑娘的手指甲。
疼疼麻麻带着合撒。
小蝎子给你蜇吧,
只要是俺丈夫你回到家,
我拨拉拨拉就好啦。
哭哭啼啼思相公。
为妻我想你要发疯。

当院里长着一棵桃。
青枝绿叶长得牢。
到明天我去挑水把那桃树浇。
开个桃花结个桃。
摘下来用我的汗巾包。
用我的彩笔把桃描。
一天三遍把桃瞧。
一天我喝口凉水也上膘。
思念丈夫泪巴巴。
哭了声官人咋啦不还家。
难道说你真的死故啦。
回来吧,回来吧,你的阴魂快回家。
待为妻再给你说上几句知心话。
就听见隔扇顶上响哗啦。
原来是一个蝎子上边爬。
心里头一阵翻浪花。
变一只蝎子回到家。
蝎子呀,进来吧,进来吧,
恩爱的夫妻你怕什么,
小蝎子好像是听懂了姑娘她的话,
姑娘一见高了兴,
大姑娘想丈夫想得心急了,
偏偏蝎子不懂事,
只拧得一阵一阵疼,一阵一阵麻,
要真是丈夫你回到了家,
再蜇几下也没有啥,
一不疼二不麻,
大姑娘坐绣楼泪双倾,
也不知官人你想我不想我,
为妻我想你想得肝肠断,

盼你盼得两眼红。
两眼红来见不成。
我为你少穿了多少红,
我为你日夜难以困朦胧。
耳旁边听不见你的说话声。
更兼我怀六甲出了身难下楼棚。
你回来咱们夫妻好相逢。
一步迟慢见不成。
抬头看西方坠落太阳星。
大姑娘想丈夫懒把饭来用,
日落哭到黄昏后,
一更哭到二更鼓,
三更四更五更到,
长杆挑去天边月,
一夜晚景天明亮,
丫鬟不把楼来上,
丫鬟要把绣楼上,
同志们要知后来事,

肝肠断不能见,
我为你少搽了多少胭脂粉,
我为你茶不思饭难用,
菱花镜看不见官人你的面,
为妻我想你身得病,
夫哇夫,你回来吧,回来吧,
回来得早还能见,
大姑娘楼上正把丈夫想,
日落西山天色晚,
躺在床上放悲声。
黄昏又哭到点银灯。
二更哭到打三更。
就听见金鸡三唱到天明。
铁帚扫去满天星。
小丫鬟春花上了楼棚。
一笔勾销话不明。
要闹个山崩地裂海水红。
下回书中说分明。

第七回　假表弟巧遇真表兄

书接上回，丫鬟说："姑娘，你又哭了一夜，你别哭了，谁能不想念自己的亲人？妻子思念丈夫那是人之常情，但想归想，你也不能总这样子哭下去啊。俺家姑爹此去杭州，千里迢迢，路途遥远，万里登山，一时半刻他是不会回来的。再说俺家姑爹吉人自有天相，他是不会出什么三差两错的，你就这个样子，万一把你的身子哭坏了，即使俺姑爹马上回来，能有你的好处，能有你的幸福吗？姑娘，你别哭了。"

"春花，如此说来，从今天起我就不再想他了。去，你到楼下给我打一盆洗脸水来，待我梳洗梳洗，打扮打扮。""是。"丫鬟下楼了。

丫鬟春花来到楼下，正碰上老太太被丫鬟搀扶着从茅房里出来了。丫鬟春花想躲，那是躲不及了，只好硬着头皮走上前去："老太太，您老人家早安。""啊，是春花。春花，你干什么去呀？""老太太，我给俺姑娘舀洗脸水去。""春花，这一直我咋不见你姑娘下楼啦哩？""俺姑娘这是有……这是有……这是有……""你姑娘有什么啦？""俺姑娘有病了！"

一听说姑娘有病了，老太太不敢怠慢，直奔大厅去找金刀王灿。却说金刀王灿清晨早起，独自一人坐在大厅正在品茶。老太太来到近前："老爷。""哦，夫人，夫人清晨早起，不在堂楼，来我大厅有何事干？""老爷，女儿有病了。""嗯？老乞婆，我宰了你，女儿有病，为何不早说呢？""我也是才知道。""嗯，来啊！""在。""家院，赶快到太医院，把太医给我请来去！""是！"

把太医请来了，所谓太医，那就是给皇帝看病的医生，太医来到王府大厅见了金刀王灿，两个人寒暄已毕，分宾主坐下，太医动问一声："王大人，听说贵千金深染贵恙，但不知染何贵恙？现居哪里啊？""太医呀，我女儿身患何恙？老夫一字不知。至于我女儿嘛，现居闺阁绣楼。""大人啊，男女授受不亲，男女有别，男不入女室。虽然说我是诊病的大夫，但我毕竟是个男人，不便到姑娘楼上去，有心让姑娘来到大厅诊病，姑娘本来有病，再从绣楼到大厅，万一被风一冲，着了凉，那就病上加病难以医治。再说我就是去到楼上，也不能亲自与姑娘把脉，干脆今天咱们来个悬丝切脉好了。""嗯？太医呀，何谓悬丝切脉呀？""大人，所谓悬丝切脉，用句俗话说就是号线脉，用一根红线绳从大厅扯到姑娘绣楼，绑在姑娘手脖上，我就能号出姑娘得的啥病。""哈哈哈，果然是太医，脉高啊！来啊——""在！""丫头，赶紧到绣楼晓谕你姑娘，叫她准备准备，准备号线脉了。""是！"

这时候，大厅以外早已惊动了春花，小丫头不敢怠慢，大跑小跑来到绣楼说："姑娘，可是砰了，不中了！""春花，何事惊慌？""姑娘，是这么这么一回事。"

大姑娘闻听此言，不亚于晴天霹雳，如扬子江心断缆崩舟、高楼失足一般，这一惊非同小可，眼望杭州说声："文彬，你可把我害苦了——"

  大姑娘在绣楼泪满腮， 哭一声官人你咋还不回来？
  自那日在绣楼咱有了恩爱， 小奴家腹发胀头也难抬。
  日见精神不爽身体又败坏， 才知道身怀着你陶门的婴孩。
  为妻我身怀六甲八个月整， 眼看看出了身难下楼台。
  太医就在客厅里坐， 眼看就要与小奴号线脉。
  眼看与我把病看， 还恐怕把真情看呀看出来。
  倘若是那太医看出破绽， 在眼下你的妻就要遭灾。
  看见雕鞍思骏马， 危难之时盼郎来。
  回来吧你回来吧， 你回来把为妻巧安排。
  回来得早倒还罢， 一步迟慢奴有灾。
  大姑娘一哭如花败， 惊动了春花把口开。

"姑娘，你就知道遇着事哭，天塌下来你能哭上去？这么大事情你哭哭都行啦？一会儿把绳子拿上来，往你那手脖上一绑，万一把那真情看出来，那如何是好啊，姑娘？"

"春花，你姑娘我情急失智，人到事处迷。我有啥办法？没有办法也得想个办法，把这个事情搪塞过去。春花，你帮姑娘想个办法好吗？"

"好，我想想看。哎——，姑娘，有了！"

"春花，你有何妙计？"

"姑娘，那你说非得把绳子绑到你手脖上不中？"

"不绑手脖，能绑哪啊？"

"床腿上！"

两个人刚刚商量好，一个丫鬟拿着绳子上来了。

"姑娘，老爷吩咐叫你准备准备，准备号线脉。"

"晓得了，把绳放下，下楼去吧。"

丫头转身下楼走去，春花接过绳头。这头呢？太医在号脉哩。

"唉，王大人，赶快给姑娘准备后事儿吧。"

"太医，我女儿的病不轻？""何止是不轻啊，给，你摸摸，你女儿没脉啦！"

床腿上绑着哩，哪有脉呀！

一听说没脉了，老王灿差一点没被吓死，这才吩咐老太太上楼探病，老太太闻听不敢怠慢，吩咐丫鬟搀扶离开大厅，直奔姑娘绣楼。来到楼下，撇下了丫鬟，老太太自己上楼了。

单说大姑娘听见楼梯响动，就知道是母亲来到，没等母亲来到，早已双膝扎跪等候。等到母亲来到了跟前，趴地叩头："母亲在上，不孝女儿下边叩头了，问声母亲身体可好，贵体可好，万万的纳福。"

"女儿，家礼不可长叙，坐起来盘话。""谢母亲！"站起来了。

同志们，老婆儿们有经验，到楼上一眼就看出来了。"女儿你咋啦？""娘，我有病了。""啥病呀？""我也不知道。""那儿咋啦？""娘，那是气鼓。""儿啊，你天天又没下过楼，谁惹你生气了？你不是气鼓而是水鼓，傻孩子，别瞒了，你能瞒住当娘哩，给娘说说谁的？"

大姑娘闻听此言，心如刀绞、肺如钩搭，两只眼中的泪水，从那小眼角起"咕嘟咕嘟"咕嘟到大眼角，把头一晃，"啪嗒"落到心窝，两只眼中的泪水，就好像雨打莲叶，房檐滴水，珍珠断线一样，啪嗒一滴，啪嗒两滴，啪嗒、啪嗒、啪啪、嗒嗒。

"尊亲娘叫母亲，叫母亲不问起这般如此倒还罢。若问起，娘啊娘，你坐绣房，听女儿把那前前后后、左左右右这般如此前后事，我对你讲来。"

"女儿莫要啼哭，慢慢讲来！"

大姑娘双膝扎跪在此地溜平， 止不住伤心泪往下直落阵阵伤情。
长叹气我只把亲娘叫， 娘啊娘提起来这件事我的脸上红。
那一天在绣楼女儿我的心闷倦， 随丫头观花散心去到那花园中。
女儿观花，我把那花园进， 养鱼池旁边蹲坐着个少书生。
女儿我上前去把他观看， 才见他品貌端庄实在聪明。
小女儿问他的名和姓， 他才从头至尾表了家庭。
他言说陶彦山本是他的天伦父， 他的娘柳氏夫人受皇封。
陶文灿本是他的大兄长， 陶文斌本是那个公子的名。
只因为陶文灿打死了四国舅， 连累得全家人问了斩刑。
一听说他是忠良之后， 忠良后遭陷害，女儿我这心里疼。
我一来念起他是忠良后， 二念他品行端庄长得聪明，
三念他哥哥打死了四国舅， 小女儿我与他一见钟情。
小丫鬟她做媒天地作证， 俺两个在花园海誓山盟。
对苍天盟下了宏誓大愿， 背爹娘我把他留在楼棚。
在绣楼俺二人结成亲眷， 说不尽夫妻恩爱鱼水深情。
实指望恩恩爱爱白头到老， 没想到四个月辞别女儿下了楼棚。
临走时我问他哪里前往？ 他言说杭州找舅去搬救兵。
我问他今日走几时回转？ 他言说多则仨月就回京城。
小女儿信以为真放他走， 手拉手肩并肩送到花厅。
花厅里夫妻分别说的话， 到现在小女儿我仍记心中。
我言说夫啊夫你慢慢走， 为妻我还有细叮咛。
常言道出外人三分小， 遇着事儿礼多才算聪明。
你见了年老之人称个伯父， 年轻人施礼称长兄。
二八佳人称嫂嫂， 少年女子你把姐姐称。

83

见了和尚称长老，见了道人称仙翁。
路途上你若碰见大姑娘，可莫要争着走，
你躲到一旁让给人家行。走过去不要回头再把人家看，
可不敢给咱爹娘挣骂名。路途上太阳不落，
你早早住店，太阳高照再登程。
住店去莫住梢头店，住到官店正当中。
睡觉去莫挨着墙根睡，怕只怕贼人夜晚挖窟窿。
坐船莫在船头坐，怕的是艄公见财害性命。
乘凉莫在大树下，常言道大树顶上有毒虫。
千万万可不敢胡乱交友人，那一些甜言蜜语可是不敢听。
两个人千万别把井看，一个人不敢往古庙里行。
一个人进古庙肯中邪，常言道古庙里出些妖精。
两个人看井怕他起歹意，恐怕他背后一推你遭凶。
有为妻怀六甲四个月整，是男是女还未曾生。
临走时你给咱儿把名起，以后你父子好相逢。
他言说生女儿叫我随便把名起，生男儿起名就叫陶天成。
我言说千万要记着早早来信，莫叫妻长想念记挂心中。
他言说只管放心把我等，我到在杭州给你把信通。
小女子信以为真回楼去，他一走四个月音信不通。
女儿我怀六甲八个月整，眼看看出了身难下楼棚。
这本是三三见九真情话，望娘亲宽宏大量把女儿宽容。

咦！大姑娘从头至尾讲了一遍，老太太说："儿啊，你做错了啊！孩子，你啥事不会做，你咋做出这个事来！唉，你想想恁爹在朝奉君，官拜镇京总兵。朝阁之中，一人之下，万人之上，谁人不尊？哪个不敬？你做出这个事儿，没有不透风的墙，倘若外人谈论起来，好说好讲不太好听，你可叫你爹怎样抬头见人啊孩子？这还是小事嘞，你要知道，你从小恁爹就把你许配给四国舅闫豹。知女者莫过娘也，你不愿意，这娘知道，你推着不过门与他成亲，这娘赞成。孩子，多亏那陶文灿把闫豹给打死了，他是死了，他若不死，尽管你不愿意，在咱家长到

一百也得跟他拜堂成亲啊孩子。虽然说他这一死，这一辈子不得玷污你的身体，你在咱家长到老，你死之后还得跟他埋一个坑里呀，你做出这个事儿，没有不透风的墙，纸里头包不住火炭，雪地里埋不住死尸。万一风声走漏，老太师知道，岂肯与你爹善罢甘休？这还是小事哩，你要知道，俺老两口儿年过半百，身边乏嗣无后，就剩你独自一个，手捧着怕飞喽，口噙着怕化喽，把你视为掌上明珠。方才一听说你有病了，你爹赶紧请来太医给你看病，太医一号脉说你没脉了，你爹差一点没被吓死。这才吩咐为娘前来楼上探病，如今你爹还在大厅里等着我回信儿嘞，这叫我回去咋说呢？我要给你爹说瞎话，我说你真没脉了，你爹不哭死才怪，你爹要是哭个三长两短，以后叫娘靠谁嘞，孩子？可是话又说拐回来了，我要给你爹说实话，你爹脾气暴躁，心情不好杀了儿，儿是娘掉下的心头肉，你咋不叫你娘我心疼？千难万难，你是难住为娘我了！可是话又说拐回来了，不管如何说，你爹毕竟是一家之主，啥事啊也不用瞒他，我想着情按实话给你爹说，看你爹听了之后如何表示。他如果不生气更好，你爹要是生气的话，我就在你爹面前替你好好讲讲情。""娘，如此说时，你就在俺爹面前替儿善言几句。""好，孩子，你等着，我见恁爹去。"老太太下楼了。

　　老太太来到楼下，丫鬟搀扶着直奔大厅，王灿一见："啊，夫人，女儿得的啥病呀？"老太太用手一招，王灿说："女儿得的啥病？你是招啥哩招，招啥哩？那太医还在旁边坐呢。"

　　"你来，你来。"

　　"嗯——咋？"

　　"是这么这么一回事。"

　　"咦！"

老太太这般如此往下讲，　　大厅内怒恼了镇京总兵。
老王灿听闻此言冲冲怒，　　阵阵怒火往上升。
出言不把旁人骂，　　　　　骂声丫头理不通。
吃了熊心豹子胆，　　　　　你竟敢与我王灿败门风。
今日里做出伤风败俗事，　　老夫岂能把你容！

老王灿说地恼带怒，　　　　　　要杀姑娘出客厅。
伸手就把大刀取，　　　　　　　睁眼看一旁坐着太医灵先生。

　　老王灿咬牙切齿，心中暗骂好个丫头，吃了熊心长了豹胆，肚外长胆，胆大包天，竟敢做出如此伤风败俗之事，我岂能容你？一伸手就要拽墙上的金背大砍刀，这才看见太医还在一旁坐着呢。"这太医呀，我女儿果真是没脉了。我还得给我家女儿准备后事。恕不远送，您请吧。"太医何等聪明，看看老王灿这个表情就知道必有缘故，心想：我何必在此多讨没趣呢。"大人，不客气，学生告辞，告辞。"

　　太医一转身，走了。太医一走，王灿一伸手，"腾——"墙上拽下金背大砍刀，转身要走。老太太说声"老爷——""嗯，老乞婆，都是你教女无方，致使我王灿跟着丢人现眼，你再给我多说少道，看我不宰了你个老杀才！"

　　老太太不敢多言，只好跟在身后。老王灿怒气冲冲，掂大刀出客厅直奔姑娘绣楼，杀王素珍去了。

老王灿手掂大刀出客厅，　　　顺甬路直奔姑娘绣楼棚。
顺着甬路来得快，　　　　　　绣楼不远面前停。
迈步就把楼来上，　　　　　　上了扶梯十三层。
大姑娘刚刚送走生身母，　　　又听见楼扶梯传出脚步声。
听声音就知道是爹爹来到，　　双膝扎跪把爹爹迎。
单等爹爹把楼上，　　　　　　趴地叩头问安宁。
王灿一见冲冲怒，　　　　　　金背大刀举半空。
姑娘一见势不妙，　　　　　　夺住了宝刀叫了声：
老爹爹你暂息雷霆怒，　　　　你听听小女儿对您说明，
千错万错都是女儿我的错，　　女儿我自己做错对谁明。
千不怨万不怨，　　　　　　　都怨女儿太年轻，
要按女儿做的事，　　　　　　一刀杀了我太便宜，
理应该万剐凌迟，实在难容，　可是话说回，
人不错成神，　　　　　　　　马不错成龙，

知错改错才算聪明。
还望我的老爹将儿宽容。
您没想杀了女儿行不行？
您要杀了我，
单等您百年之后身亡故，
只剩您买个犁铧头上戴，
二爹娘百年以后无人把终送，
还望爹爹不念僧面念佛面，
鱼情水情全不念，
儿本是爹的骨血娘的肉，
还望爹爹饶了我，
等荒郊里殡埋了父和母，
大姑娘句句说的是伤心话，

虽然说女儿做错了事，
非是女儿我怕死，我的爹爹呀。
人家娘生儿育女防备老，
二爹娘擦屎把尿落场空。
是何人披麻戴孝送坟茔。
双手按地去拱墓坑。
女儿我纵死九泉难安宁。
不念鱼情念水情。
念起儿本是二老亲生。
杀了儿难道二老您都不心疼？
百年后女儿把你送进坟茔。
我再死坟头上尽孝尽忠。
绣楼上叹坏了镇京总兵。

"咋杀哩？看俺闺女说得多好呀，俺闺女说要按她做的事儿，一刀杀了她，太便宜了，理应该千刀万剐，俺闺女不怕死，就是怕死了以后撇下俺老两口儿，百年以后没人照管呀。这说来说去，还不是为了我吗？不能杀！不能杀！嗯，可是我要不杀她，丫头做的好事，没有不透风的墙。常言道得好，纸里包不住火炭，雪地里埋不住死尸，倘若风声走漏，老太师知道了，他岂肯与我善罢甘休？嗯，杀！一定杀！可是话又说拐回来了，我要是亲手杀了她，岂不是绝了俺父女骨肉之情？也罢，丫头，我有心不杀你，你可知道你做的好事儿。因此我把宝刀撇下，你自行了断吧！我去大厅等着，一会儿我来楼上看你，你若死了，倒还罢了，你若不死，到在那时，你可别怪恁爹我心狠手辣。我可还要亲手杀了你。丫头你死吧。我去了。"

老王灿转身掉着眼泪下楼去，这话言讲不着。

王灿一走，楼上撇下老太太、大姑娘和丫鬟春花三个人。大姑娘在楼上自思自想，老爹爹的话不断在自己耳边回响。自己叫着自己的名字，王素珍哪王素珍，身为人子，理应该堂前为二老尽孝，像我王素珍一时不慎，做出如此之事，惹俺爹爹生了天大气，俺爹还舍不得亲手杀我，把宝刀撇下，让我自行了断。一会儿再来楼上看我，我若死了倒还罢了，我惹不死，俺爹还要动手杀我。俺爹动手杀我是个死，我自己动手还是个死，既然都是个死，何必再让俺爹动手，惹他老人家生二回气呢？干脆我一死了之！想到此，腿一软，往地上一跪，膝行来到了老太太身边，"腾腾腾"，趴地叩了三个响头。"娘，女儿不孝，不能在堂前为二老尽孝，咱们母女来世再见，儿先去了。"说罢猛地站起，一伸手从桌子上抓住宝刀往脖颈上一架。

有的问了，死了吗？

不碍事，死不了，有我呢。咦——你老主贵，有你嘞？那她使恁大劲儿都没死吗？

这老太太也是眼明手快啊，她一看姑娘抓住刀往脖颈上一架，她一伸手，"腾"把刀夺过来了。"闺女，你是疯了，还是傻了？"

"娘，我不疯，我也不傻！"

"是啊，既不疯又不傻，为什么要自己杀自己？"

"娘，俺爹的话难道你没听见吗？俺爹说把刀撇下让我自行了断哩。一会儿来楼上看，我若不死，俺爹还要动手，终究是个死，又何必让俺爹亲自动手，再惹俺爹生二回气呢？"

"女儿，你言之差矣！你老想着你这一死不惹你爹娘生气了，你就没想着，俺老两口儿生儿育女养活你一场就是让你半路去死的吗？"

"娘，我不死有啥办法？俺爹不是还要杀我吗？"

"你想着恁爹舍得杀你吗？那不过是他说的气话，他要是杀你，就是十个八个，他也早把你杀了啦。儿啦，你是长圆不能死。不能死是不能死，你呀，也别在咱家啦。"

"娘，我又不能死，又不能在咱家，我上哪儿去呀？"

"方才，你不是给我说陶文斌上杭州找他舅去了吗？你也上杭州找陶文斌去。"

"娘，我这个模样能去吗？"

"能去。不过必须乔装打扮一番，你打扮个少年公子，我叫丫鬟春花打扮成个书童，一路上服侍你，你情去了。你先走，我现在去大厅见恁爹，我就说你死了啦，你想恁爹舍哩让你死吗？闻知这个噩耗他肯定痛苦不止,等他哭到人事不省的时候,我就说出来埋你哩,我出来一会儿再拐回去,就说把你埋了啦。那个时候恁爹肯定会天天想、夜夜盼,等他想你想得旱苗盼雨、如饥似渴时,我就说你没死。到那时,恁爹的气也消了,正在想你哩,肯定盼咐下人出外找你,回来咱们母女团聚就是。"

"娘,既是如此,也只有这样了。赶紧照计划行事。"

大姑娘打开皮箱,取出自己给陶文斌做的衣裳往身上一穿,打扮成一个少年公子,丫鬟春花打扮成一个书童,眼看母女就要分别,免不了抱头痛哭一场,春花在一旁劝解:"老太太,别哭了,时候不小了,再停一会儿老爷一来,俺就去不了啦,您赶紧下楼去吧。""春花,一路上你要小心在意,好好服侍恁家姑娘。""老太太,伺候俺姑娘是俺丫鬟分内之事,您老人家放心好了。""女儿,一路上要多多保重身体!""娘,你也要保重身体。"

老太太下楼啦。老太太下得楼来,丫鬟搀扶来到大厅。刚才母女俩抱头痛哭,那可是真哭啦,特别是老太太那眼哭哩红肿红肿的,跟桃样。

王灿一见:"啊,夫人,女儿她……她……她怎么样了?"

"你老龟孙别装恁像了,女儿头跟屁股早都分家啦。"老王灿闻听哭了声"哎呀我的女","儿"字没有出口,一口黏痰往上一涌,就听见那喉咙里"勾儿"上嘡庄,走左庄路过否庄房后,不说事啦。老太太一惊,非同小可,赶紧喊来丫鬟仆妇、家郎院公,又是锤又是搉,又是扒拉又是搓,折腾老半天,王灿一口黏痰吐到地上啦。大厅这一阵折腾言讲不着,单说姑娘王素珍女扮男装,下得绣楼,马棚里牵出两匹坐骑。后角门外,搬鞍认镫飞身上马,离开北京,前往杭州找陶文斌,这一回不去杭州找陶文斌倒还罢了,去找陶文斌,下回书要闹个山崩地裂海水倒流。

  好个姑娘女魁英,   乔装改扮离北京。
  女流辈打扮成男子汉, 到杭州找丈夫走上一程。
  但见她怀六甲难以走快, 无奈何她只好慢慢行。
  走了一里歇一歇,   走够二里停一停,走过三里桃花店，又过四里杏花营。
晓行夜宿往前赶，饥餐渴饮不消停。
一路行程俩月整，这一天面前头闪出一座高山峰。
眼前来到高山下，就听见惊天动地炮三声，
响罢三通狼烟炮，哇哇叫下来一群喽啰兵。
众喽啰兵前呼后拥往前走，正当面簇拥着一匹马白龙，
同样都是白龙马，这匹马咋与别的大不同。
蹄至背论高倒有八尺半，头至尾论长丈二还有零。
拧丝嚼环三道劲，五花辔头丝缰绳，
金鞍子银丝镫，马身上蹲着一位将豪英。
大约他有二十岁，上下不过错一冬。
生就得面如傅粉一般样，真好像三月桃花粉妆成。
两道剑眉斜插入鬓，二目炯炯放光明，
英雄鼻子四方口，齿又白来唇又红。
逍遥花银盔振虎脑，珍珠花串牌趁兰缨，
芙蓉花造就的十样景，柳叶花拉开水浪青，
转枝莲造八宝，杜蓉花宝镜放光明，
刺玫花造就的狼牙箭，蛾眉花造就的宝雕弓，
山草花鞋子银跟趁，金菊花宝剑鞘内盛。
下山来跨了一匹百花马，花杆银枪托四平，
真好像长坂坡前猛赵云，又好像瓦岗山上将罗成。
若问来了哪一个，落凤山大王叫朱英。

却说大王朱英，见今日天色晴和，带上喽啰下山巡围打猎，正然往前行走，马前喽啰禀报："报，大王爷，面前闪出两只肥羊来。"

"两旁闪开，待我一看！"

大王朱英二足磕镫，马往前提，来到近前用手一指："呔！大胆小辈！此路是俺开，此树是俺栽，要想从此过，留下买路财，牙崩半个不，呸，管杀不管埋！"

大姑娘闻听此言，不惊不惧，不慌不忙，二足磕镫，马往前提，

在马上抱拳秉手:"大王,小生礼过去了。"

"呸,少来这一套,留下买路财放你过山,牙崩半个不字,想过此山。哼哼,休想。"

"大王,小生正往前走,你拦住我去路,想是要买路财了?"

"正是。"

"我若是没有买路财呢?"

"杀!"

"我若没有买路财奉上,你就要杀。那么我来问你,你占山为王,不分好歹,概杀无论吗?"

"胡说!本大王虽说是占山为寇,但是我有这三杀与四不杀。"

"这就好了,既然大王有这三杀四不杀,那么小生倒要领教你这何谓三杀四不杀,你的一杀是什么呢?"

"贪官污吏,杀!"

"二杀呢?"

"有钱有势者,杀!"

"三杀呢?"

"我看着不顺眼哩,杀!"

"我来问你,你的四不杀的一不杀呢?"

"青天大老爷,不杀。"

"二不杀呢?"

"穷人不杀!"

"三不杀呢?"

"大姑娘不杀!"

"四不杀呢?"

"说书哩不杀!"

嘿嘿,大王怪厉害,不杀说书哩。有的同志说,说书哩老主贵!你想,他把我一杀,您还坐这儿听啥?

闲言少叙,书归正传。姑娘一抱双拳:"大王,既然你有这三杀四不杀,你的四不杀其中就有不杀穷人,你看小生也是个穷人,没有买路钱财奉上,你也要杀吗?"

"胡说，我看你这身穿戴打扮，观其外知其内，你定是个有钱有势的家伙！"

"大王眼光不差，说我有钱有势力也不假，不过那是在俺家之时，可是我们主仆两个奉母命前往杭州投奔舅父，一路上带的盘缠本来就不多，我主仆俩早就已经花了个干干净净。如今身边是分文皆无，囊空如洗，还望大王高抬贵手，广开弘恩，放小生过得高山，等我投亲回来路过此山，我再加倍奉还，不知大王尊意如何？"

"哈哈，好，讲得痛快！不过，我只要放你过得高山，焉有再追回之理？可是话又说回来了，有道是人过留名，雁过留声。人过不留名，不知道张王李赵；雁过不留声，不知春秋四季，你可敢把你的真名实姓留下来吗？"

"这有何难，大王既然要问，马上坐稳听真，听小生我与你讲来——"

好个姑娘王素珍，　　　　施一礼就把大王尊。
大王你把我盘问，　　　　俺非是小姓无名人。
提起俺高山上点灯名头大，大海里栽花根基深。
扬子江心捞笮草，　　　　提起梢儿连起根。
上水头漂下擂震鼓，　　　擂一擂五湖四海大声音。
祖居北京城一座，　　　　有个陶字传万春。
子不言父是正理，　　　　我要不说你怎闻。
我父姓陶陶彦山，　　　　刘氏女本是俺母亲。
我的舅家居杭州叫柳涛，　官印大号柳书春。
俺的娘未生多男并多女，　就生俺弟兄两个人。
兄长名叫陶文灿，　　　　我的名字陶文斌。
在家领了爹娘命，　　　　到杭州探望舅父柳书春。
大姑娘从头往下讲，　　　大王闻听喜在心。

"哈哈哈，讲了半天，原来是俺表弟陶文斌，表弟，我是您表兄朱英啊！"大姑娘心想：我哩妈呀，我又充上了。"啊哈大王，口称表弟，自称表兄，你是哪个？""表弟，你把哥哥给忘了吧，这也难怪，你看咱弟兄十多年都没见面了，表弟，你父是我舅，我娘是你的姑母，我父朱文龙，当初一日官挂云南王之职，若是我没有记错的话，你今年十六了，我今年二十了，我比你年长四岁，你说我不是你表兄吗？"姑娘心想：我咋能知道你们有这层关系呢，既然如此，干脆见台阶就下，来个顺水推舟好了。想到此，一抱拳说道："表哥你这一说我倒想起来了，那么我来问你，你不在云南享清福，为什么在此落草为寇呢？""嗨，表弟，一言难尽哪！当初我官挂云南王之职，在云南听调不听宣，倒也清闲快乐。谁料天有不测风云，人有旦夕祸福，不幸我二老相继死去，剩下了我独自一人。也可能是我福薄命浅，情受不了这份家业，遭下天火，把我的家产烧得一干二净，走了家郎院工、丫鬟仆女，剩下我独自一人。我想不如我去北京见了俺舅讨个营生，所以我就离开了云南，直奔北京，一路行程，非止一日，那一天我才来到这落凤山下，偶遇当时的守山大王叫铁花狗，也像哥哥拦着你一样要那买路的钱财，你想我连吃饭住店钱都没有，哪有买路钱财送上，我好话讲了千千万，谁料那大王狗屁不通，惹得哥哥一时性起，就和他打起来了。谁料那大王武功倒也平常，被哥哥三下两下活活打死，这些喽啰兵推我做大寨主，让我坐第一金交椅，我想在这里占山为王，倒也清闲快乐，省得到北京给我舅舅找麻烦，所以我就在此落草为寇了，不料今日与表弟在此相会，表弟我来问你，我舅父妗母身体可好？""表哥，承蒙你挂念，我父母身体倒也健康。""这就好，表弟，你看咱弟兄十多年来都没见过面了。今日在此相见，理应到山上住些日子，然后下山不迟。""表哥，我母命在身，不敢在此耽搁。""表弟，尽管有母命在身，不敢久停，也不差这一夜，你看这天色将晚，过得高山一百里以内没有店房可以歇息，今天你就到山上住上一夜，明天我与你准备路途盘缠送你们上路好了。""那好吧，哥哥。你家表弟我就打扰你了。""什么打扰不打扰，自家弟兄，客气什么。""来呀！""在！""领你家二大爷随我上山。""是。"

　　喽啰兵前呼后拥，两个人并辔前行。此番去到高山，闹个地裂山崩。欲知后事如何，且听下回分解。

第八回　陶文灿遭难落枯井

闲言少叙，书归正传。接着上回往下听。

好一个大姑娘女中英雄，　　落凤山遇上了大王朱英。
弟兄俩摧马往前走，　　　　众喽啰前呼后拥上山峰。
寨门以内下了马，　　　　　喽啰兵把马拉进马棚。
他二人顺着甬路往前走，　　不多时来到了聚义厅。
聚义厅里落了座，　　　　　大王大厅把令行。
叫喽啰赶快把酒筵备，　　　我要与表弟接接风。
简短截说筵备好，　　　　　他二人落座在客厅。
那大王满满斟上一杯酒，　　叫声表弟你且听。
来来来，这盅酒我把你敬，　也算是我与你来接风。
大姑娘闻听要用酒，　　　　不由得心中吃一惊。
俺本是女孩家不会用酒，　　加上我怀六甲难用刘伶。
倘若是一杯酒饭进腹内，　　还恐怕吃醉酒现出原形。
万一我王素珍原形败露，　　高山上我就要面临灾情。
我若说不用这杯酒，　　　　还恐怕大王不高兴。
罢罢罢讲不起，　　　　　　倒不如如此这般行。
想到此伸双手端起这杯酒，　哗啦一声泼溜平。
哥哥呀，俺表姑在世时我没问安，我姑母丧了我没送终。
这杯酒我不喝泼在地上，　　权当是给俺姑母问安宁。
大王闻听说有理，　　　　　连忙又斟第二盅。
开口就把表弟叫，　　　　　这杯酒你把它用干净。
大姑娘接过第二杯酒，　　　哗啦一声泼溜平。
大王心中不高兴，　　　　　叫声表弟理不通。
方才你说敬你姑母，　　　　为什么这一杯你又泼溜平。
敬了姑母我敬姑父，　　　　这杯酒给俺姑父问安宁。
大王又斟一杯酒，　　　　　这一杯看你还有何话说。
大姑娘接过了第三杯酒，　　满面带笑叫声表兄。

"哥哥，不是表弟左推右推不喝酒，其实我根本就不会用酒，再加上一路行程劳困，现在肚中饥饿难忍，更不敢用酒，还是早点用饭吧。""哎，表弟现在肚中饥饿，为啥不早说呢？左推右推啰唆这一阵子，好吧，既是如此，来呀！""在。""残席换下，再换新筵。"简短截说，用饭已毕，大姑娘开口叫道："表哥，你看咱弟兄十多年没见面了，今日一见有满腹的话想和你坐一起谈谈，怎奈你表弟一路行程，鞍马劳困，实在辛苦。今晚我有心早点安歇，咱弟兄来日方长，以后再畅谈不迟。""嗯，表弟，我和你一样的想法，也是一肚子的话，想和你在一起讲讲，但也想到你鞍马劳困，需要安歇，你的话不错，来日方长嘛，以后再谈不迟，今晚你就早点安歇吧。""来呀。""在。""侍候大王爷。""不用侍候，赶快去到后寨客厅收拾干净，领你二爷前去安歇。""是。"喽啰闻听不敢怠慢，离开大厅去到后寨把客厅收拾停当，回到大厅禀大王爷一切收拾妥当。"好，表弟，哥哥不送你，你去安歇去吧。""哥哥不用送，你也早点安歇吧。"说罢，带着我丫鬟跟着喽啰来到客房以内，支走了喽啰，把门关上，主仆两个往床上一坐。"丫鬟，你看今天这个事，山下他问我名姓，我怕说出真名实姓，露出女儿真身，我的贞节难保，所以就冒充你姑爹的名姓。谁料就被他认了表弟，把咱留在此地，你看你姑娘我这个模样，万一时间长了出了个三差两错，可该如何是好。""姑娘，那有啥办法，干脆捅竹竿吧，捅一节，说一节，过了今晚，再说明晨，到在明天清晨，咱就向他告别，他若放咱走倒还罢了，如果不放咱走咱就想办法偷跑。姑娘你先别着急，休息吧。"说罢主仆往床上一躺，各怀心事，难以入睡。转眼到了三更天，大姑娘感到一阵腹痛难忍，到在五更大姑娘分娩了，生下了一个白胖大小子来，大姑娘在血泊里睁开双眼，抱起身上掉的肉，看了看，亲了亲，越看越像陶文斌，说声："小冤家呀，你早不来，晚不来，偏在此处你才来，你可让娘咋办呀。"看见孩子想起文斌，好像打倒五味瓶，苦甜酸辣一齐涌上心头，眼望杭州说声："文斌，你可把我给坑苦了啊！"

好个姑娘王素珍， 见姣儿想起了奴的官人。

眼望杭州掉下泪，
你只说一人把家离，
曾记得那一天楼上心闷倦，
观花我把花园进，
婚姻事想必是前世已定，
后花园我与你私把婚配，
谁料想到杭州你去找舅，
也不知陶官人今在何处，
官人你在外边怎知道，
怎知道妻为你乔装打扮，
怎知道妻为你离乡背井，
怎知道我被困高山以上，
怕的是到天明大王知晓，
大姑娘一哭肝肠断，

盼声丈夫陶文斌。
坑苦了你的妻独自一人。
后花园观花我去散心，
花园内碰上你陶文斌。
小奴家我与你一见倾心。
绣楼上咱夫妻又爱又亲。
孤零零把为妻撇在楼门。
你是否见了舅老大人。
怎知道你的妻大祸缠身，
女流辈打扮成个大男人，
怎知道妻为你身陷山林，
又为你生下了后代根。
还恐怕大王怪罪我命归阴。
丫鬟春花把话云。

"姑娘，你别哭了，你看你，遇到事你就知道哭，也不说想个办法，你就这样哭哭啼啼，再哭一会儿天明了，大王喊咱起来用饭，你起不来床咋办？""春花，那有啥办法？""姑娘，就是没办法也得想个主意。""你姑娘性急失智，我有啥办法可想哪？还是你帮我出个主意吧。""姑娘我倒有个拙主意，以看我火烧眉毛，且顾眼下，现在你用内衣包起孩子，放在你被窝里，然后仍把外衣穿上，我把血迹打扫干净，咱情睡觉啦。到了天明他若喊咱起来用饭，咱就说肚中不饿，到中午咱还说不饿，到晚上再用，到晚上咱沤到看不清脸的时候再起床，等用了饭咱再偷跑。只是姑娘你可要忍受着点。""春花，事已如此，只有这样了，赶快照计行事。"简短截说，丫鬟把血迹打扫干净，一切收拾妥当，天已大明，日出三竿，不知要紧。大王朱英坐在聚义厅用手一指："来呀！""在！""赶快去到后寨，把你二大爷请来用饭。""是！"喽啰闻听不敢怠慢，离开聚义厅直奔后寨，来到客房门外，手拍门板："二大爷，二大爷。""啊，是喽啰。""是我，二大爷，俺家大王爷客厅有请，请您老人家起床用饭嘞。""喽啰，你回去吧，你看你二大爷一路鞍马劳困，实在辛苦，现在肚中不饿，等中午起床一块用吧。""是。"喽啰转身走去，来到大厅："禀大王。""嗯，你家二大爷起来了吗？""没有，俺二大爷说他老人家一路鞍马劳困，实在辛苦，现在肚中不饿，到中午再起床一块用哩。""胡说，人是铁，饭是钢，一顿不吃心里慌。不吃饭能行吗？无用的奴才，滚，待我亲自去请。"朱英亲自来了，手拍门板："表弟，表弟，表弟呀，起来起来，赶快起来用饭。""哥哥呀，弟弟一路上鞍马劳困，受了些风霜之苦，现在肚中不饿，等到中午一块用吧。""哎，表弟，人是铁，饭是钢，不吃饭能行吗？表弟，我知道你一路辛苦，就这也得赶快起来用饭呀，要真是累得慌，吃了饭再休息不迟。""哥哥呀，我起不来了。""嗯？怎么起不来了？""你家表弟身体欠佳，昨晚忽然有病了。""有病了更应该起来，你家表哥虽不十分精通医道，但也略知一二，赶快起来给你号号脉，看到底得的是啥病，开个方，开两剂药一吃就好了。""表哥，你回去吧，我这病不要紧的，休息休息就好了，你回去用饭吧。""表弟，这就是你的不对了，我本是满心满意来请你起床用饭哩，你就是吃不吃也得让我进去坐坐，也不能把我拒之门外，岂有此理？"姑娘闻听，看看丫鬟，轻声问道："咋办？""姑娘事到如此也没有办法，干脆开开门好啦，不过天保佑地保佑少主人长圆凑点趣吧。"丫鬟这才下得床来，到门口将门闩抽开，开开房门。"大王朱英迈步进来了，望床沿上一坐一看："啊，表弟，你的病不轻吧，看你的脸色都变了，来来赶快把手伸出来，让我给你号号脉，看得的啥病。""不用号脉了，我这是明摆着的病，主要是肚里不舒服。""肚里不舒服，疼吗？""不是病，主要有点空。""空，空不是饿吗？赶紧起床用饭就好了。""不是哩表哥，主要有点撑。""表弟，到底是空还是撑啊。来来，不管是空还是撑，让我一号脉就知道了。"说罢伸手拉大姑娘，这时就听到被窝里"哇哇"，小孩哭起来了。母子连心，孩子一哭，姑娘心酸二目落泪，大王朱英一看，啊，原来如此呀，丫头小贱人，你身为女流之辈，不应该抛头露面，冒充我表弟的名讳，你冒充我表弟我不恼，好不该在山寨生下一个血毛孩子，扑了我的山寨，我岂能容你，丫头，你拿命过来。

大姑娘高山现原形,
朱英恼火三千丈,
女流辈你应该圈阁把节守,
冒充我表弟陶文斌,
扒了我的高山寨,
说着恼带着恼,
一伸手掐住姑娘的脖儿梗,
小春花一见不怠慢,
大王暂息雷霆怒,
俺主仆住北京一点不假,
俺老爷姓王名王灿,
老太太未生多儿女,
俺姑娘名叫王素珍,
那一天在楼上心焦闷倦,
观花才把花园进,
俺小姐上前将他盘问,
他说他父名叫陶彦山,
只因为他父做官太清正,
三百多口都被害,
俺姑娘听说他是忠良后,
小丫鬟我做媒天地做证,
俺姑娘才把他留到绣楼上,
在楼上他住够四个月,
搬兵去一走四个月,
俺太太才与俺把计定,
女流辈打扮成男子汉,
俺姑娘为找夫离乡背井,
昨天俺来到高山下,
俺姑娘怕给你说实话,
万般出在无计奈,

怒恼大王叫朱英。
骂声贱人理不通。
你不该女扮男装把人蒙,
更不该高山以上把儿生,
今天岂能把你容?
对准姑娘下绝情。
眼看姑娘难活成。
抓住了朱英跪溜平。
你听俺从头讲真情。
不姓陶一个王字传万冬。
官拜镇京大总兵。
就生俺姑娘独一名。
文武双全诗歌舞样样通。
俺主仆观花散心情。
养鱼池旁有个小书生。
他才从头表姓名。
文斌就是他的名。
得罪闫琦狗奸佞。
他逃难到俺花园中。
花园才与他一见钟情。
两个人花园把誓盟。
绣楼他俩把亲成。
俺姑爹杭州去搬兵。
俺姑娘出了身难下楼棚。
才让俺主仆俩改扮客形,
找俺的姑爹离北京。
晓行夜宿盼路程。
你问俺姑娘叫什么名。
她的贞节难保成,
只好把俺姑爹充。

被你留在高山上，
虽然说生孩儿扑了山，
总算是给陶门生了后，
要杀你就把我杀，
只要留下她母子俩，
小春花又是哭来又是讲，
开口不把别人叫，
方才都愿我太粗鲁，
弟媳你且躺一躺，
聚义厅内传将令，
你们赶紧把山下，
大王传令如山倒，
各抄家伙把山下，
厨房以内把饭做，
转眼间过了双满月，

不凑巧又把姣儿生，
话说回，总算是给你表弟立了功。
还望大王将她容。
我情愿替俺姑娘受死刑。
我纵死九泉也高兴。
惊动了大王把手松。
贤弟媳连连叫几声。
还望弟媳多宽容。
为兄我到聚义厅。
出言叫声喽啰兵。
刨山药找人参给少奶奶把饥充。
慌坏了一群喽啰兵。
刨山药找人参忙个不停。
才给姑娘把饥充，
大姑娘精神焕发满面春风。

单说大姑娘在高山上转眼过了双满月，精神抖擞。朱英正在聚义厅内坐，看见姑娘来到，急忙站起："弟媳赶紧请坐。""哥哥请坐。"两个人大厅落座，大王朱英开口问道："弟媳，身体健康吗？""哥哥，托你的福，承蒙你挂念，身体倒也健康。""这就好，弟媳，哥哥今天有句话，有心说出口来，不知道弟媳爱听不爱听。""哥哥，自己兄妹还客气什么，有何贵言只管讲出口来。"只见大王朱英不慌不忙说出一番话来，下回书才引出姑娘落草为寇，扯旗造反攻打北京。不知大王朱英说出什么话来，这且不说，把书岔了，书岔何地落在何方，岔者不远，一言就到，眼不花都往大道上观看，只见大道上跑来一匹白龙坐骑，马身上端坐着一位小将。只见他生就的五官端正，精神百倍，满面春光，高鼻梁，大眼睛，面如桃花，四方阔口，三山得配，五岳匀称，浑身穿白色翠花衣。若问是谁，不是别人，正是大少爷陶文灿，陶文灿直奔杭州搬兵，催马走下来。

大少爷摧马赶路程，
鞭摧坐骑往前赶，
只因为俺的爹做官清正，
大风息住落在地，
苍天不绝陶门后，
有处来无处住，
陶文灿我本是官门之后，
我也曾一天没要回一口饭，
五天上我还没尝一口饭，
陶文灿饿死在中途路，
紫阳真人将我救，
高山上救下我陶文灿，
收下我当个大徒弟，
十八般武艺教会我，
高山学艺一年整，
临下山俺师父对我讲，
他言说太阳不落早住店，
晓行夜住饥餐渴饮要谨慎，
只因俺二老死得苦，
为的是冤早昭雪，
为的是早日到在杭州地，
少爷主意拿停当，
走够三天零一夜，
谯楼打罢三更鼓，

杭州找舅去搬兵。
想起了当初事令人伤情。
被闫琦害得真屈情。
一阵风才把我刮出北京，
睁眼看没有人冷冷清清。
我挨门讨吃过营生。
挨着讨吃我嫌脸红。
三天上茶饭没有到口中。
七天上我饿死半路中。
偶遇着紫阳真人下山峰。
才把我救上高山峰。
又把我收下当门生。
高山上教我练武功。
又教我陶文灿软硬功。
俺师父叫我下山峰，
他叫我杭州去搬兵，
太阳高照再登程。
莫要性情暴急于求成。
令家人丧法场实在伤情。
为的是早给爹娘把冤申。
我必须人马不停往前行。
紧加几鞭摧走龙。
忽听谯楼打三更，
大少爷一阵腹内疼。

啊，哎哟，这是咋回事，我的肚子好痛啊。哎呀，我的妈呀，这是怎么了。当初一日我被大风刮出北京，七天七夜没有尝一口饭，硬是把我给饿死了，多亏了师父紫阳真人相救。虽然说救我一命不死，但是这个肚疼病总算落到身上了，一饿得很就肚疼。临下山俺师父再三交代，叫我谨慎饮食，晓行夜住，不要急于求成。也是我报仇心切，就把俺师父的言语抛在脑后，三天三夜没尝过一口饭，这肚中能不疼吗？要真是犯了病，在客店里住上月儿四十，不就更慢了。天哪，苍天哪，上有苍天，下有黄土，俺陶文灿家住北京，因全家被奸贼所害，要到杭州找我舅搬兵报仇，不料来到此地，我肚中饥饿疼痛难忍。苍天有眼，黄土有灵，天地保佑使我陶文灿免去疼痛，顺利到达杭州搬来大兵，报了仇雪了恨，我情愿满斗焚香感谢苍天保佑之恩。咃，你也别说这也真灵，不疼了。既是不疼了，那就往前头走走，碰上好心人或者客栈找点饭菜充充饥。想到此，二足一蹬就要往前走，谁料那马动也不动。咋啦，你想啊，这三天三夜，人不下鞍马不停蹄，陶文灿没吃一口饭，相应哩，那马也没吃一口料。有道是人有精神马撒欢，人一没精神，那马也欢不起来了。陶文灿说道："马呀，老伙计，常言说，马通人性，一马三分龙，我到杭州找舅搬兵全凭你哩。不过都怨我性情急躁，让你也跟着忍饥挨饿，真对不起。干脆你再忍耐一会儿，咱们有福同享，有难同当。现在我下去牵着你，咱们往前走走，碰到村庄，我讨点饭菜，也给你添草加料，也让你饱餐一顿。"说罢翻身下马，牵着丝缰往前行走，转眼走了五六里地，这时就听谯楼打了四更，文灿抬头一看前面一片黑，心想不是村庄便是个客店，待我近前看看。来到近前一看，一不是村庄，二不是客店，原来是个古庙，只见庙门口一副对联，影影绰绰还能看清上边的字迹，只见上联写"三人三姓三结义"，下联配"一君一臣一圣人"，横批"关帝庙"。"啊，原来是关公庙啊。马呀，既然来到了关公庙，你就在外面等候，待我进里面见了老和尚让他给我弄点斋饭充充饥，然后再给你找些草料，让你也充充饥。"说罢，本来是熟马也不用拴，就把缰绳往地上一扔，迈步进了庙门。只见东西廊房屋全都坍塌，只剩下三间后大殿，大殿内点着灯光，文灿高喊："里边有人吗？里边有人吗？里边有人吗？"连喊三遍没人应声，他就迈步进屋中，一看正中间塑了一尊神像，只见卧蚕眉，丹凤眼，面如重枣，右手拿着一本书，左手勒着五绺长髯。上有周仓抱刀，下有关公执灯，只见关公神像前放了一张供桌，供桌上摆着四盘八碗，一火锅，正当间加个热蒸馍，一个瓦盆里放了一种供鸡，热腾腾哩冒着烟，旁边还放着一个镀金酒壶，用手一端，沉腾腾的，不用说是一壶酒。又往旁边一看，有个蒸馍篓，掀开一看，里面有九牛二虎，下边还有一篓蒸馍，又往这边一看，有个木桶，木桶里有一桶稀饭。文灿心想：这是谁给关老爷送来的供食呢？看来送来时间不长，还热着哩，这是谁送的咋不见人来。四处一看，哎呀我哩妈呀，只见山墙头下有个草铺，草铺顶上躺着一个人，只见此人脸上蒙了一块黄表纸，心口压了一本书，腰里出个麻披儿，脚上扎哩麻绳，不用说是死人。文灿心想：这人啥时候死了，咋挺到这儿，哎，反正是个死人，管他干啥。但见他来到关老爷神像前边，双膝跪下："关老爷，你是一个神，我是一个人，我乃北京城陶彦山之子陶文灿是也。只因要到杭州搬兵，一路上忘了吃饭，现如今肚中饥饿，来到您老人家的庙宇以内，正好你面前摆有一桌供食。常言说，神受一炷香，您老人家也不过闻闻气，其实也吃不了，再说见见面撒一半儿，关老爷，不如你这一桌供食儿让我吃上一半充充饥，但等我杭州搬兵回来，报了仇雪了恨，我特来此地给您老人家重修庙宇，再塑金身。"说罢站起身来，一伸手抓起那只供鸡三口两口吃了个干净，然后风扫残云，又把这桌供食吃了个干净。吃完了，还不饱。"老关爷，我本想见见面撒一半儿，可是这桌供食我吃了个半饥不饱，怪难受哩，长言说，杀人杀死，救人救活，管饭不管饱，如钝刀杀人，要不干脆这篓馍也让我吃了罢。"说罢，把馍往桌上一放，先吃九牛二虎，然后又把一篓馍吃个干净，又一想老吃馍不喝汤也不行啊，干脆这一桶稀饭我也喝了吧！把桶抱起往桌子上一放，往桶边一趴一气喝个干净。嗯，这差不多了，不过酒是英雄胆，干脆我把酒也喝了吧，要想美，嘴对嘴，也不用酒盅，人嘴对壶嘴，"咕嘟嘟嘟"一饮而尽。喝罢酒感到力量倍增，精神抖擞，心中想：我是吃了啦，可我的马还没有吃嘞，我上哪找些草料，我干脆把死尸身子底下那些秆草捞出来喂马吧。想到此，他就来到死尸旁边，一弯腰就去捞秆草。就在这时，只见死尸脸上那黄表纸呼一下三尺高，浑身上下咯咯咯乱响，那死尸翻身坐起，用手一指："陶文灿，我的儿啦，你不该吃了老子一桌供食，哪里走，拿命过来。"文灿一见拔腿就窜，死尸随后紧追，文灿拉过马缰绳，翻上马，把马一撺就走。"休走，我撵你去了。"

陶文灿吃了一桌供，
拔腿紧追陶文灿，
打个箭步往外闯，
记住文灿且不表，
你若问死尸是哪个，
只因为徒儿把山下，
临走时我也曾对他讲，
谁料他搬兵太急性，
走够三天并三夜，
万一途中有了病，
不如我把高山下，
想到此真人不怠慢，
先蒸九牛两只虎，
关公庙里把文灿等，
陶文灿吃罢一桌供，
站起就把文灿撵，
看见文灿上路走，
紫阳真人回山去，
陶文灿一看死尸将他撵，
一边摧马往前走，
今天晚上我活见鬼，
扭项回头仔细看，
这才长出一口气，
刚刚打罢五更鼓，

站起一具死尸灵。
文灿一见吃一惊。
死尸紧追不放松。
再把死尸对你明。
紫阳真人下山峰。
杭州找舅去搬兵，
我劝他且莫要急于求成。
把我的话儿一旁扔。
肚中饥饿犯肚疼。
耽误了杭州搬大兵。
给我徒儿送吃用。
灶房以内把馍蒸。
带着饭菜下山峰。
等候文灿把饥充。
真人给他指路径。
文灿打马快如风。
紫阳真人坐山峰。
再把文灿明一明。
扬鞭打马往前冲。
腹内辗转暗叮咛。
看起来少主吉来多主凶。
不见死尸影和踪。
就听谯楼打五更。
就听"扑通"响一声。

咋着来？陶文灿走这条路是个背路，路当中由于地壳的变动塌陷一个坑，书中暗表，这坑是一口枯井，若是本地人熟悉地理，人家可以绕绕，陶文灿呢？他一来地理不熟，二来夜不观色，再加上跑到这枯井旁边，刚好他的马没有一点力量了，马失前蹄，"扑通"就掉进去了。摔死了吗？马是摔死了，文灿没摔死。"哗啦。"因为马的重量要比他重得多，往下一落，不用说那马下落之势就更急，所以马先落下去了。马摔死之后，又弹了起来，陶文灿就落到马的身上，所以并没有受伤，反正也够呛。陶文灿心中想：这是什么地方？黑洞洞的看不清，伸手不见五指，抬头不见星斗，这到底是咋回事儿。唉！刚才我被那个死尸撵了一阵，活见鬼，就知道不是好事，果然，唉！反正天还不亮哩，我在这等一会儿，等到天明，我看看这是何地。想到此，他就在下面等哩。转眼间天色大明，文灿往上一看，咦，这地方咋出去呀，这里的人咋恁没材料，打这井这么深。这里边有两丈方圆，看看这井口的大小，估计这井深最少也有二十四五丈，这蹬又没处蹬，扒又没处扒，这叫我咋出去呢？唉，我若是出不去，把我饿死到井里，谁到杭州搬兵哩，谁给俺爹妈报仇呢？俺家大仇未报，我有何脸面到阴曹地府去见俺爹娘，以及其他家人呢？越想越难过，他在井底下就哭起来了，爹呀娘呀，我对不起你们。

陶文灿在井内悲声大放，	哭了声早死的二老爹娘。
想当初在朝中把国保，	赤心忠胆伴君王。
长言说伴君如伴虎，	保国没有好下场。
也是我父做官清正，	更不该得罪西宫娘娘。
全家人都被奸臣害，	三百多口丧法场。
逃出孩儿我人一个，	实指望搬兵报冤枉，
谁料身陷枯井内，	吉凶祸福难猜想。
倘若我能离枯井，	一笔勾销话不扬。
血海深仇不能报，	九泉下怎对起二爹娘。
千般思来万般想，	越思越想越心伤。
陶文灿只哭得山摇地动，	就是铁石之人也痛断肠。
文灿越哭越悲痛，	忽听得一阵喊声响耳旁。

陶文灿心想：我是心想哩吧，我咋听着有人喊嘞，先别哭哩，我听听。这时文灿止住眼泪，侧耳留神仔细一听，就听见上边传下来的喊声："底下那个人你想出来不想。"文灿心想：我咋不想出来哩，

我在这里干啥。"呔,顶上那个人,我想出去呀。""既然你想出来,你就在里边等着,让我救你。""好,快救了我吧,咋救呢?""你别急,我有心救了你,一来俺家离这儿老远,再个俺家没有恁长哩绳子,你看这条路两沿两块茅草地,茅草茂密,你等着,我薅茅草拧成绳子,把你拉出来,好不好?"陶文灿心想:啥呀?薅茅草拧绳子救我嘞,那你薅到猴年马月哩。可又一想:不管如何,只要有人救,我都有希望,等吧。记住文灿不讲,再说上边那个人,有人问是男人是女人,是个十七八的大姑娘。谁?不是别人,这姑娘家住山东省济南府城东二十五里的雷家大寨,是嵩山少林寺二十五代大弟子自修大禅师的徒弟雷万鹏,人送外号飞天蜈蚣、震东侠的独生女儿雷亚勤,她咋跑这来了?因为这姑娘也是女中魁元,巾帼英雄,今清晨到荒郊跑马演武,拉弓射箭,刚刚离开村庄,就见东北方跑来一只狼,她就搭弓射箭,"嗖"的一声,射在白狼的后腿上,白狼带箭就跑,姑娘就追,丫鬟见姑娘马快赶不上就自己回去了,姑娘撵着白狼一气撵了三十里,正往前走,那白狼突然不见了。姑娘来到一棵树下,看到旁边有个井,心想难道白狼掉井里了,我看看,这才下马,把马往树上一拴,弯腰往井里一看,深不见底,就听见里边有个男人的哭声,这就搭腔了。书里表尽,言归正传,单说姑娘走进茅草地,那茅草都一人多深,好个雷亚勤,双手不停,不一会儿就把这两块茅草给薅完了。往井口旁一堆,沿井边一坐,双腿井里一放,拧起绳子来了,到在半晌的时候,就听文灿在里边喊了:"别拧了,够着了。""既然够着了,你把绳系到你腰里待我把你捞出来。"文灿就把绳子往腰里一出:"拉吧。"就见姑娘扎了个骑马桩,拉起来了,拉到中午,有的问拉出来了吗?快拉出来了,还有五六丈。这时都互相看清了面貌,文灿一看心中暗自佩服,这姑娘的臂力可真是过人哪,真是女中魁首呀!姑娘一看陶文灿,心中想:好漂亮,真是美男子。"哎,你咋掉到这里边呢?你家住哪里,姓啥名谁?"文灿就把家乡和姓名讲了一遍。姑娘说:"你是陶文灿,文灿,你想出来吗?""啊,我想出去。""好,你要是不想出来,我还把你扔下去,若想出来,你看我今清晨就来这薅草拧绳,到晌午错了,我还没有尝一口饭。人是铁，饭是钢，本姑娘现在又饥又喝，浑身没劲，我拉不动你了。这正好有一棵树，我先把绳绑在树上，你在这里等着，我回家吃了饭，有劲了，我再来拉你。""啊？姑娘，杀人杀死，救人救活，救人一命胜造七级浮屠，你把我救了吧。""你看你这个人，我说没劲就是没劲了嘛，我再停一会儿不但拉不出你，再把你坠下井怎么办？我说到办到，你等着，我回去了。"说罢，把绳子往树上一绑，解开马缰绳，上马走了。文灿听见马蹄声由近而远，再也听不见了，心中不好受，心想这些事咋都让我给碰上了呢。又一想，我陶文灿也是堂堂正正男子汉，为何要求一个女人呢，她既是把绳子绑到树上，我何不借树的牵引力往上爬，自己把自己拉出去呢，对，就这么办。想到此，两膀用力，抓住绳子往上爬哩，爬了两丈高，这绳子本是青草拧成的，本来就不结实，再加上树离井口有一定的距离，他一用劲绳子磨到井口上，就听"咯噔"一声，三股绳断了两股，你想能行吗，不知文灿性命如何，且听下回分解。

同志们稳坐慢慢听，	书接上回往下听。
上回咱唱的陶文灿，	回头来再把文灿对你明。
陶文灿杭州去找舅，	搬兵要与全家报冤情。
也是他急于求成慌不择路，	连人带马掉进坑。
偶遇着飞天神女将他救，	为救他拧了一根草绳，
把文灿吊在枯井以内，	大姑娘回家把饥充。
大姑娘回家且不表，	回头来再说少年英雄。
陶文灿抓绳子要离枯井，	谁料想磨断两股绳。
三股草绳断两股，	剩下一股怎能行。
倘若二次跌进枯井，	大少爷怕是难活成。
咱与少爷留条命，	把书岔开另有明。
言语未尽有有有，	大路上走过人一个。
观此人年方大约五十岁，	上下不过错一冬。
面如三秋古月样，	一部银髯飘前胸，

两道剑眉插入鬓,
头上有千层杀气面前百步威风,
若问他是哪一个,
为什么老侠客此时到,
自从大姑娘演武走后,
练罢功老人家回到客厅内,
言说大姑娘把白狼撵,
丫鬟从头往下讲,
我女儿到此时仍不回转,
老侠客一心把女儿找,
中途路遇上了飞天神女,
大姑娘从头讲一遍,
打发姑娘先回府,
使起轻功提纵术,
老人家一边走一边思想,
想当初我学艺去过少林寺,
俺二人同师学艺数年整,
我去到山东开武馆,
我师兄回到北京地,
那时候我也曾将他来劝,
我言说伴君如伴虎,
若万一得罪了皇王天子,
倘若是你把赃官坐,
任凭我说得天花坠,
我一看真的劝不醒,
自从那天分开手,
虽然说没有见到大师哥,
到后来北京传来一个信,
害了他全家人三百多口,

二目炯炯放光明。
真好像下山的猛虎出水龙。
只来了飞天蜈蚣雷万鹏。
同志们莫急慢慢听。
老侠客在家教弟子练功。
丫鬟回来禀报一声。
撵白狼正西走马快如风。
老侠客心中暗想情。
我何不出外找上一程。
他这才离开雷家寨。
这般如此一问详情。
老侠客不由得大吃一惊。
他这才迈虎步使起轻功,
要救文灿人一名。
思前情想后事心中伤情。
陶彦山本是俺师兄,
出师门离嵩山各回家中。
一心心把武林来振兴。
在朝中居高官陪伴朝廷。
苦心婆口劝师兄。
我又说辞去官职一身轻,
全家人受连累难活成,
祸国殃民落骂名。
大师哥总是摇头说不行。
离开北京回山东。
三十年再没有见过师兄。
天天把他记心中。
言说是老太师害了我大师兄,
我的师侄文灿文斌逃出京。

离开北京城一座，　　　　　但不知哪里把身停。
盼望着陶文灿能来到此，　　雷万鹏我把他收容。
立他为掌门大弟子，　　　　传授他威震武林少林功。
教会他少林百步迎风掌，　　但等着功夫成去杀奸佞。
只要是给他陶门把仇报，　　九泉下我也能对起了师兄。
谁料想今日盼来明日等，　　等来盼去落场空。
今日里陶文灿因何到此，　　更不知因何跌落天坑。
我的女儿玩性大脾气执拗，　为救他，开玩笑拧了一根草绳。
倘若是文灿二次跌落枯井内，想得活命万不能。
为了搭救陶文灿，　　　　　雷万鹏我何不运用轻功。
想到此，使起轻功提纵术，　好似风送残云箭离弓。
使起轻功来得快，　　　　　枯井就在面前停。
枯井旁边停足站，　　　　　弯腰伸手抓住绳。

话说雷万鹏来到了枯井旁边，一哈腰一伸手，抓住草绳，三把两把把陶文灿捞出枯井。陶文灿举目一看，见面前站着一位老英雄，年方五十开外，但见他面如三秋古月，颏下胡须根根如银，飘洒胸前，三山得配，五岳匀称，两道剑眉，二目炯炯，气宇轩昂，外表非凡，太阳穴高高凸起，观其外知其内，就知道这老人家内外兼修，武功精湛。大少爷看罢多时双膝跪倒："老人家在上，晚生陶文灿下边叩头，谢过您老人家的救命之恩，救命之恩如同再造，您就是我的重生父母，再世的爹娘，大恩大德陶文灿没齿难忘，久后，我若不得第倒还罢了，我若得第定要报答您救命之恩，老人家在上，受俺文灿一拜。"说罢，"腾腾腾"，趴地叩了三个响头。雷万鹏急忙伸手搀起陶文灿："文灿快快请起，你可知道我是哪个？""晚生正要请教。""给你说实话，我乃山东济南府震东侠、飞天蜈蚣雷万鹏是也。""啊，原来是您老人家啊。师叔哇，这不是在梦中吧？""儿啦，说哪里话，这怎么会是梦中啊，方才是我那丑女，你那愚妹她出来跑马演武，拉弓射箭追赶白狼来到这里，见你落了枯井，她为了给你开玩笑，就薅茅草拧了一根茅草绳。儿啦,事情就是这样的,你既然来到山东济南,为什么不来见我?怎么会跌落枯井哪?""师叔哇,你有所不知呀,是这么这么一回事。"就把前面之事讲了一遍。雷万鹏哈哈大笑:"这也是苍天有眼,让咱们叔侄相见,这里不是盘话之处,走,随我回去再讲。"说罢头前领路,陶文灿随后紧跟,来到雷家大寨,二人客厅落座,雷万鹏说:"来呀!"就只见从外边进来了十几个英雄:"参见师父。""罢了,来,我给你们引见引见,这位就是经常给你们念叨的北京城你们陶师伯的长子陶文灿,你们的陶师兄,赶快上前见礼。"没等雷万鹏说完,陶文灿急忙站起身来做了个罗圈揖,"众位师兄弟请了,俺陶文灿礼过去了。"众英雄急忙还礼:"哎呀。陶师兄,可把你给盼来了,陶师兄在上,俺弟兄这厢礼过去了。"雷万鹏说声:"文灿哪,这几个都是我的爱徒,来,我给你引见引见,这一位是我的大弟子钻天鹞子欧阳修;这一位是你的二师弟,通臂猿猴柴君亮;这一位是我的三爱徒,你的三师弟,人送外号,宝刀手张春……这一位是你的小师弟俏皮鬼捣蛋虫红孩。""哎呀,大哥你好。"说起这个红孩,他有个毛病,就是有打架瘾,早晚瘾一上来,手先痒,手一痒非打架不可。在家时兄弟们多,啥时候瘾一上来,哪个师兄弟陪着他走招,练两式,身上只要一出汗,这瘾就过去了,手就不痒了。特别是这红孩最见不得不平之事,不论啥事,只要他自己感到不平,那手就开始痒啦。"文灿哪,师叔知你全家被奸臣所害这个噩耗,心想给你爹娘报仇雪恨,今日盼明日想,才把你给盼来了。我有个想法,想把你收到我的门下为徒,立你为掌门大弟子,传授你少林真功百步迎风掌,单等功夫练成,攻打北京,杀了太师,好为你爹娘报仇雪恨,但不知你意下如何?""真是求之不得,如此说时师父在上,受弟子大礼参拜。""说好便好,雷万鹏沐浴更衣,净手焚香,禀明祖师知道,立陶文灿为掌门大弟子,雷万鹏上首落座,陶文灿趴地叩了四个拜师响头。自此,陶文灿便在雷家寨学习少林功夫百步迎风掌,由于雷万鹏精心指点,加上陶文灿天资聪明,再加上陶文灿已经有了武功根基,师父指到的,人家一点便过,举一反三,师父指不到的,从旁边可以悟出这里边的道理来，所以武功是突飞猛进，一日千里。简短截说，二年半的时间已经过去，陶文灿这一天正在练武，只觉得一阵心神不定，悲从中来，叫道："师父，徒儿心中不安，想起二老爹娘被贼人陷害，我想辞别您老人家去杭州，寻找俺舅杭州王爷搬兵报仇。""文灿，你言之差矣，习武之人怕的是分心二用啊，今天既是你心有杂念，就不宜练武，不但不能进步，反而倒退，还会有走火入魔的危险。今天呀我给你找个向导，你进济南去散散心中闷气也就是了。红孩，今天你家大师兄心中不悦，你领他到济南内繁华之地散散心去吧！""是，师兄走吧。""走。"红孩前头领路，大少爷陶文灿随后紧跟，直奔济南城，游玩散心，这一回不去散心倒还罢了，若去散心，下回书才引出陶文灿大街救娘娘。欲知后事，且听下回分解。

第九回　陶文灿当宝救凤驾

上回书说到陶文灿遇难落枯井,被救出后拜雷万鹏为师,苦学少林功夫,练得百步迎风掌,武功大进。两年时间过去,想起大仇未报,心中郁闷,来到济南城游玩散心,引出惊天动地大事,且听俺慢慢道来。

好个少年陶文灿,	他要去济南城里散心玩。
红孩前面把路领,	大少爷紧跟在后边。
迈步离开雷家寨,	撒迈大步奔向前。
引一步来到了荒郊野外,	但只见三月的美景画一般。
麦苗冷绿织锦缎,	遍地里的油菜花开金灿灿。
河湾里村姑把衣洗,	小姐观花依画栏,
夫妻踏青闲玩耍,	耕田的农夫把土翻,
有几位公子把书来看,	牛背上放牛的牧童甩响鞭。
三月的春景无心看,	他顺着大道奔向前。
有心让他快些走,	啥时候才能唱到热闹间。
迈步就把城门进,	看一看一街两巷闹声喧。
来来往往人不断,	有老有少有女也有男。
三教九流争名利,	诸子百家闹喧天。
一边看着往前走,	十字街不远在面前。
眼前来到十字街口,	但只见围了人一团。

文灿心想:十字街围了这么多人是干什么哩呀?"红孩!""干啥哩大哥?""前边围这么多人是干什么哩呀?""大哥,那不是说书哩定是卖唱哩,不是打拳哩定是卖艺哩。""嗯,说书卖唱,你家哥哥我虽不热爱也不反对,要是有时间的话坐下听听小曲倒也是平生快事,要是打拳卖艺嘛,常言道得好,三人同行必有我师,取人之长补己之短大进益。去,贤弟到在近前看看到底是说书哩还是卖唱哩,是打拳的还是卖艺的,如果是说书哩卖唱的也就罢了,若是打拳卖艺

的嘛，哥哥可要大饱眼福了。""好，师兄在此稍待片刻，待兄弟我去看来。"红孩过来了，红孩刚刚来到人群外边，还没有站稳哩，就听见众人窃窃私语，众说纷纭，议论纷纷，有的还唉声长叹："唉，我真是没钱，我要是有钱啊，我一定帮这姑娘把她爹救出牢狱。"有的说："是呀，我要是有钱啊，一定把这姑娘买到俺家供养起来。"有一个无赖之徒在那儿说风凉话哩："唉，我真的没钱，我要是有钱喽哇，我把这姑娘买回去当俺奶奶敬。"红孩一听心中暗想：你看你小子说这算什么屁话，没有钱，有钱喽把这姑娘买回去当成奶奶敬，你小子恁欠奶奶，嗯……又痒哩，哎呀不敢痒，今天惹出事来连累俺大师兄，嗯，我记住你小子，脸上长一块青记，人家那记都长到屁股上，你小子那记长脸上，看着就不是啥好东西。我先记下你，等哪一天不和俺大师兄一块，我再收拾你。红孩心中有气，说话都带情绪了，"哎，闪闪我过哩。"众人闻听，回头一看见是红孩，"咦，是红孩呀，回来了。""回来跟到家了一样。""咘，红孩今天是咋啦，说话咋真不中听哩。""不中听不听，薅根驴毛塞住，没钱，有钱喽把姑娘买到他家当奶奶敬。他鳖儿恁欠奶奶，人家那长到屁股上，他鳖孙长脸上，看着都是孬孙货。"那家伙一听，哦，这是骂我哩呀，看看是红孩不敢得罪，自知理亏，我去了吧。这家伙转身走了，别人一听原来如此呀，便心里有所释然。红孩挤进人群朝地上一看，见人群当中跪了一个女子，浑身上下衣服是破烂不堪，发乱如蓬，头插草标。红孩心想：这是咋回事哩，有心问问，方才把人家得罪了，现在再去问人家还恐怕自讨没趣。也罢，俺师哥是北京皇城的人氏，经多识广，不如叫俺师哥前来看看，红孩主意拿定他就拐回来了。"大哥。""兄弟，里边是干啥哩呀？是说书哩还是卖唱哩，是打拳哩还是卖艺哩？""大哥，你一看就知道，走走走。"他拉住陶文灿来到近前，文灿一抱拳说声"借光"，众人抬头一看，陶文灿一表人才，气宇轩昂，两道剑眉，二目炯炯，众人不约而同往两旁一闪，文灿来到跟前举目一看，啊！

大少爷举目细睁睛，　　　　就看见一个女子跪溜平。
浑身的衣裳稀巴巴烂，　　　你看她浑身打扮多么贫穷。

头上的青丝如草,
大少爷他这里正然观看,
悲悲切切说了话,
众乡亲站此处莫吵莫动,
俺的家可不住济南府,
自幼姓宋一个字,
老爹爹名叫宋天俊,
二爹娘没生多儿女,
小时候二老给我把名起,
老爹爹不爱习文偏爱武,
在家中他把人打坏,
千里投亲没有遇,
身边无钱难度日,
那一天老爹爹正把那武艺练,
那恶少名叫李兴祖,
依仗他爹权势重,
那恶少走进了把式场,
上前去他把姑娘调戏,
又是亲来又是搂,
俺爹上前只把他来劝,
他对俺爹破口骂,
俺的父生就的脾气不好,
打翻一个李兴祖,
李九成府衙里头告上状,
四品皇堂接报案,
公堂以上传下令,
双三圈单三圈,
把俺爹带到公堂上,
把我押到南牢里,
限三天让我交纹银一千两,

头不抬眼不睁什么面貌看不清。
就听见那女子说了一声。
我连把父老乡亲尊又称。
你听听小奴家再次表表名。
家居住千里迢迢扬州城。
一个宋字传万冬。
老母亲她老人家本姓冯,
孤零零所生下我人一名。
起个名我就叫宋菊平。
老人家他专管这人间不平。
千里迢迢投亲到山东。
不料想投亲不遇落场空。
无奈何老爹爹打拳卖艺过营生。
有一个恶少走进场子中。
他的父官拜济南总兵叫李九成。
抢男霸女恶贯满盈。
就看见场子内有个女子容貌精。
紧紧地抱住姑娘不放松。
污言秽语甚难听。
那恶贼出言不逊骂出声。
对我父拳打脚踢下绝情。
一拳头把他打翻地溜平。
回家去见他爹李九成。
他去见四品皇堂董太清。
他官官相护又拉拢。
把俺爹浑身上了犯法绳。
哪一圈不紧用脚蹬。
公堂以上定罪名,
又差人把我带到大堂中。
南牢里放出我哩父亲生。

三天里交不来纹银一千两，　　把俺爹拉出西门问斩刑。
小女子足扎生地陷异境，　　　没有钱怎救我父出牢笼。
万般出在无计奈，　　　　　　我才自卖自身大街中。
万望您父老乡亲发怜念，　　　恁花钱把我卖到您家中，
只要是南牢里救出我的天伦父，我情愿当丫鬟作奴婢端茶捧水伺
奉恁终生。
大姑娘这般如此往下讲，　　　怒恼了文灿少英雄。
陶文灿闻听此言咬牙恨，　　　心里边暗把恶贼骂几声。
什么样的李兴祖，　　　　　　什么样的李九成，
吃了熊心豹子胆，　　　　　　你竟敢抢男霸女害百姓。
你碰见一个宋天俊，　　　　　一拳头把你打翻地溜平。
你若是碰见少爷我，　　　　　儿啦儿，少爷把你盖打崩。
似这样见义勇为遭人害，　　　我不心疼谁心疼。
照住身边摸一把，　　　　　　啊！身无分文囊中空。
还真是有钱人不把穷人来可怜，我有心相救白搭功。
扭项回头开了口，　　　　　　叫声红孩你且听。

"红孩。""哥，打吧！""你打谁呀？我问你身上带银子没有？""带了。""多少？""三两。""唉，这姑娘需要千两纹银，才能救出她父，你就这三两纹银，何济于事呀？""红孩，我问你，山东济南府大街上可有当铺？""有。""好，要是有当铺的话，给，把东西拿去，当上千两纹银来。""啊？大哥，你不是发疯哩吧，这啥东西能值千两纹银啊？""何止千两纹银，价值连城，一百万贯你也买不来的无价之宝。"有的说了，这啥东西呀？同志们，这乃天宫奇宝，十把穿金扇。陶文灿的全家三百多口遇害，就是因为这十把穿金扇。这十把穿金扇不是凡间之物，乃是天宫之宝。有哩说这天宫之宝咋落在陶文灿的手里啦，要说到这儿，还得从头说起。大明朝万历皇爷登基以来，红毛国三年没有进宝，那时候俺们中国仍然是超级大国，其他小国都要给我大中华年年纳贡，岁岁称臣，有个规矩，若是三年没有进宝，就派人再去催催，若一二十年没有进宝，那就说明你

这个番邦小国对我中华不服。有再一再二，没有再三再四，我们可以名正言顺地派兵前去剿灭了。自从万历皇爷登基坐殿，执掌朝政以后，红毛国三年没有进宝，万历皇爷传下旨意，就差陶彦山前去催贡。这十把穿金扇它从哪里来呢，昔日孙悟空大闹天宫之时吃了王母娘娘的蟠桃，王母娘娘一怒之下，吩咐天兵天将把孙悟空打下天宫。孙悟空恼了，就在酒宴前，把那天宫之宝都给装进那如意囊里去了，其中就有这十把穿金扇和天书，这天书啊就是十把穿金扇的说明书。谁料想，这穿金扇和天书装得肯外一点，孙悟空打个筋斗十万八千里，当他下南天门的时候，一阵风把如意囊刮开了一个豁口，这穿金扇和这天书就掉下来了，穿金扇就掉进红毛国，这天书就掉进中国境内。话说红毛国的臣民拾住了这十把穿金扇也不知是啥东西，只好把它进献到朝中，红毛国的国王也不知是啥东西。正在这时，陶彦山奉旨前来催贡，红毛国把陶彦山安排在驿馆歇息，然后让红毛国使臣先陶彦山一步前去中国献宝。献宝不说是献宝，说是解宝。所谓解宝，就是咱拿一件宝贝叫大明君臣认认，若是认出宝贝啦，也不枉领了大国之教，若是认不出宝贝，逼大明皇帝写下降书顺表，从今以后大明对红毛国年年纳贡、岁岁称臣，这不是两全其美吗？所以才差使臣来到中国金殿解宝。使臣金殿上见了当今万岁，说明来意，万历皇爷龙颜大怒："谅你小小红毛国有何奇珍，呈上来孤王一观。"万历皇爷接过来左看看右瞧瞧，看半天不认识，递给解宝官，解宝官也不认识那是啥东西，红毛国使臣哈哈大笑："万历皇爷，谅你中国没有什么能人异士识我宝贝，赶快写下降书顺表，从今以后你给我们年年纳贡、岁岁称臣就是了。"万历皇爷被逼无奈只好抬玉笔写下了降书顺表，按上国家玉玺，龙爪颤抖，眼看要递给红毛国使臣。倘若是那红毛国使臣接过降书顺表，大明朝江山就要丧于一旦，正在这时，殿角下打痰嗽"嗯吞"来了一人。"我主万岁且慢，微臣回朝上殿缴旨。"谁？陶彦山。万历皇爷一见是兵部大司马陶彦山回来了高兴万分："哎呀，卿家免参请坐，一路辛苦了。""微臣上得殿来，见我主万岁面带忧容，所为何事？""爱卿啊，是这么一回事。"就把解宝一事对陶彦山讲了一遍。陶彦山说："宝贝何在？容微臣一观。"万历皇爷把宝贝递给陶彦山，陶彦山看罢说:"万岁呀,这宝贝叫十把穿金扇……"从头至尾讲了一遍,万历皇爷龙心大悦:"老爱卿啊,老爱卿,多亏你今天及时赶来,否则,大明朝的锦绣江山就要丧于一旦。要不是你上知天文下晓地理,纵有天书在此,哪个识得。今天你解宝有功,我把这十把穿金扇赐给你,当你的传家之宝。来呀!""在!""皇门官,传孤旨意,晓喻满朝文武,如果哪家大臣想看宝贝,必须金殿领旨,有了圣旨方能看宝,没有圣旨私自看宝,就是欺君。陶老爱卿,你去红毛国催贡受尽了风霜之苦,鞍马劳顿,你携宝下殿,回府歇息去吧。""谢主隆恩。"陶彦山下殿回府。这且言讲不着,这时殿角气坏一人。谁?太师闫琦,这个老家伙心中暗暗埋怨:万历呀,万历你个昏君,咱朝现有我们父子在朝,你不把宝贝交给我,反而交给我的对头陶彦山,这宝贝不在我手,老夫死不瞑目,我得想个办法把这件宝贝弄到手中,才能称心如意。"他正在思想,万岁传旨有本早奏,无本卷帘散朝。万岁回宫了,各家大臣各回各府。但说太师闫琦回到太师府,打坐客厅以内,心中老大的不高兴,这家伙正在恼怒,"腾腾腾"脚步声响,来了他的四个儿子——长子闫龙,次子闫虎,三子闫彪,四子闫豹。闫龙、闫虎、闫彪、闫豹弟兄四人来到大厅,给他爹问安来了,走上去趴地叩头说:"爹爹,你老人家万福金安。""罢了,起来吧。""爹爹,你老人家每日下朝回来欢天喜地,今天为何愁眉不展,难道有何不顺心之事吗?""儿啦,是这么一回事。"闫豹闻听,"哈哈,想要宝贝,那不是易如反掌吗?""胡说,小昏王金殿上传过旨意,没有圣旨私看宝贝就是欺君。""爹,你别是老糊涂了,你别管了,待我前去司马府把宝贝讨来,保你如愿以偿也就是了。"四国舅来到司马府见了门官,门官禀于陶大人知道。却说陶大人回到府中与夫人柳氏叙了阔别之情,老太太上楼去了,陶大人又拿出宝贝十把穿金扇看了一遍,然后把宝贝藏于暗间。这时候就见门官前来禀报,说是"四国舅闫豹登门求见"。"哦,我与太师闫琦素来不睦,与他素不来往,今天国舅来到司马府是何缘故,是不是为了宝贝而来呀。他是皇亲国戚,我不敢怠慢。""来呀,大厅有请。"请字传出,四国舅来到大厅,见了陶彦山,一躬到地,说明来意。陶彦山心想:我不把宝贝给他,他是皇亲国戚,我得罪不起,如若把宝贝给他，他乃言而无信之人，若昧了宝贝怎么办。又一想，唉，他若昧了宝贝，我就上殿面君。"想到此就取出了宝贝，交给了四国舅。四国舅转身走去，这时候陶文灿、陶文斌兄弟二人听说爹爹催贡回来，前来大厅给陶彦山问安来了。弟兄二人走上前去推金山倒玉柱趴地叩头："爹爹在上，不孝儿文灿、文斌给您老人家磕头了，问声爹爹虎驾可安，万万纳福。""罢了，儿啦，起来说话。""爹爹，您老人家往日回来欢天喜地，今天催贡回来，金殿解宝有功，理应高兴才是，为何面带不悦？""儿啦，是这么这么一回事。"陶文灿闻听，"爹爹，您真是老糊涂了，你把宝贝给他，他看了还咱了还好，如果他不还咱……""儿啦，那我就上殿面君，奏他个欺君。""哎呀，爹爹智者千虑，必有一失呀，他没有圣旨私看宝贝是欺君，你没有圣旨把宝贝交与别人不照样是欺君吗？""哎呀，我咋把这事给忘了呢。""他走有多大时候了？""大约还在二门以外大门以里。"

"爹，你等我去追赶。"陶文灿大步如飞赶出来了，出了二门一看，正好闫豹一只脚跨出大门外，另一只脚还在大门以里，文灿一纵身来到近前"腾"可抓住了。"拿过来。""啥？""宝贝！""谁见你的宝贝啦！""没出门口可不承当了。少废话，想看宝贝，金殿领旨，没有圣旨不能看宝。""领旨？俺爹是万岁的老丈人，什么圣旨不圣旨。""我不管你什么太师、国舅，想看宝贝就去领旨。"说着一伸手夺宝贝交换左手，一伸右手照住闫豹的人头推了一下说："你去吧。"一来陶文灿武功了得，再加上闫豹那小子头是豆腐渣捏哩，不结实，就这轻轻一推，把闫豹的头给推脓了，"扑通"一声尸体摔倒在地。陶文灿急忙跑回大厅，见了陶老大人说知此事，陶彦山说道："儿啦，你夺了宝贝就已经得罪他，千不该万不该把他给打死了，这可如何是好。""爹，他是咎由自取，死有余辜。"陶彦山与陶文灿在这里说话言讲不着，单说老太师在家中左等右等不见国舅回来，这才盼咐闫龙、闫虎、闫彪弟兄前去寻找，这弟兄仨来到司马府外一看，哭哭啼啼抬着尸体回到太师府，见了老太师。老太师哭上金殿，趴地叩头，山呼万岁，"你可要替老臣做主哇！""老爱卿，你这是因何？""万岁呀，兵部大司马陶彦山依仗是你的宠臣，他欺压老臣，把我儿闫豹给打死了。""太师言之差矣，那兵部司马陶彦山清如水明如镜，两袖清风，爱民如子，他怎能无缘无故把你儿打死了。""非也。""那他打死在哪里了？""司马府门外。""你儿闫豹去司马府作甚，是不是在司马府做出不规之事惹怒了陶彦山，才把国舅给打死了？太师还是实话说了吧，如果你的儿子真的死得冤枉，孤王一定给你的儿子报仇雪恨。""万岁，是这么这么一回事儿。"万岁爷闻听此言龙颜大怒："哼，老太师啊，老太师呀，金殿上边我曾经传过旨意，想看宝贝必须领旨，有了圣旨方能看，没有圣旨私看宝贝就是欺君。你明知故犯，叫你儿前去要宝，按说我就该杀了你举家满门以正国法，不过四国舅闫豹已经被打死了，死他一人换取您全家性命，还是大大的划算，下殿去吧。"老奸贼心中暗骂：你个昏君，你真是不和我一事了哇，既然如此，我找我闺女去。你看他去到西宫找着西宫娘娘闫汉莲，定下奸计要害陶彦山。这一天，陶彦山要去火神庙烧香，西宫娘娘闫汉莲从正宫那里借来銮驾，大街上左堵右阻。陶彦山被逼不过只好下马磕头问安，小贱妃照住陶彦山的脸上就是一脚，然后左右开弓，噼里啪啦打了几耳光。陶彦山知道是咋回事哩，心想惹不起我还躲不起吗？站起身来，翻身上马，催马走了，小贱妃抓住头上的翡翠冠往地上一摔，把身上的凤衣"哧啦哧啦"撕个粉碎，然后一狠心照住自己的脸上挖了几把，这才跑上金殿言说陶彦山在大街上调戏于她。万历皇爷一怒之下，不分忠奸，不辨真假，传下旨意把陶彦山一家三百三十零三口绑赴法场开刀枭首。陶彦山全家被害就是因为这十把穿金扇，等到陶彦山全家被绑的时候，陶彦山叫道："文灿、文斌，我儿近前来，我有话讲，要记住咱家的血海深仇，要记住这十把穿金扇是国家之宝，长圆不能落入奸贼之手。你们弟兄两个每人五把带在身边，能逃出去尽量逃出去，不能逃出去也要想办法把宝扇隐藏起来，为国家保留这件无价之宝哇。"陶文灿把这五把穿金扇带在身上，一路上遭了多少磨难，忍饥挨饿，哪怕饿死，他也没有舍得把宝贝卖掉或者当掉。今天他看见这姑娘如此冤枉，如此的可怜，念起她爹侠肝义胆、见义勇为却被贪官陷害，如此的可悲，激起了侠义之心，就把穿金扇拿出来交给红孩。红孩接过宝贝来到祝记信义当铺，见了朝奉祝玉龙，当了一千两纹银回来了。"哥哥，真有你的，还真值一千两。"陶文灿接过这一千两银子说声："姑娘，这是一千两纹银，你拿去救你爹去吧！"他说了这句话，大姑娘是头没抬眼没睁，说了一句："恩人，你的银两不管我用与不用，你这个大恩我可是承定了，不过咱们要丑话说到当面，我自卖自身是不得已而为之，我是卖人不卖身，你若是买我回去当奴作仆，我情愿伺候你一辈子，可是，你若是买我回去做妻做妾，我哪怕不救俺爹，这银子俺也不用。""姑娘，你说哪里话？今天我一不买你做奴做仆，二不买你当妻为妾，我只是念你家爹爹见义勇为、侠肝义胆，却被奸贼所害，我帮你把他救出虎口，别无他求，这银子你拿去救你家爹爹去吧，我告辞了。"陶文灿本来不高兴前来散心来了，碰见了这个事不高兴又加上几分，转身要走。可是姑娘听了这番话把头抬起来了，姑娘抬头一看陶文灿，陶文灿刚好转身，她一抬头他一转身，姑娘也没有看清他的整个面部，光看见半个脸，这姑娘就把陶文灿这半个脸的模样记到心里了。这时候陶文灿领着红孩已经离去，姑娘有心追上问他姓甚名谁，家居哪里，但怕有无赖之徒把银子抢去了，姑娘心里想：我也不用问他姓名了，反正他是个正人君子，施恩不图报，再说呢，我就是问了也没法报恩的，只有在心里一辈子记住他的好，算啦。这姑娘站起身来，伸双手抱着这千两纹银，来到府衙见了四品皇堂董太清，一手交银一手放人，这时候把宋天俊从南牢里提出来了，父女两个见面抱着痛哭一场，姑娘说："爹爹，常言道得好，叶落归根，咱们父女二人还是回老家去吧，爹呀当初一日你为了抱打不平，在家把人打坏，也没伤了性命，天长日久，这官司也该不了了之了，咱们回去吧。咱就这样浪迹江湖，居无定所，何日才是终了哇。"父女两个商量着要回原郡，这话言讲不着，同志们把书岔了，但说北京城皇宫内苑出了一件塌天大事。咋？正宫娘娘死了，正宫娘娘一死，万历皇爷天天想夜夜盼，这一天躺在龙床上边哭出了声："爱妃，梓童啊！"

万历主哭啼啼躺在龙床，　　思爱妃盼梓童想念娘娘。
时不至运不通祸从天降，　　爱妃你归仙去撇下孤王。

从今后心腹话对谁言讲，	遇疑难让孤王与谁商量。
虽然说有三宫和六院嫔妃俱在，	是何人帮我治理朝纲。
爱妃死失去了孤王臂膀，	思想起好不让我痛断肝肠。
闷沉沉只觉得精神不爽，	闭上眼见床前站个姑娘。
这姑娘容貌俊世间少有，	沉鱼姿落雁容品行端庄，
比麻姑赛嫦娥仙女模样，	真好像九天仙女下了天堂。
万历主见姑娘天姿国色，	不由得精神抖喜在心房。
开龙口我只把爱卿来叫，	今一天见寡人为的哪一桩。
无论你说出来什么请求，	我保你件件如愿以偿。
那姑娘开了口尊声万岁，	小奴家有言语你听衷肠。
只因为娘娘她魂归仙界，	今一天我求你封我为正宫娘娘。
从今后心腹话咱俩一块讲，	朝阁事我帮你拿主张。
万岁爷听此话龙心大喜，	出言来叫一声这个姑娘。
既如此你跪下听我封你，	我封你做昭阳正宫娘娘。
那姑娘忙叩头把龙恩来谢，	万岁爷急忙上前去搀姑娘。
但见那万岁爷刚一迈步，	就听见"扑通"声摔下了龙床。

"扑通"一声把万历皇爷给摔醒啦，原来是南柯一梦。万历皇爷激灵灵打了个寒战，回忆回忆梦境跟真的一样，他急忙更衣起床来到八宝金殿，宣来了满朝文武、八大朝臣、九卿四相、龙子龙孙、太子太保，前来给他圆梦。当时他把梦中之事从头至尾讲了一遍，满朝文武面面相觑，这个年兄那个年弟。常言道得好，做梦是心想，打喷嚏是鼻子痒，他做了个梦问咱主何吉凶哩，那咱咋说呢，说主吉好哩还是说主凶好哩。满朝文武议论纷纷，也说不出个所以然来，这时候就见新科状元张志成出班跪倒山呼："我主万岁万岁万万岁，臣有本奏。""哦，原来是新科状元张爱卿，爱卿有何本奏？快快奏来。""万岁，以微臣来看，不如你传下圣旨，把妙手丹青御画师宣上殿来，你把梦中所见的那个女子的长相说出来，让这妙手丹青御画师根据你的描述，按照你梦中所见那姑娘的模样画成千张万份，发往全国各地，命地方官挨门挨户查对，若有和画像一模一样的，就把她接到皇宫，封她为

正宫娘娘，不知万岁圣意如何？""爱卿言之有理，就依你见，来传孤意，宣妙手丹青御画师上殿。"当下那妙手丹青御画师来了金殿以上，铺纸的铺纸，配彩的配彩，慌作一片，忙作一团，就按万历皇爷的描述，那妙手丹青御画师就把姑娘的模样画成了千张万份传往全国各地。半年之后，画像传到扬州，宋天俊父女二人头天晚上到家，次日清晨地方官就来到家门展开画像，"嗯，宋菊平小姐和画像一般无二，就是她。"急忙报于知府知道，知府大人不敢怠慢，备了两顶暖轿把宋天俊抬进府衙，把他父女二人供养起来，然后写表进京，奏给万岁皇爷知道，又亲自护送父女二人进了北京。八宝殿去见万岁皇爷，万历皇爷一见龙心大悦，这才驾至封宫楼，封姑娘宋菊平为昭阳正宫娘娘，宋天俊呢不用说父随女贵，名正言顺的掌朝太师了。却说宋菊平被封为正宫娘娘在皇宫内苑，吃不尽的山珍海味，享不尽的荣华富贵，大姑娘自思自想，思甜忆苦哇，自己叫着自己的名字："宋菊平啊宋菊平，今日我贵为娘娘千岁，何等的荣耀，比起当初一日，我在山东济南府之时，大街以上自卖自身，多亏那个恩公施舍千两纹银于我，南牢里救我父回归扬州，要不是那恩公舍银相救，焉有我今日之荣耀。常言道得好，得人恩惠必当报答，得点水之恩必当涌泉相报，有道是得恩不报非君子，忘恩负义是小人。虽然说我时刻没忘大恩，可惜那日临别之时也没有问问恩人姓甚名谁，若是知道他姓甚名谁家住哪里，差人去把他接进京城一同享荣华富贵岂不甚好，只可恨走时仓促没有问清，如今有心报恩，却又无以相报，我于心何安？嗯，有了，我何不如此如此，这般这般。"后宫娘娘那一天在大街上与陶文灿分别之时，看见陶文灿这半张脸，她记心里了，现在为了报恩，她就用一块素绢白绫绣了个陶文灿的肖像，在后宫找了一间静室，把陶文灿的绣像往那儿一挂，面前头摆香案，一天三上香，三天九问安，她敬陶文灿哩。你想啊她是正宫娘娘，陶文灿乃凡夫俗子，怎能经起她这一敬？她不敬陶文灿倒还无事，她这一敬陶文灿要把陶文灿敬个粉身碎骨，正宫娘娘在后宫敬陶文灿这话讲不着，再说陶文灿在雷家大寨是坐卧不安，如坐针毡，来到大厅去见雷万鹏。老侠客说声："文灿啊，今日正是你出师之期，我想让你离开山东济南府，前往杭州寻找您舅，等你搬来兵将，再来雷家大寨咱们兵合一处，将打一家，攻打北京给恁二老爹娘报仇雪恨。""谢过师父。"雷万鹏叫来了众爱徒，把文灿送到府外边。大少爷陶文灿搬鞍认镫上了坐马，辞别恩师及众家师弟，离开山东济南府直奔杭州找舅搬兵。这一回不去杭州搬兵倒还无事，要去杭州搬兵，下回书可就闹大了。

好个文灿大少爷，	他哩脾气暴躁性刚烈。
雷家寨学武艺三年满，	练一身少林功夫比铁人。
这一天他拜别恩师雷万鹏，	又辞别众家兄弟小豪杰。
府门外翻身上了马，	杭州城找舅搬兵把恨雪。
他在马上破口骂，	骂一声太师闫琦狗奸邪。
仗势您闺女驾坐西宫院，	满朝文武臣都把你怯。
你不该狗仗人势权倾朝野，	把俺的全家消灭。
老奸贼你那里南柯梦，	法场上逃去你的大少爷。
雷家寨学武艺三年整，	练一身少林功夫比铁人。
今一天我到杭州地，	杭州地搬你的老舅爷。
杭州城搬来人共马，	拿住你仇报仇来血偿血。
大少爷思思想想催战马，	晓行夜宿半个月。
正然催马往前走，	长江拦道把路截。
少年伸手勒住马，	手搭凉棚看真切。

咱们大中国有条龙，南有长江，北有长城，大少爷今天来到的正是闻名天下的长江三江渡口，这长江有十来里宽，陶文灿在马上手搭凉棚往江心里一看，但见江心里停着一只小舟，他在马上气沉丹田，高声呐喊："吠，江心里艄公听真啦，赶快把你的舟船划过来，渡我过江啦。"连喊三遍，只见那只舟船由远而近，越来越近，越近看得越清，原来不是小舟，是一艘大船。船头上站着两个艄公，这两个艄公高低不一，胖瘦不均，一个高，一个低，一个胖，一个瘦，不用说低个胖，高个瘦，那瘦子身高丈二，脖儿梗精细，若不是那一层肉皮色盖住骨头架，恐怕他那身子马上就要散架。那个胖子可不一样，

身高六尺，乖呀，肥胖胖，胖肥肥，胖脖儿梗跟头一般粗。胖的啥样，打个比方说，用个钻从他头顶钻个眼，摁上个套子捻，点着着七七四十九天都点不干他。年龄不大，也不过二十啷当岁，虽然说年纪不大，但是头顶上连一根头发都没有。头顶上光光亮，闪闪发光，蚂蚁上顶上挂双拐棍，要在夏天，蝇子落头上"咕噜"都掉下来了，光哩很，一脸的横肉。两个艄公，一个支篙，一个摇橹，那舟船乘风破浪，"哗"，离江岸还有十来丈的时候，两艄公往江岸上一看，只见江岸上站立着一匹白龙马，马身上端坐着一个少年英雄，大约二十岁，只长得五官端正，精神百倍，满面清奇，高鼻梁大眼睛，面如桃花，两道剑眉，气宇轩昂，外表非凡，面前有百步威风，顶上有千层杀气，观其外，知其内，就知道此人是武林中出类拔萃的一位后起之秀，两下互相观看之间，舟船离江岸就剩一丈远啦，只见二位艄公把船篙一支："嘿，朋友，上吧！"文灿心想：怪了，这两个艄公喊我上船，为什么不把舟船靠岸，离江岸还有一丈远就叫我上船，真是岂有此理。哦，他们是看我这身打扮像个武生公子，想考验我的武功吧。哼，不给你点颜色看看，你是不知道马王爷长三只眼，你不知道人外有人，山外有山，英雄背后有英雄，强中更有强中手。看吧，我先略施一计，上得舟船，再逼他舟船靠岸，然后我再牵马上船就是。想到此，说道："朋友，你的船离江岸太近了一点，往后再摆摆。"啊，"哗"摆了一丈。"上吧。""还近了一点，往后再摆摆。""哗"又一丈。"上吧。""还近了一点，再摆摆。""哗"，又摆两丈，已经是五丈开外。"上吧，朋友。""你们两个要小心在意加谨慎，用尽平生气力，把舟船支稳，小心我一脚把船踩翻，咱们三人同归水府。""啊，是啊，兄弟，哥，来咱弟兄俩使劲支。"两个艄公把眼一闭，用尽平生气力把篙一支，但见陶文灿纵身跳下坐骑，内吸一口气，脚尖一纵，嗖的一声跳上舟船，轻轻落船上。那只舟船纹丝不动，由此可见大少爷的轻功已达登峰造极之境界，真乃不可思议。二位艄公心中想：那家伙光能吹，不敢来实事哩啦。他们正想哩，文灿来到近前一拍肩膀："朋友，我已经上来了。""咦，大哥你可真是个能人呀，以前我们两个想着会个三脚猫、四门斗的功夫就盛不下俺啦，谁料想我们弟兄真乃井中之蛙、酱中之蛆，没有见过大天大地，今天一见到你的身手，让我们体会到'人外有人，山外有山，英雄背后有英雄，强中更有强中手'这句话是千真万确的。大哥，你贵姓？咦，区区雕虫小技何足挂齿，至于姓名嘛，更不足道哉。大哥，你太客气啦，俺们弟兄虽然不才，但也是男子汉大丈夫，很爱结交朋友，尤其是像你这样的英雄豪杰更想结交，只是交攀不上，只能望尘莫及。虽说是高攀不上你，但俺也有俺的知己呀，以后见到了俺的知已，坐在一起谈论起你来，我们说在江心里碰到一个英雄，如何英雄了得，只顾替你吹来。人家要问你姓啥名谁，我们说不出你的真名实姓，显得见是在说空话哩，以后的话呀，人家就不会相信啦。因此，还望大哥把你的真名实姓留下，一来让我们饱饱耳福，二来也好给你传个英名啊，有道是人过留名，雁过留声嘛。"文灿心想：是啊，方才我给他们露了一手武功，干脆把名字也给他们留下，让他们也知道俺姓陶的后继有人也罢："二位艄公既然要问，船头站稳，听在下对你讲来。"

大少爷站在船头把话云，	二位艄公听在心。
闻起俺家家却远，	非是小姓无名人。
大少爷从头至尾表名姓，	二位艄公听在心。

"咦，陶大哥，说啦半天是你呀，俺弟兄久闻陶大哥威名，如同惊雷响彻宇宙，皓月当空一般，只是无缘与你相见，今天鬼使神差在此见到了你，真是俺弟兄三生有幸啊。陶大哥，俺弟兄闻听人言，你拜在山东济南府震东侠、飞天蜈蚣雷万鹏门下，学会了少林真功百步迎风掌，威震武林。俺弟兄早已羡慕至极，盼望着啥时候能和你见上一面，也拜到你的门下，跟着你学几招，练两式，也不枉投胎转生一回。谁料想，今日盼明日等，等来盼去，真把你盼来啦，可真把你盼来啦，这江心里条件不具备，空有一番心意，也成一句空话啦。我们这里啥也没有，只有淡茶一杯，半热不凉，刚好合口，这杯淡茶，虽不成敬意，但聊表俺弟兄敬仰之心，大哥，你把他喝了吧。"文灿闻听心中暗想：这两个艄公果然是个江湖之人，眼观六路，耳听八方，就看我这外表，

就知道我内里边又饥又渴。说饥倒不咋饥饿，说渴那可真是口渴难挨呀，虽然说我口渴难挨，但是我与他们素不相识，怎能去喝他们的茶呢？"二位艄公，萍水相逢，怎好讨饶。""陶大哥，你太客气啦，常言道得好，千里送鹅毛，礼轻仁义重，俺们弟兄本来是满心满意敬你哩，你要是执意不喝这杯茶，岂不是没把俺们当人看吗？大哥，你喝了吧！"文灿心想：是啊，长短是根棍，大小是个人，千里送鹅毛，礼轻仁义重，东西多少是个脸面，但本来是满心满意敬我哩，这是给我一个脸，可是我要是执意不喝这杯茶，岂不是给脸不要脸吗？想我陶文灿，乃堂堂正正的男子汉，光明磊落的大丈夫，岂能是给脸不要脸之辈，也罢。"二位艄公，常言说得好，得人恩惠，必当报答，得点水之恩，必当涌泉相报。今天我喝了你们这杯茶，日后我定要设法报答，拿茶来。"一伸手接过这杯茶，一饮而尽。喝了这杯茶，把空杯递给二位艄公，二艄公接杯在手，互相递了个眼色。文灿一见心想，二位艄公面色有异，难道说这茶中……啊，霎时间，肚中疼，痛难忍，浑身上下热汗直冒，只见文灿那个身躯，慢慢地坐下来了。九尺半出成四尺半啦，出哪儿去啦，前头鼓个疙瘩，后边又鼓个疙瘩，前鸡胸，后罗锅，镰把腿，拐胳膊，一眼大，一眼小，一眼跟酒盅一样，鳌暴出来了，一眼秤星儿一样挤里头去啦。陶文灿心中暗骂：二位贱人我与你们何仇何恨，你们不该茶中下毒暗害于我。用手一指要骂，但见他用手一指，嗯，话也说不出来啦。二贼人一见，"哈，陶文灿，乖乖我的儿呀，我们在此等你已经两三个月啦，谁料想今天你才来到，这叫'踏破铁鞋无觅处，得来全不费工夫'，你是飞蛾扑火，自取灭亡。我说兄弟"。"在。""把陶文灿打进船舱，提锚开舟，上山见咱爹。"只见那胖家伙上前抓住陶文灿说："陶文灿你给我进去吧！""扑通"一声，扔进船舱。陶文灿进船舱，口中又不能言，心中暗暗想，我与这两个贼人何仇何恨哩，谁料想这里头跟我一样哩，数一数，查一查，算一算，连我带上，不多不少，一百个，难道说那九十九个都和他有仇吗？说到这有人要问，这两个艄公姓甚名谁，与陶文灿以及那九十九人有何仇恨，为什么要害他们呢？这还得从头说起，长江的上游，千里之外，临江而起一座高山叫四蟒山，四蟒山有一个大王，姓刁名叫刁蟒，这大王刁蟒和太师闫琦是亲姑表兄弟，有人说闫琦在朝中身居显位，就不能给他的表兄表弟弄个官做吗？不是，因为这刁蟒比太师闫琦的野心更大，他想不论做多大的官，都没有当皇帝的派头大，一心一意想当皇帝。所以，他就和老太师定下里应外合之计，叫太师在朝中笼络人心，他在高山招兵买马，聚草屯粮，但等兵多将广，反上北京，里应外合推翻明朝江山，他们弟兄两个平分疆土，轮着当皇帝哩。却论这大王刁蟒，跟前有四个儿子，一女，两个军师。哪四子？长子刁龙，次子刁虎，三子刁英，四子刁豹，女儿刁蝉梅。两个军师，一个叫铁板道人，一个叫百眉大仙。这两个道人，俱是方外之人，练就的一身好武艺，能呼风唤雨，撒豆成兵，上知天文，下晓地埋，俱有未卜先知之能，可惜有多少干国忠良不保，专保祸国殃民的奸贼。这两个道人分别传授他兄妹五人武功，传授武功之余，在大厅随大王刁蟒下棋，这一天正在下棋，铁板道人大叫一声："哎呀，大王不好。""军师，何事惊慌。""大王，我看你山根发青，印堂发暗，据我推算，你的寿限将终，最长的寿限，超不过半年，半年之后，就该魂魄归仙界啦。""哎呀，这可如何是好，军师，俺弟兄两个定下里应外合之计，准备推翻大明江山，眼看大军聚齐，攻打北京，指日可待。你说我的寿限将终，半年后我就该死啦，我一死，那不就前功尽弃了吗？""大王，虽然说你寿限将终，我还有个办法能使你延年益寿。""啥办法，我这里有一样药，叫作延寿丹，你吃了之后，还能多活几十年。""在哪儿呢，赶快拿出来让我吃啊！""你先别急，这药必须得现配。""那你就快些配吧！""不好配呀！""咋配哩？""必须用一百个活人心兑在一起才能配成。""那不好办吗？把咱那卒兵挑选上一百个，把心摘出来不就成了？""不行，一般人心不中，必须是武功超群出众、侠肝义胆的英雄豪杰的心才中哩！"大王一听可作难了："军师呀，你要一般人的心还可以，你要的是英雄豪杰的心，并且一次就要一百个英雄的心，一齐弄来一百个英雄的心，谈何容易呀？""大王，一百个，九十九个都好办，唯独药引子不好办哪。""药引子是啥东西？""人心。""谁的心哪？""北京兵部大司马陶彦山的长子陶文灿，他的心能当药引子。"他为啥要害陶文灿这是后话，暂且言不着。当下刁蟒问道:"军师,陶文灿现在哪里?""据我所知陶文灿逃离京都,去到山东济南府,拜到震东侠、飞天蜈蚣雷万鹏门下为徒,学会了少林真功百步迎风掌。三个月之后,就是他的出师之期。我想他出师之后不去别处,定往杭州找他舅搬兵给他爹娘报仇,他去杭州的必由之路,那就是长江的三江渡口,他肯定过长江去苏州,然后绕道去杭州。大公子刁龙,二公子刁虎,坐上大船一艘,从后山系到江心,带着干粮盘缠前往三江渡口,赶走别的摆渡船只,让他两个在那摆渡。碰见寻常人过江不讲,碰见会武功的人过江,就把船离江岸一丈远停住,让他跳。一丈远能跳到船上,那人的武功就行。我这里有一样药,叫作'抽筋出骨瘫哑散',让他们带在身边,提前下到茶内,只要他喝了这杯茶,叫他变成一个小哑巴,小残废。当然一时半刻死不了,等擒住陶文灿,一并前往高山,我要亲自开膛破肚,摘取心肝,取一百个英雄的心。你吃了之后不能说长生不老,最少还能多活六十多年。"这家伙一听,可美透啦,吩咐木工师做上大船一艘,从后山系到江心,叫刁龙、刁虎带着干粮盘缠,顺水行舟来到了三江渡口,赶走别人摆渡的船只,他弟兄两个在那摆渡,三个月的时间早已擒住了九十九个英雄,可就争药引子没来,今天他俩一见江岸上来这人气宇轩昂、外表非凡,心中想,是不是陶文灿哪。一旦来到了船上一见,果真是陶文灿,两个家伙共同害了陶文灿。书里表尽,言归正传,但说刁龙说道:"兄弟,把陶文灿打进船舱,提锚开舟,上山见咱爹。"这一回不上高山倒还罢了,要上高山,下回书大少爷陶文灿想得活命,比登天还难。

第十回　寻英雄豪杰齐出动

上回书说到贼人刁龙、刁虎在后山等待捉拿陶文灿，要掏出陶文灿的心为他父亲配制延寿丹，陶文灿能否活命？各位稳坐静听，等俺慢慢道来。

贼人刁龙与刁虎，
害了少爷陶文灿，
弟兄俩一个支篙一个摇橹，
刁龙贼在后边掌着舵，
咱师父他号称神机妙算，
他言说三月擒住陶文灿，
今日里擒住了陶文灿，
配成一服延寿丹，
只要是咱的父长生不老，
东花楼门跑跑马，
长枪挑开天花板，
八宝殿推倒万历主，
咱的父面南登龙位，
弟兄俩话也讲来船也撑，
有心让他慢些走，
逆水行舟半月整，
眼前来到高山下，
贼人刁龙开了口，
你赶紧搭桥板，放扶手，
刁虎闻听不急慢，
两膀攒上十分劲，
倘若是铁锚扔到江心内，
咱这里闭口不谈后来事，
回书再说雷家寨，

茶中下毒害英雄。
提锚开舟要上山峰。
逆水行舟把船撑。
叫声兄弟刁虎仔细听。
老人家他的卦真灵。
果然是话不虚传是真情。
见咱爹回到高山峰。
给咱的爹爹延性命。
率大兵攻打北京城。
西花楼上拉拉弓。
金殿上推翻万历小朝廷。
扶起咱爹把基登。
咱弟兄俩小王千岁把太子应。
飘飘摇摇不消停，
啥时唱到热闹中。
这一天来到了四蟒高山峰，
西方坠落太阳星。
叫声兄弟刁虎你听，
抛锚停舟上山峰。
斗大的铁锚抱怀中，
抖开要往江里扔。
大少爷想要活命万不能。
把书岔开另有明。
咱再说飞天蜈蚣雷万鹏。

老侠坐在大厅内,
在此处学武艺三年整,
半月前辞别为师把家离,
爱徒儿一走半月整,
但不知爱徒儿可曾到达杭州地,
想爱徒不思茶来饭又不想,
为想你为师身染病,
为想你天天夜晚都做梦,
师徒梦中喜相会,
雷万鹏正把爱徒想,
趴在桌子上睡了觉,
面前站着人一个,
就听见那人说了话,
你只知把你徒儿想,
快来吧,快来吧,
雷万鹏一惊被惊醒,
每日里,思念爱徒都做梦,
梦里事,不能信也不能全不信,
不如我离开雷家寨,
杭州城找着陶文灿,
杭州城找不着大弟子,
想到此雷万鹏开了口,
赶快随我来,
雷万鹏他这里一呼百应,
这一回离开济南府,
咱这里闭口不谈后来事,

思想起陶文灿我的大门生,
师徒情胜过父子情。
杭州找舅去搬兵,
不见爱徒难安宁。
现在哪里把身停。
盼信传日夜难困朦胧。
为盼你懒散你师弟们练武功,
梦中与你共相逢。
梦醒来不见你再加伤情。
一阵心血往上涌,
就看到面前站着人一名。
什么面貌看不清,
连把恩师叫几声。
你怎知你的徒儿有灾星,
快来与弟子把冤申。
睁眼看不见影和踪。
为什么这梦大不相同。
总之是不见爱徒难安宁。
下江南寻找爱徒走一程。
一笔勾销话不明。
我死在杭州不回山东。
出言来叫一声众位门生,
杭州城去找你大师兄。
众英雄好似猛虎崩开笼。
下一回群雄大闹苏州城。
再说贼人刁龙刁虎。

却说贼人刁龙刁虎,逆水行舟半月之久,这一天天挨黑的时候就来到四蟒山下,刁龙说:"兄弟到家了,赶快搭桥板放扶手,抛锚停舟,上山见咱爹。"刁虎闻听不敢怠慢,一弯腰,把斗大的铁锚抱将在手,两臂用力，就要把铁锚扔进江心。他若把铁锚扔进江心，稳住舟船，大少爷以及那九十九个英雄，性命难保，就在这千钧一发之时，就看见西北方天昏地暗，飞沙走石，狂风大作，就听见那风声"呜呜呜"。乖乖，有几级风恁响，反正那时候也没有气象站，也没法跟现在比较。

现在人家气象台气象站对风速有观察，说是零级烟柱直冲天，一级软烟随风偏，二级轻风吹脸面，三级微风红旗展，四级地面飞纸片，五级小树摇，六级举伞难，七级迎风走不便，八级树枝断，九级屋顶飞瓦片，十二级以上的风叫台风，可是那天晚上的风比台风还台风哩。咦，恁大的风，历史上就没有记载吗？对了，因为这部书本来就是明朝一部野史，不在纲鉴正史，再加上就这本书上刮那一回，因此搁不住记载。尽管没有记载但有个名字，那天晚上的风叫特级号外龙卷风，可想而知那风有多大了。刁龙一心想，乖乖，恁大的风，我这头真大儿，脖儿梗真么粗儿，万一把我的头刮丢了咋办。因此他"哧溜"一家伙可钻进船舱里去啦，他往船舱里一拱，喊开啦："虎，赶快把锚扔下。"

刁虎这家伙本来不咋聪明，说他不聪明，比着傻子强得多，说他聪明，比着人家那些真聪明的挫得多，就人家说那，三笼搁俩算——差一格。他本就不很聪明，再加上刁龙喊急啦，刁虎把锚扔了，他的意思是让刁虎把锚扔进江心，稳舟船哩。可是刁虎一听心中想：俺哥比我能啊，还不是想着真大的风，怕他的头刮丢喽，赶紧拱进船舱，叫我把锚扔下也拱进去哩。你看他把锚"扑通"往船头一扔，"哧溜"一家伙也拱进了船舱，随手把舱门一打，把锁一锁。这时候，风越刮越大，越刮越猛，既是顺水又是顺风，刮着舟船好像脱缰的野马，脱弦的利箭，"日"的一家伙，直奔下游射去。一夜无话，已到次日清晨，天色微明的时候，就听见"咚"，刁龙说："虎，虎，咚那一家伙是咋着哩？""我知道，你不会出去瞅瞅。""傻兄弟，你哥这头不是小，脖儿梗不是细，一露头，恁大的风，把哥我的头刮丢了，你还有哥吗？""你说多美，你光说你瘦，你瘦是瘦，你骨头架子大，我胖是胖，我个低，上秤称，轻重差不多。这叫作胖子骑瘦驴，肥瘦相均着哩。你光想着我这脖儿梗怪粗，怪结实，刮不丢，它一个劲刮哩，把我这身子也刮走了。你还有兄弟哩。""兄弟要是那，你别怕，我在下边抱住你的双腿。"刁虎把船舱门打开，露头一看，"咦，哥，天明啦，风也停了，天也明了，哎呀，快些出去吹凉风儿吧，快把我臭死到这里头啦。"弟兄俩出来了，刁虎说："哥，方才咚那一家伙是咋着哩？""傻兄弟，那不是舟船碰住江岸啦。""哥，你看这地方咋这么熟悉呀。""能不熟悉吗？咱们在这里待了两三个月，能不熟悉？这不是三江渡口？南边那不是苏州城吗？你说又把咱刮回来了。""哥呀，昨天晚上光想着真大的风，也不知道把咱刮到哪儿，只顾害怕哩，把饥也给忘了，现在天也明了，风也停了，又想起来饥啦。哥，有馍没有啦，赶紧拿出来叫我吃点吧！""哼，傻兄弟，馍袋昨天晚上哥都摸八遍了，就剩那仨馍花儿，我早就把它吃了啦。""孬孙货，就没有给我剩点。""那仨馍花，还不够我填牙缝儿，咋给你剩哩。""哥，有钱没有哩？""你看看。"刁虎把钱袋拿出来，"哗啦"一声往船头一倒，数一数，查一查，不多不少整整一百，弟兄俩可傻脸啦。刁虎嘴不干净哩可骂开啦："咱师父号称神机妙算，走哩时候，我还没说带些干粮盘缠哩，他说带的多喽是累赘，给咱那东西正好吃完正好到这。要说他龟孙算的不差呀，恁会算，昨天晚上恁大风他就没算出来，还把咱刮回来了，这咋办哩。要想回去，还得半月的路程，这干粮没干粮，盘缠没盘缠，咱弟兄们就是忍点饥挨点饿，但不能叫哑巴们饿死，那哑巴们一死就等于咱爹死了啦。哑巴们就是咱爹呀，这咋办呢？哥，南边大路上那么多人是干啥哩，把刀给我，让我拣那有钱哩杀几个，把钱夺回来咱们买馍吃。""混蛋，你不想活了。""咋？""这是闻名天下的苏州城，虽然不是北京城天子脚下，皇城之地，但也是天下名城，日有王法，夜到巡逻，光天化日，众目睽睽之下，你杀几个人，你是不想活了吧。""那你说咋办，你等着我去问问。"这家伙打个箭步，弃舟登岸，看见近处有个老汉，他就上近前抱拳拱手，说道："老人家，我这边有礼了。""壮士施礼为何呀？""老人家，请问你，你们这么多人，起来这么早都是干啥去哩呀？""壮士呀，听你说话的口音，不像此地人，这是闻名天下的苏州城。常言道：'上有天堂，下有苏杭。'苏杭美景闻名天下，令人羡慕。今天又是三月三，苏州城内的古刹大会，不用说更加热闹非凡，远处人都来了几天啦，我们都是近处人，今天起个早进城赶会去哩。""谢过老人家指教。"一转身回到船上："兄弟给我钱。""弄啥？""买馍去。""买馍喽我去。""咋？""不知道你小子那材料，好偷着吃。""就你小子孝顺，我就不怕咱爹饿死。实话给你说，今天是三月三，苏州城的古刹大会，会上人多，卖东西的也多，我伶牙俐齿会搞，能买点便宜东西，你拙嘴笨腮哩，你能中？你在船上看着，我去买馍去。"这家伙拿着这一百个铜钱，弃舟登岸，使起轻功提纵术，八里半地，转眼即到。迈步走进北门一看，只见大会上人山人海，万头攒动，擦膀靠背，摩肩接踵，做买卖的，三教九流，诸子百家，五花八门，样样都有。为了这厢包子棚，为了那厢油馍锅，咽咽涎水，心中想，甭买好吃哩啦，好吃的贵，买蒸馍吧，蒸馍便宜。他来到蒸馍摊旁边那儿一站，刚要开口问个价钱，就听见卖蒸馍的喊开了："热蒸馍，热蒸馍，仨钱俩，俩钱一，十三买那二六个。大嫂推，二嫂箩，三嫂蒸的白蒸馍，吃哩你来吃，不吃来摸摸，谁要是吃出一根驴毛衣，掂一短刀活剥我。刁龙一听心想来：仨钱俩，俩钱一，我这一百个铜钱能买几个馍？刁龙正在为难，抬头一看，迎对面过来一人，四十嘟当岁，细高挑，多高，看着怪烧，肩膀上扛一个桑木扁担，两头挑的有货。刁龙见急忙上前："掌柜的，挑的啥呀？"他道："柳州的秤笸箩。""啥是秤笸箩，能吃吗？""唔，能吃，半年连一个都吃不完。秤笸箩是用柳条编哩，能吃吗？""啥叫秤笸箩？""你见过秤吗？""见过，秤钩上提起那个盘。""你说是秤盘呀，秤盘也叫秤笸箩，秤笸箩也叫秤盘，这叫作一里不同俗，十里改规矩，称呼又不一样，还是一个东西。""那个秤笸箩咋卖呀？""好说，一钱一。""乖乖，这怪便宜，你挑有多少啊？""不多不少，正好一百个。""伙计，我给你九十五个钱，你卖给我一百个秤笸箩，中不中啊？"卖秤笸箩的心想：这家伙是个生红砖，二浑头货，一家伙买这么些秤笸箩干啥。对，虽说便宜了一点，但是一下卖了，省得在这沤时间。"伙计，你可真够爽快，九十五个钱想买我一百个秤笸箩，倒也可以。不过我都给你啦，你咋拿呀？干脆你再加五个钱，我把桑木扁担也卖给你喽。"两个人一手交钱，一手交货，刁龙接过桑木扁担往肩膀上一挑，哼哧哼哧跑抬回来了。刁虎早就等急了，看见刁龙回来，"哥，买的馍哩，赶紧叫我吃点吧！""给，吃吧。""你就吃的那。""放屁，谁吃啦。""那是啥？""秤盘。""啊？你说你孬孙不孬孙，正饥哩，你不买馍，买点秤盘干啥？""兄弟，今天咱们必须如此如此，这般这般。""乖乖呀，哥，亏得你想得出来，中，中。""哎，哑巴们哪，都出来，出来吹凉风。"同志们你想啊，一百个哑巴中属陶文灿来得最晚，就在里面待了半个多月了，其他的都待了两三个月啦，天天吃喝拉撒都在里边，没有出来过，没有见过太阳。有的人头发眉毛都焐成白哩，有的人身上的肉都焐烂成脓了，一听说出来吹凉风哩，谁不想出来，一个个争先恐后出来。刁龙来到近前，"哑巴们哪，到现在你们心里肯定还是个谜，今天，我把这个谜底给你们揭穿算了。在下我姓刁，名叫刁龙，这是俺兄弟叫刁虎，俺弟不才，拜了个恩师名叫铁板道人，俺家师父自己研制而成一种药叫抽筋出骨瘫哑散，俺师父把药物配成之后，怀疑这药物是否奏效，所以拿来让我们弟兄试上一试。临走时，俺家师父说啦，这药物一旦奏效，谁服了之后，要变成哑巴、小残废，失去劳动能力。咱与人家往日无冤，近日无仇，不能平白无故害人，一旦把人家害得不像人样，不能抛下不管，必须收回面来，师父有独门解药，喝了这独门解药，恢复了原状，再把人家送回家中。为什么没把你们抛下不管哪，就是这个缘故。眼看咱们昨天就该到家啦，你们就该喝到解药了，谁料想天公不作美，又把咱们刮回来了。要回去，还得半个月的路程，可是干粮没干粮，盘缠没有盘缠。我们弟兄就是忍饥挨饿就是饿死他不管，可是要把你们给饿死了，实在话，俺弟兄问心有愧。正好，今天是三月三，苏州城里古刹大会，会上人多，好心人不少，我给你们每个人发一个秤笸箩，都到会上给我要钱去，要钱多也好，少也好，都到晌午回来。我这一说，有的人肯定会想，只要你放俺走，俺就不回来了，你不回来，就喝不成药了，恢复不了原状，回到家中，你的妻子孩子照样不认识你，还把你撵走。这么着，谁早回来早喝解药，晚回来晚喝解药，不回来不喝解药。"刁龙把秤笸箩每人一个发给他们，但说大少爷陶文灿伸手接过秤笸箩，暗暗骂道："二位贼人，说什么早回来早喝解药，晚回来晚喝解药，纯粹是一派骗人的鬼话，你能骗了别人，能骗了少爷我吗？今天只要你放了我下了舟船，想我回舟船实比登天还难。"想到此，手掂秤笸箩，下了舟船，一瘸一拐，直奔苏州城讨要银钱去了。

大少爷手掂秤笸箩，	二目中掉眼泪心如刀割。
大少爷我与你何仇何恨，	你不该香茶里边兑下毒药。
茶中下毒把人害。	害得我前鸡胸，后罗锅，
镰把腿，拐胳膊，	走路一瘸又一拐，
人一眼大来一眼小，	满腹的话儿不能说。
害的您大少爷不留人样，	又叫我要银钱到苏州城。
今一天，只要你放我把船下，	就等于你把我放出虎穴。
久后我若不得他，	一笔勾销话不说，
久后我若得到他，	擒住你抽筋剥皮把头割。
大少爷思思想想往前走，	苏州城不远眼看着，
逐步就把北门进，	看一看大会上边人老多。

大会上，有男的，女的；老的，少的；大的，小的；高的，低的；胖的，瘦的；黑的，白的；丑的，俊的；瞎的，秃的；瘸的，拐的；看啥样有啥样。可是人家的个子最低的都比我高了半截，这么多人挤拥不动，我这要啥钱呀，干脆我仰脸看着天，跟到人家屁股后，人家动我挪挪。天保佑地保佑，保佑我能在此碰到一个熟人，想到此，仰脸看着天，跟着人群一瘸一拐，过来了。记住陶文灿暂不讲，北门外又来了几个英雄，钻天鹞子欧阳修，通臂猿猴柴君亮，众师弟奉命南下江南来找他师哥陶文灿来了。来到北门以外，钻天鹞子欧阳修说："众位师弟，今天咱弟兄奉师命下江南寻找大师哥，来到闻名天下的苏州城，常言道：'上有天堂，下有苏杭。'苏杭二城美景名天下，令人羡慕。尤其今天是三月三，苏州城内有古刹大会，不用说更加热闹非常，我想咱大哥陶文灿也是个好动不好静的人，如果来到此地，岂有不来赶会之理，不如咱们弟兄进城去碰碰运气，如果在这里找到大师哥更好，若找不到大师哥，咱们也借此机会饱饱眼福，然后再离

开苏州,直达杭州去寻找大师哥。"通臂猿猴柴君亮说:"二哥,咱弟兄要在大会上寻找大哥一人,不亚于大海捞针,谈何容易,咱弟兄在一起是一条线,分开是一大片,不知咱弟兄们分开去找。""三弟言之有理。既是如此,三弟你领着五弟张坤,六弟张琼,七弟张永,你们四人辛苦辛苦,绕道进南门,我进东门。四弟张春。""在,你人送外号宝刀手,武艺超群出众,再加上北门道路近,你就独自一人辛苦辛苦进北门。""是!"分派已定,咱记住别人不讲,但说四英雄张春,百步走进北门一看,乖乖大会上这么多人,人头乱晃,那个头是俺大哥呀,干脆我喊吧,张春大汉心直嗓门洪亮,进北门可喊开了。"呔,大哥陶文灿,陶文灿大哥,你在哪里,我是您四师弟张春,来找你来了,听见我的喊声,赶紧搭腔吧。"他喊头一声,陶文灿就听见了,陶文灿心想,这不是俺四弟张春的喊声吗?咦,他来找我来了,这下可好啦。兄弟,你在哪儿,大哥在这呢,这是陶文灿的心腹想法,并没有讲出来。单说张春挤着扛着,走着喊着,正好来到陶文灿的身边。"大哥。"文灿心想,傻兄弟,你喊着找我,为啥不往下看呢,我咋能让俺兄弟知道,我站在他身边啊。想喊又喊不出口,眼看张春撞了上去,这一肘不偏不斜正好撞到张春的胯骨上。陶文灿心想:傻兄弟,你咋不往下看呢。"吞"一下,又撞了上去。张春这才往下一看,乖呀,这主咋长这样呢,伙计,你撞我的吗?"咦,占全啦,还不会说话呢。"哑巴,你撞我干啥哩?""嗯……"那意思是说:兄弟我原来就跟你一样高,自从在江心里喝了那个茶就出成这么高儿啦,人家给我个秤笸箩叫我要钱来啦,到了这碰上了你。张春会错意了。"咋?你是羡慕我长恁高,你是远方人,是要饭吃哩,拿个秤笸箩是要钱哩。伙计,你要的不是地方呀,你要是要到俺家,我张春拿的少就拿不出门,最少也得给你五十两银子。可是我是出来找俺大哥哩,带的盘费本来就不多,加上我张春个大饭量大,吃得多,花得泼,说身无分文是瞎话,身边就剩下这五十个铜钱了,就是给你完,也不够一句话钱。可是我要都给你啦,以后我拿啥花呀,再说不给你吧,你是个残疾人,实在看着可怜,不给你也怪不好意思。我先说,我给你的真不多,仨钱儿,虽然说仨钱不多,但是大会上人多得很,好心人有的是,我给你仨,他给你仨,三三见九,九九八十一,攒金多,分金少,积少成多嘛。给。"伸手入内,掏出三个铜钱,往秤笸箩内一放。陶文灿心中暗暗骂道:"张春呀张春,我是你掌门大师哥,你是我的四师弟。虽然说咱们是师兄弟,其实是师传,你的大多数武功都是我一招一式精心指点,特别是你的刀法是我口传身教、亲自传授,咱弟兄们就咱们两个感情最深厚,其他兄弟都羡慕咱们的感情,都妒忌咱们的感情。可是我今天被贼人陷害,站到你的面前你不但不认识,反而给我铜钱,叫我拿回去帮助贼人多害好人吗?"既然你不认我,我要你的臭钱干啥。两臂用力,抓住秤笸箩,"哗"的一声,三个铜钱飞出托盘,直奔张春面前打去。张春不慌不忙,一伸手"叭"把三个铜钱按在手中。"嗯,小哑巴,你不识抬举,你嫌少可以再伸手嘛。也不能打呀,多亏你是个残疾人,你要是个好好的、平常的人,我不揍你才怪,去去去,甭耽误我找俺大哥。大哥!"喊着要走。陶文灿心里想:兄弟你喊着我,为啥不认我呢。俺兄弟认我不认我,只要站在我的面前,就有认我的希望,但他这一走,我往哪儿找他去呀,我千万不能让他走。陶文灿主意拿定,张春刚一迈步,他把双手叉开"叭"抱住了张春的腿,张春一惊:"恩,小哑巴,我给你钱,你又不要,我走你又不让我走,抱住我干啥?丢开!""嗯……"意思是不丢开。你丢开不丢开,你不丢开我杀了你。张春这一句算说错了。咋?赶会的人年轻人占了一部分,大凡这年轻人都爱打抱不平,有几个年轻人一听,大个说要杀哑巴哩,听不下去了:"咋,都看大个子要杀哑巴。大会上恁些人,那哑巴就没有抱住别人,正好抱住他,还不是他对哑巴做了啥亏心事,就那还杀人家哩,胆不小,要敢,都不饶了他。"张春心中想:看臊气不臊气,昨晚做个梦,就知今不幸,给他三个钱,不但没有听到一个谢字,差点挨顿打,又落个对他有亏心事。中呀,哑巴,算我对你有亏心事。"丢开!嗯,你若不丢开我真杀你。"张春把背后的宝刀拔出,对准陶文灿"咔嚓"劈下来了,陶文灿看在眼里,想在心里,这一招是我教给俺兄弟的,是一虚招,俺兄弟是用来吓我的,可是我要不躲,这一刀就会砍在我的身上,这一招的奥妙只有我和我兄弟知道,只要我躲过这一招,俺兄弟是个明白人,肯定会想到我是他大哥。陶文灿心如电转,说话间张春已把刀举起来,"叭"一声劈了下去,陶文灿急忙把手一松,就地十八滚,滚向一边。咦,那几个年轻人可美透啦,"乖呀,那哑巴样不好还会武功哩呀,你看方才那手,不是就地十八滚吗?杀哑巴哩。伙计,甭吹啦,手里掂那刀,还不是木头砍哩,小孩子们拿住玩喽中,那两下子还不是跟他的师娘学哩,就那来闯江湖哩,甭充数啦,回去抢孩子去吧!"张春一听心中想:哑巴呀哑巴,今天我跟着你算叫人丢完啦,我本来想着吓吓你,让你丢开我算啦,谁料想一个刀是木头砍哩,招数是跟师娘学哩,不能闯江湖,就中抢孩子。"咦,哑巴,你躲,我张春今天杀不了你,张字就不姓啦。""看看,看人家大个多有本事,杀不了哑巴就不姓张啦。没事,不姓'张'姓我的'王',有人说姓我的姓,嘿,争着讨便宜哩。"张春咬牙切齿把刀往上一举,这一刀劈下,要把陶文灿劈成两半,眼看陶文灿性命难保。就在这时候,就听见背后有人高声喊道:"四哥,慢住。"张春听见这声喊,好像老鼠见了猫一样,吓得浑身乱打战,急忙把单刀往背后一插,慢慢回头。"七弟,少来这一套。"谁?不是别人,人送外号俏皮鬼,捣蛋虫,面条锅里长豆芽——撅尾巴的能豆,瞎话布袋张永。这张永连一句实话都没有,纯是瞎话,可是人家的瞎话说得有理有据令人相信。特别是雷万鹏,对他的瞎话最为赏识,他在雷万鹏面前告上一状,说罚跪,保险你站不了。早一月前张春因为鸡毛蒜皮子事儿,叫张永跑到雷万鹏面前,翻得一丈深一丈浅,硬是罚跪,面壁七天。张春啥时候想起来就觉得腿疼,众英雄谁都烦他,谁都怕他,可是越怕越不行。正在这时候,张永来了:"四哥,看看我说,咱弟兄们都是一样的出来找大哥哩,带的盘费差不多,俺吃赖的,你吃好的,俺住赖床铺,你住好床铺,我当你在哪弄恁些钱哩,谁料想你恁大本事,杀个瘸子,劫个围子,再杀个哑巴,就使这法弄的钱。""兄弟,你嘴上长圆留点德吧。谁杀哑巴啦?!""眼见为实,耳听为虚,我亲眼看见还能有瞎话。""你看见我杀哑巴啦?""你把刀举恁高是干啥哩?""你说刀举得高就是杀人哩。""兄弟,哥的个子高,身上背着刀,会上真些人,哥这刀又沉,走着走着突然松了,这刀要是从身上掉下去,不定碰住谁哩,耽误找咱大哥。我把刀拔出来又往里头插插。""唔,说半天不是杀哑巴哩。"谁杀他哩？哑巴，是他杀你哩吗？""嗯……"啥？四哥是你杀他哩。好哇，你不找咱大哥，在这杀哑巴，一会我见了师父，赖好告个状，再让你跪七天。"兄弟，你甭光说我杀哑巴啦中不中，你没有杀哑巴，找着咱大哥了？你找着大哥啦？""我找着啦，都跟你一样可找着了。我进城就找着大哥啦。""啊，兄弟，真哩？""啥时候说过瞎话。""哎呀，兄弟，咱大哥在哪儿呢？""咱大哥跟咱兄弟红孩，还有咱师父在饭馆吃饭哩。""兄弟这好事都叫你给摊上啦，你知道我和咱大哥，情同手足，义如同胞，不见咱大哥，快把四哥给急死了，走，领我去见大哥。""咦，就你这上嘴唇下嘴唇一碰，就叫我跟你一块去，我才不跑那闲腿哩，实话给你说，我刚进南门正好见咱大师哥，俺两个刚说几句话，咱师父领着兄弟红孩也来了。咱师父一见咱大哥高兴啦，说徒儿啦，半月来师父思念你心神难安，没有用过一顿饱饭，今天师徒相见勾起肚内蛔虫，走，进饭馆饱餐一顿。"走进饭馆，往那儿一坐，咱师父要报饭。我说："师父，您老人家用饭，弟子不饿，借此机会我到在会上玩玩，饱饱眼福。"咱师父说："好吧，张永，你就去玩吧，早晚玩足了、玩够了还往这找我。"我就出来了，刚到这儿，正好碰见你杀哑巴，我还没玩够，我才不跟你一块去哩。""七弟，既然你不想跑闲腿，你给四哥说，咱师兄在哪个饭馆里，我自己去找中不中？""真想问？""那还有假，真想问。""真不知道我的脾气？""咋？""为喝茶，掏钱给兄弟买壶茶，兄弟嗓子喝润，情给你说大哥啦。""七弟弟，你要给我说大哥哩，甭说一壶茶，十壶八壶哥掏钱。""先甭吹哩，给你说，赖茶我可不喝。""那你喝啥茶哩？""苏州城西关，有一个姑娘，人送外号盖三江玉美人陈侠姑，卖那茶五十两银子一壶，买一壶，让我喝了，好给你说大哥。""七弟，你四哥身上就剩下这五十吊铜钱啦，往哪儿给你弄五十两银子买一壶茶呢？""我也没说一定喝你的茶，你要不想见大哥……""哎呀，七弟，只要你给四哥说咱大哥哩，您四哥身上没钱，到西关给那姑娘磕仨响头，喊他三声老姑奶奶，给你换壶茶去。""先甭急。""这弄啥？""背着哑巴。""背着他干啥？""这哑巴主贵，背着能找着咱大哥，不背他找不着咱大哥，背着。""妥啦，老七，要你说背着他能找着大哥，背八年我也背。来吧，爬上来吧。"陶文灿闻听，心中暗想：七弟在平常弟兄们都烦你这瞎布袋儿，今天使上你这瞎话啦，要不是你说瞎话，咱弟兄虽然面对着，却犹如相隔千山万水。四弟呀，听七弟言下之意，咱师父也已来到，既如此，我就搂住你的脖子，啥时候见到咱师父我松开你，不见师父我搂死你也不松开。张春背着陶文灿，直奔三塘茶馆走去。下回书才引出群雄大闹苏州城。

好一位张春猛英雄，
这一回要去到三塘茶馆，
咱这里闭口不谈后来事，
回头来咱再说三塘茶馆，
但见她沉鱼落雁世间少，
上宽下窄瓜子脸，
两道柳眉弯又细，
鼻如悬胆一般样，
真好似西施重出世，
九天仙女临凡界，
你若问她是哪一个？
大姑娘坐在绣楼眼掉泪，
想当初我的父在朝把君奉，
常言道，忠良都把忠良爱，
咱两家门也当来户也对，
咱两个是同岁长到六岁整，
才把你送进俺的御史府，
在一起相处了六年整，
没有夫妻事有了夫妻情，
谁料想我父亲为官清正，
老奸贼八宝金殿奏一本，
万历皇爷听信奸臣话，
眼看看，俺全家命丧法场无人救，

身背大哥我师兄。
下回书群雄大闹苏州城。
把书岔开另有明。
绣楼上端坐一位女魁英，
闭月羞花容貌精。
真好似三月桃花粉妆成，
一双杏眼水灵灵，
樱桃小口一点红。
又好像三国貂蝉又重生，
月里嫦娥下天宫。
大姑娘陈侠姑赫赫有名。
思想起陶文灿奴的好相公，
官拜着传本御史名叫陈中平。
有道是惺惺相惜。
两家交好把亲事成。
咱两家二老商量通。
白天咱习文化，到夜晚练武功。
两小无猜，青梅竹马实在有情。
盼望着成大人咱们把亲成。
得罪了太师闫琦狗奸佞。
说我父与西夏有拉拢。
把俺家绑到法场问斩刑。
金殿上去保本多亏您爹俺的老公公。

你的父八宝金殿保一本，　　才保下俺全家活性命。
死罪绕活罪难免，　　　　　把俺爹爹削职贬为百姓。
临走时您父子把俺送，　　　你送俺送到十里亭，
十里长亭说的话，　　　　　倒叫小奴记得清。
你言说，随二老你暂回苏州地，等机会我把你搬进京。
把你搬到京都地，　　　　　咱们夫妻享华荣。
自从那日分开手，　　　　　随爹娘俺回到苏州城。
到家来二爹娘得下气恼伤寒病，他二老相继魂归阴城。
死了我的父和母，　　　　　撇下俺姐弟人两名。
为了养活我的傻兄弟，　　　开一座三塘茶馆过营生。
到后来，北京传来一个信，　言说是老太师又害了俺老公公。
害了您全家人三百多口，　　奴的夫陶文灿逃出京城。
离北京你已经三四余载，　　为什么不来我苏州城？
官人你若来到此，　　　　　为妻我把你收容。
若将来给咱爹娘把仇报，　　我也能助你半臂功。
谁料想今日盼来明日等，　　等来盼去落场空。
半月来，思念丈夫心神不定，懒下绣楼做营生，
快来吧，快来吧，　　　　　赶快来到苏州城。
官人你若来到此，　　　　　我满斗焚香谢神灵。

猛张春背着陶文灿来到茶棚。这一回不把茶馆进，一笔勾销话不明，这一回要把茶馆进，要闹个山崩地裂海水红。

第十一回　陶文灿巧遇陈侠姑

　　书接上回，话说陶文灿来到茶棚。同志们，你记好，往这儿喝茶的茶客没有上岁数的，尽是些十七八、一二十、二十啷当岁那些年轻的小伙们，有的是真正来喝茶的，有哩是借喝茶为故，来看看人家姑娘哩。由于姑娘长得好，人送外号盖三江玉美人，你可想而知姑娘长得有多标致了。尽管姑娘长得好，你也不能说来看姑娘，过来让我看看你，那能行吗？所以借喝茶为故。"掌柜的，来壶茶。"那你是卖茶的，不能不给人家倒茶，来倒茶的时候，乜斜乜斜眼看看。因此，人家姑娘的茶钱要得贵，五十两银子一壶，尽管如此，到这儿喝茶的茶客们仍然络绎不绝。今天是三月三苏州城古刹大会，会上人多，喝茶的茶客相应地就增加啦，旁边有一张桌围了几个英雄，谁？正是钻天鹞子欧阳修。众家弟兄在会上转了一圈，也没有见到大哥的踪影，弟兄们一商量，听说大姑娘陈侠姑，巾帼英雄，更长得漂亮，有心到茶馆，看看姑娘美貌，一饱眼福，二来也好切磋功夫，所以弟兄们就来了。可是来到这里一打听，人家姑娘思念丈夫，不愿下楼做生意，下边的生意叫丫鬟春桃照管着呢，弟兄们也不好意思马上离去，就要来茶，茶刚泡上，张春背着陶文灿来了。文灿一见众师弟都在这儿，心想：我方才还想搂着四弟脖子不丢开哩，谁知道我众家师弟在此，我还是先下去吧。陶文灿撑着要下来，张春把他往地上一放，大声一咳，众英雄一看，呀，是老四呀。"四弟，来来，我这里刚泡上的上等龙井，来尝尝啥味。""四哥，我泡的是一级茉莉花，来喝一壶。""四哥，我泡的地地道道河南汝阳雨荷毛尖。"可就是没人搭理张永，张永一见心中想：乖呀，瞅见四哥就像看见香娘娘儿啦一样，这个说尝尝，那个说品品，看见我就没人理我。哼，给我个初一，还你个十五，咱看谁的本事大。只见他找了一张空桌子，往那儿一坐，二郎腿一跷，膀子一扛。"四哥来壶茶。"中，给七弟倒上。众英雄一见心想：咋回事，今天老四又做错啥事了，又叫他抓住把柄啦？"哎呀，不是咪呀，老七知大哥在哪里呀！""啊，早些弄啥嘞，不说清楚。""嘿，七弟，二哥刚泡的上等龙井，连闻还没闻哩，给你都喝了吧！""少来这一套，知道你干啥哩。""兄弟，清楚人好讲话，糊涂人难缠。既然知道二哥的本意，那说说吧！""说啥？大哥吗？慌啥哩，真不知道我的脾气？""咋，咋还没喝饱哩。""正不想说啥哩，你甬问，给你问忘喽，才找不着大哥哩！""啊，要是那，七弟你可长圆甬忘。慢慢喝，早晚喝饱了，好说大哥。""放心吧，早晚喝饱了，再开始说。"众弟兄一看从张永嘴里问不出个所以然来，就又问张春："老四，老七咋会知道大哥在哪儿呢？""是这么这么一回事儿。"就把大街之事从头至尾讲了一遍，众弟兄闻听，"唔，原来如此呀。咦，这哑巴恁主贵呀！哑巴，既然有了你就能找到俺大哥，俺弟兄每人敬上你三杯香茶。"陶文灿闻听："嗯……"众英雄一见："呀哈，这哑巴就是聪明，我们就说每人敬上他三杯香茶，他又是使礼，又是作揖，说我们是英雄，哑巴，我们也称不起什么英雄，在大街上我四弟给你三个铜线，你打他，打得轻，使劲打，因为给你的钱太少了。今天俺弟兄一念起你是个残疾人，二念起有了你就能找到俺家大哥，我们给你的多又拿不起，给你的少又拿不出，以我为首，不多不少每人给你十串铜钱。""二哥，我的多，我二十串。""咦，还是七弟你大方。""二哥，你先垫上。""啊，要是那，你别恁光棍儿啦，还是一人十串。"陶文灿一见："嗯……"众弟兄一看，咋了，向我要二十串，向他要三十串，咦，拣人要哩，就这吧，每人十串。几十串铜钱往秤笡箩里一放，文灿心中想：好呀，我站在你们面前不认我，我要这些钱干啥，两臂用力，抓住秤笡箩一掀，"哗"一声几十串铜钱脱盘而出，直奔众弟兄面门打来。众英雄措手不及，想接是接不住啦，因此是躲的躲，闪的闪，"啪"的一声，几十串铜钱打到了粉壁墙上。众英雄一见："嗯，小哑巴，果然不识抬举，在大街上我四弟给你三个铜线，你打他还好说，嫌少。俺弟兄给你的真不算少啦，你不能打我们呀，像你这样的人，留在世上实在是受不清的洋罪，干脆我打发你去西天极乐世界去享福去吧。"众英雄摩拳擦掌，要伤害陶文灿，张永坐在一旁动也没有动。"嗯，中，我说你们恁对脾气哩，谁料想都会杀哑巴！要不想要大哥，情杀啦。""哑巴，站那儿甬动，叫他们杀，谁敢动你一根毫毛，一会儿我见俺师父赖好先告一状，叫他一人跪七天。"他这么一说，谁也不敢了，不是怕跪七天，而是怕杀了哑巴，找不到大哥。楼下边这一阵高声喧哗，楼上早已惊动盖三江玉美人陈侠姑，大姑娘正在楼上思念自己的丈夫，听见楼下边一阵高声吵嚷，但见她叫道："丫鬟过来。"丫鬟春桃来到近前。"伺候姑娘。""不用伺候，春桃，我问你楼下边何人高声吵嚷？""姑娘，我不知道哇。""那你在做什么？""我在茶坊烧茶呢。""丫鬟去到在楼下看看何人在那里高声喧哗。""是。"小丫鬟春桃一转身来到楼胡梯下。单说陶文灿被张永一句话救了性命，感激万分，一转身往张永跟前来，他这么一转身，就看见从楼上下来一个丫鬟，心中想这丫鬟我在哪里见过她，十分的眼熟。啊，她不是我妻陈侠姑在北京时使那丫鬟春桃吗？她咋会来到这呢？方才在大街上我七弟说得多么清楚，要喝苏州城盖三江玉美人陈侠姑卖的茶，想想偌大个苏州城能有几个盖三江，能有几个玉美人，能有几个陈侠姑，不就我妻吗？我咋把我妻给忘掉啦，当初在北京之时，我和我妻相处了六年之久，这丫鬟肯定认识我，我找丫鬟去。你看他一瘸一拐就往跟前去，喝茶的茶客一看，乖乖呀，就那鳖样还知道丫鬟是女人哩，去找丫鬟去了。丫鬟闻听羞得面红过耳，"哑巴，你站住，站住说话。"说站住站住，陶文灿一伸手"腾"可拉住了。"乖乖，拉住啦，拉住啦。"小丫鬟咬牙切齿，心中暗骂："小哑巴，去你奶奶的吧。"一抬腿"叭"一脚，跺了上去。小丫鬟从小就跟着姑娘，受到了姑娘的熏陶，虽说功夫不济，但是招数她懂哩，她一脚不偏不斜，正好跺在陶文灿的心口上，把陶文灿跺了个仰面朝天，一口气没有上来，背气而亡。陶文灿被跺死了，手里还掂着秤笸箩哩。丫鬟赶紧跑到楼上，"姑娘。""丫鬟，楼下何人高声吵嚷？"丫鬟心想：俺姑娘可是个大善人，爱好周济穷人，我要说把一个哑巴给跺死了，俺家姑娘定要责怪于我。对，半月来俺家姑娘思念俺家姑爹，不如我糊弄糊弄她，我就说俺姑爹来了。我一说俺姑爹来了，我姑娘心里一高兴，就不责怪我了，想到此说："姑娘你猜谁来了。""丫鬟，谁来了，你怎高兴。""姑娘，下边来个男人，你知道长得多奇。""啊，春桃，是你姑爹吗？"咦，她一听说来个男人，就疑惑是自己的丈夫来了。对了，昔日陶文灿在北京之时，由于文武双全再加上长得漂亮，所以南七北六一十三省无人能及，普天下人称第一美男子、奇男子。所以她一听来个男人长得奇，就疑惑是自己的丈夫。"姑娘，是俺姑爹不是俺姑爹，咱们已经分别这么多年了，究竟是不是一时半刻我也认不清他，你下去一看就知道了。""丫鬟，半月来你姑娘思念你家姑爹，寝食难安，懒得梳妆打扮。常言道，弹琴为知音，理妆为情人。今天我就这个模样，披头散发下得楼去，去见你家姑爹，恐怕有辱你家姑爹清视。春桃，去，你赶快给我打一盆洗脸水来，给我梳妆梳妆，打扮打扮，下得楼去，好去见你姑爹。"丫鬟心里想：我的老天呀，我诳她哩，她当真哩，还梳妆打扮哩。可是我现在要给她说实话，我说我糊弄她哩，不用说，俺姑娘更加责怪于我，干脆一糊弄到底吧。小丫鬟转身下楼，直奔茶房给姑娘舀洗脸水去了。

看个姑娘女红妆，	一心去看俊美少年郎。
丫鬟舀过洗脸水，	大姑娘分开青丝巧梳妆。
一缕青丝分三缕，	红绳扎到顶心上。
前梳昭君抱琵琶，	后梳妲己殷纣王。
左梳燕子三朝水，	右梳猛虎窜山岗。
蜻蜓戏水真好看，	还有童子拜花堂，
七根小簪别北斗，	白银簪子两头忙。
一双杏眼羞含露，	两道柳眉弯又长。
南京官粉净了面，	胭脂点到嘴唇上，
穿一双绣鞋沙木底，	有两朵菊花绣顶上。
金银戒指手上带，	八幅罗裙随风扬。
丫鬟春桃前领路，	后边紧跟大姑娘。
大姑娘轻易不把楼来下，	下楼来步步有明堂。
头一步迎春花刚开放，	二一步油菜花开满地黄，
三步走个桃花瓣，	四步刺梅开架上，
五步石榴红似火，	六步荷花水上双，
七步凤仙头低下，	八步风吹桂花香，
九步菊花开得俊，	十步佛手铺满堂，

十一步走个雪花纷纷下，　　十二步蜡梅闻雪香。
大姑娘走够十三步，　　　　下了胡梯十三桩。
来到楼下四处望，　　　　　不见那奇男人在哪方。

"春桃,你说的那奇男人呢?""那不是,姑娘,在那躺着呢。""啊,就那你说长里可出奇。""姑娘,你看人家奇不奇,前鸡胸,后罗锅,镰把腿,拐胳膊,走路一瘸一拐,一眼大,一眼小,又不会把话说,那不占全啦。""就那你说是个奇男人。""姑娘,你看他是个女人吗?俺也没给你说是好得出奇,还是赖得出奇。""哦,死丫头,你是糊我哩。那他躺下干啥?"姑娘,是这么这么回事儿,"哦,春桃你那本事不小哇。你姑娘我就是见不得这些人,我看见就可怜,瞅见就心疼,我周济还周济不过来呢,你竟然把他一脚跺死。""你使哪个脚跺咧?""我就使右脚跺哩。""去,把他抱在你怀里,喊,喊醒了倒还罢。喊不醒,你使右脚跺哩,我就把你的右蹄子砍下来。"丫鬟听了不敢怠慢,上前抱住文灿喊道:"哑巴醒来,哑巴醒来……"

小丫鬟把文灿抱在怀里，　　小哑巴连连叫几声。
哑巴呀,方才都怨小奴太粗鲁，还望哑巴把眼睁。
今天你要是不睁眼，　　　　俺姑娘岂能把我容。
小丫鬟"哑巴哑巴"连声喊，　再说文灿少英雄。
陶文灿行至阴间路，　　　　面前闪出枉死城。
城关外悬挂灯两盏，　　　　一盏昏来一盏清。
放着昏灯不敢走，　　　　　顺着清灯往前行。
就听见耳旁有人喊，　　　　高一言来低一声。
慢悠悠睁开双眼看，　　　　原来是小丫鬟她把我抱怀中。

哦,还不是把我跺死啦,才认出我是他家的姑爹,把我抱到怀里多亲啦。丫鬟一看他睁开了眼,就把他往地上一放。"姑娘他醒啦。"陶文灿听见丫鬟喊一声姑娘,精神为之一振,"卜楞"声抽身站起一看,旁边站着的不是别人,正是自己阔别多年的未婚贤妻盖三江玉美人陈侠姑。你看他掂住秤笸箩一瘸一拐就往跟前来,喝茶的茶客一看,"乖乖呀,就那鳖样,癞蛤蟆想吃天鹅肉哩,你看他还知道姑娘比丫鬟强,又找姑娘去了。"大姑娘听这番话,当然也不高兴,不过这姑娘城府极深,涵养很好,听了这话,虽说心里不高兴,但是面上不露声色,"哑巴,站住,你留步说话。"文灿心想:光棍不吃眼前亏,我妻的功夫比丫鬟高出何止是千倍万倍,我再一个劲地往前凑,若她恼怒,她再踩我一脚,今天我这个命非搭上不可,我还是站这儿说吧!想到此,往那儿一站,姑娘问:"哑巴,你是干什么的呀?"。"嗯……"那意思是说:"我原来高着哩,自从在江心喝了杯茶就变成真高儿啦。人家给我个秤笸箩,让我要钱来啦。到这碰见你,我是你丈夫,咱俩是两口子呀!"姑娘说:"你是远方人,要饭吃咧,手里拿个秤笸箩是要钱哩。丫鬟,去到姑娘楼上,把我的柜子打开,纹银给他取出五十两。"是,丫鬟转身走啦,一边走心中想道:俺姑娘可真大方,开口就是五十两。哑巴,方才踩你一脚实在对不起了,你以后摸着门,情光来了,来几趟就发大财啦。张春一听说道:"兄弟,这姑娘可真大方,开口就是五十两。岂不知这哑巴不识抬举,给钱越多,挨打越狠,你看吧,一会就该挨打啦。"张春话音刚落,丫鬟拿着一个元宝五十两下来了,把元宝往秤笸箩里一放。陶文灿一见,咬牙切齿心中暗骂:好你个小贱人,当初一日,咱两个在北京之时,白天习文,夜晚练武,在一块相处了六年之久,两小无猜,青梅竹马,虽没有夫妻之实,但也已经有了夫妻之情。可是今天我被贼人陷害,站到你的面前,你不但不认我,反而给我纹银,难道让我拿回去帮助贼人多害好人吗?既然你不认我这个残废丈夫,我还要你干啥,干脆我把你贱人的面貌给你毁了,叫你一辈子见不得男人。想到此,抓住秤笸箩,"叭"的一声直奔姑娘面前打来,这一下连秤笸箩也打上去了,大姑娘根本就没有提防他会来这一手,措手不及,想接也接不住了,只好往下一蹲。五十两银子从头顶飞过,"日"一家伙直飞姑娘绣楼以上,就听见"叭啦"一声,姑娘叫道:"哎呀,我的妈。"咋回事?姑娘的楼上迎门靠后墙放着一张三格玻璃橱窗,按现在说,玻璃算稀松之物,大不了就是十几块钱一平方,可是那时候,玻璃算是无价之宝哩。尤其是这三格玻璃橱窗是西夏国进宝进来的东西，万历皇爷念传本御史陈中平是个千国忠良，就把这玻璃橱窗赐给他当传家之宝。老两口儿被贬职为民，回到家中，得下气恼伤寒的时候，就把女儿叫到近前说："儿啦，爹娘是不行啦，眼看要与世长辞，临死也没有啥给你遗留，只有把这御赐之物三格玻璃橱窗留下，当咱的传家之宝，还望你把它好好保留下去。这姑娘打发二老入土之后，把爹娘的遗物视为自己的性命一般，爱如至宝。可是陶文灿这一元宝不偏不斜正好打在这三格玻璃橱窗上，"叭啦"一声，打了个粉碎。大姑娘痛彻心扉呀，心中想：哑巴呀哑巴，我给你的银子不算少啦呀，你若真嫌少，还可以伸手，我还可以给你，我不是吝啬之人哪。但是你不该打我，你就是把我打伤了我也不恼呀，你不该把俺爹娘的遗物打个粉碎，我对不起俺爹娘的在天英灵，像你这样的人留在世上，实在是受不清的洋罪，干脆我打发你往西天极乐世界去报道去吧！常言道，最毒女人心。这个姑娘要说她善，她比谁都善良，要说她毒，那个真是奇毒无限。这姑娘跟别人还不一样，心里越气，面上笑哩呀越甜："哑巴，我方才说出来给你五十两，实在是太少了，真拿不出来。你既然嫌少，不愿要，我这里还有十枚金钱哩，你拿去花吧。"说着伸手入怀，掏出十枚金钱，往手里一摆，三枚摆成龙头，七枚摆成凤尾，陶文灿一见，激灵灵打个寒战，暗暗骂道：小贱人，你的心真狠哪，你能骗了别人，能骗了我吗？这十枚金钱叫作龙头凤尾金钱镖，是河南嵩山的少林寺、大明朝二十五代真传大弟子自修禅师独创的绝技，那自修禅师把这绝技传授给他的俗家弟子俺爹，俺爹又把这镖法传授给我。六岁时把咱们俩送在一起，在一起相处了六年之久，那时候我爱你爱至深处，把俺爹教给我的镖法传授给你，并且又把这十枚金钱交给你，当咱的定亲信物。谁料想，你贱人甚工心计，以我交给你的金钱，加上五毒，做成"五毒龙头凤尾镖"。这五毒龙头凤尾镖打到别人身上，当时没有啥，过了七天七夜，就要自化脓血。众目睽睽之下，你声言给我十枚金钱，叫我拿回去花，别人不知内情，暗里还夸你是个仗义疏财的女中侠客，可暗地里你要害我性命。小贱人，你的用心何等狠毒呀，悔不该当初一日，我把镖法传授给你，今天又用我的镖法取我的性命，这才叫以其人之道还治其人之身哩。也罢，你无情，我无义，干脆我还把我的镖收了吧。文灿心如电转，说时迟，那时快，大姑娘已经把镖摆好了。"哑巴，这十枚金钱你拿去花吧。""叭"一声对准陶文灿前心打来，陶文灿急忙后退三步，一纵身，一伸手"腾"把镖给接住了。姑娘一见："啊，春桃，他真是你家姑爹。""咦，你去你的吧，俺姑爹就那种鳖样。""春桃，这镖法是您姑爹教给我的，普天之下，只有你姑爹会打会接，我会打他会接，今天他接住了我的镖，不是你姑爹又是谁呀。""姑娘，你是光认镖不认人是不是，俺姑爹逃出京都已经三四年之久。男子汉大丈夫很爱结交朋友，一旦结交了朋友，就应该共心底，把他的绝技传授给他的朋友，他朋友哩朋友的朋友，再传授给他朋友哩朋友的朋友。或许是在对练的时候被这哑巴偷看了，或许是那个哑巴偶然地接住了。你要是光认镖不认人，来一个会接哩你认住了，来两个会接的你认住了，你要认十个八个，那你可搂住了。""丫鬟你说说咋办。""俺姑爹会接还会打，这哑巴会接不一定会打，你问问他看他会打不会，如果会打，那就有可能是俺姑爹。""好，待我问问他。""哑巴，我把这十枚金钱给你了，我又后悔了，还请你把它还给我吧，我这里还有十根金条哩，你拿去花吧！"陶文灿心想：说什么嫌钱少，分明是见我接住了钱，怀疑我是她的丈夫，试我会打不会。如此说来，足见我妻对我有情有义，既然你有情，我有义，我还还给你吧。"嗯……"意思是招呼好，我可打啦。但见陶文灿把金钱往手心里一摆，对准大姑娘前心打来，大姑娘学陶文灿的姿势，倒退三步，一纵身，"腾"可接住了。"丫鬟，他真是你家姑爹。""姑娘，我看还不是。""春桃，你看他既会打，又会接，咋还不是呀。""姑娘你忘了，当初一日你和俺姑爹在北京之时，你两个白天习文，晚上练武，俺姑爹文武双全，习就的双手会写梅花篆字。这哑巴不一定会写字，你问问他，看他会写字不会，如果会写字，那就可能是俺姑爹。""好，待我问问他。""哑巴，你会写字吗？"陶文灿闻听埋怨自己，咦，陶文灿那陶文灿，我受罪死，就不亏，我咋把写字给忘啦。我要早些想起来写字，也不会……"嗯……"意思是说我会写，不但会写，我双手都会，借你的笔墨一用。"丫鬟去，赶快到在姑娘楼上，把那文房四宝给他拿下来，去。""是。"丫鬟转身去到楼上把文房四宝——笔墨纸砚一应取来，把纸往桌面上一铺，说："哑巴，你写吧，把你姓啥名啥家居哪里，为何到此给我写个清楚明白。"陶文灿挥笔就写，刚写两行，这时张永把杯放下不喝了。众兄弟一见："老七，喝饱了吗？""差不多了。""那就开始说吧。""说啥？说大哥吗？"张永心里想：哪龟孙知道大哥在哪里，大街上我无非为了捉弄俺家四哥。可是他们要问我，我若说实话，说是捉弄四哥哩。哼，别说俺四哥啦，他们谁也不会愿意我，对，推一时是一时。"慌啥哩，人见若奇物，必然寿限长。哑巴会写字，你见几回？等着，等看了哑巴写字，我好给你说说大哥。""七弟，咱兄弟斗大的字识不了两升，谁识字呀？""您不识字我识字呀。""看不出七弟还识字呀。""不咋着，虽然说蚂蚁尿书本上——湿（识）字不多，但是比你强。我看着，念着，你听着。""好好，既然如此，七弟你念，俺弟兄洗耳恭听。""嗯，字字黑嚓嚓，个个柯杈都朝下，明年好收成，咱都种芝麻。""人家写的是姓名，与种芝麻何干呢？""咋，嫌我念的不好，你念吧，我不念啦。"文灿心想：七弟你别再充了，我能不知道，你们都识字不多吗？干脆我运用我的梅花篆字写给我妻知道，叫她给我报仇雪恨。想到此，挥笔在手点点如桃，撇撇如刀，笔走龙蛇，杨柳栽花，可就写起姓名来了。

大少爷七寸竹竿掂手中，　　只见他龙飞凤舞字迹妙明，
上写着：小姐把我问，　　　我非是少姓无名人。
祖居北京城一座，　　　　　有一个陶字传万冬。
大少爷写的本是梅花篆，　　只有姑娘才能认清，
刚刚写个大陶字，　　　　　就听见"腾腾"传来脚步声。
文灿一惊抬头看，　　　　　有一个迈步进茶棚，
若问来了哪一个，　　　　　来了贼人叫刁龙。

陶文灿刚写了个陶字，究竟是陶文灿不是，尚争两字，大姑娘想认还不敢认，不敢认还得要认。咋？再说不认吧，面前这个小哑巴，

既会打镖，又会接镖，家居北京，并且姓陶，种种迹象表明，他就是自己的丈夫。可是北京城姓陶的不止陶文灿一家，再说自己的丈夫是个美男子，面前这一位是个丑八怪，因此还不敢冒认。大姑娘正在进退两难、模棱两可之时，刁龙就来了。他咋来恁巧哩？因为刁龙吩咐一百个哑巴进城讨要银钱，已到中午，一百个哑巴回来了九十九个，就差药引子没有回来。你想啊，一服药配得再齐，没有引子不成事儿，这家伙就吩咐他兄弟刁虎在船上看守那九十九个哑巴，他进城找陶文灿来了。刚到北门，正好碰上在大街上为陶文灿打抱不平的几个年轻人，这几个年轻人在会上转了一圈，又来到这里，见景生情，又想起大个杀哑巴啦，其中有个二愣子，嘴里不干不净骂开啦："方才那个杀哑巴的人我早就看不上眼了，就是我不会武功，我若会武功，今天我非揍他不可。"有一个人说："哎呀，你别骂啦，那哑巴又与你没啥瓜葛嘛。""就那我也不愿意。""人家又没杀吗？""就那我也不愿意。"你不愿意能咋着，啥时候走到这儿，你也要骂一通吗？""那说不了。"他两个在这一说惊动了刁龙，刁龙一听他两个说话涉及一个哑巴，急忙上前说道："咹，我说伙计，你说那哑巴是谁呀？""我知他是谁？""那大个他是谁呀。""我知道他是谁？""那大个为啥杀哑巴？""我知道他为啥杀哑巴？""杀了吗？""没有哇。""弄哪儿啦？""背跑了。""背哪去了？""打听的真多，背苏州城西关盖三江玉美人陈侠姑开那三塘茶馆里，喝茶去了。""那哑巴长的啥样？""要说那个哑巴长哩真可怜人，前鸡胸，后罗锅，镰把腿，拐胳膊，走路一瘸一拐，一眼大，一眼小，又不会把话说，手里还掂个秤笸箩。"说哩才清哩，这家伙一听可美透了，一转身，不多一时就来到了三塘茶馆。刚才陶文灿写了一"陶"字，正好刁龙来到，走上前一伸手"腾"可扑住："哑巴，你才跑到这儿来，走走，回家吃饭去。"同志们你想想，陶文灿能走吗？姑娘能让他走吗？姑娘喊了声壮士，这才惊动了刁龙，回头一看，才发现旁边还站个姑娘哩。心中想：哎呀，我的妈呀，这姑娘咋长的，那个头，那个脸，那个鼻子，那个眼儿，那个身子如笔杆，那个手不大点儿，不洗手擀面片儿，不饥不饥七八十来碗，喝的那肚脐一眨眼儿一眨眼，松松裤腰带，还能喝两碗，打个饱嗝，能喝半碗。这姑娘咋长恁漂亮啊。"壮士，您贵姓？""姑娘，不客气，在下我姓刁，名叫刁龙。""唔，刁龙，刁壮士，这是您家的哑巴吗？""是啊，这是俺的哑巴！""那他姓甚名谁呢？""说起来实在惭愧，事情是这样的，俺爹和俺娘都是吃斋行善之人，为了给我们兄弟济得五男二女，就在俺家后院盖了一座积善堂，广收天下失去劳动能力的人，打个比方说，瞎子、瘸子、拐子、围子、哑巴，反正是不能用体力劳动去养活自己的人，俺家都把他们无条件养起来，其中光哑巴就整整收养了一百个。可是，这个哑巴比别的聪明。他也不知道是从哪里得知今天是三月三苏州城内古刹大会，背着俺二老，出来赶会来了。到在中午该吃饭了，一点人数，就差他自己，俺爹跟俺娘把我们兄弟叫到跟前狠狠地教训了一顿，叫我出来找他哩，我跑遍了苏州城才在这见到了他，姑娘多有打扰。哑巴，走，随我回家吃饭去。"姑娘说："刁壮士，你且慢来，要按你说你们家是在行好，无条件地在养活他们，可是常言道得好，坐吃山空。哪怕你家有座金山，养活那么多不劳而食的闲人，天长日久不就把您家吃穷了吗？一旦您家被吃穷之后，天下哪儿还有这样的好心人去养活他们，到那时他们不仍然得忍饥挨饿吗？再说人各有志，有道是有力吃力，有智吃智，他们失去了劳动能力，不能用体力劳动去养活自己，就不能用旁的办法去养活自己？像这个哑巴，他会写字，就不会写字去卖钱，用自己的双手挣来的钱养活自己，不更心安理得吗？你看你的哑巴写的字十分漂亮，令人爱见，你既然来了，就让他给我写吧，不过写字不让他白写，你记住他给我写一个字我给你十两银子，圈一个圈儿，我还给你十两银子，点一个点儿我照样给你十两银子。"刁龙一听心中想：乖呀，陶文灿，怪不得你的心能当药引子。你就比别人主贵呀，那九十九个哑巴出来半天总也没有要回十两银子，你就写一个字十两，圈一个圈儿十两，点一个点儿也十两。哼，好你个小丫头，想你开了个小小的茶馆能有多大的本钱，如此狂妄自大，眼空四海，目中无人。既然你如此夸下海口，冒下狼烟。那么好，我就叫他给你写，写的多了你拿不起银子，我就可以名正言顺地拿人抵债，把你拉到高山给我拜堂成亲。想到此就说："好，既然姑娘爱见他的字，那就让他给你写吧，多写点儿，写吧。唉，写字难，点点儿快，光点点儿啊！"陶文灿心中暗骂：贼人，我光点点儿？我才不点点儿呢，我要把你怎样害我给我妻写个明白，让她给我报仇雪恨，想到此挥笔而就写起来了。

  祖居北京城一座，　　　　　有一个陶字传万冬。
  陶彦山本是俺天伦父，　　　忠心耿耿保大明。
  俺娘本是柳氏女，　　　　　曾受皇王三次封。
  我的名叫陶文灿，　　　　　陶文斌本是俺兄弟名。
  只因为我的父居官清正，　　得罪了太师严琦狗奸佞。
  老奸贼与贱妃把计定，　　　害了俺全家人命丧黄泉。
  苍天不绝陶门后，　　　　　陶文灿我独自逃出京。
  逃出北京城一座，　　　　　荒郊里没人冷清清。
  有处来无处往，　　　　　　我挨门乞讨过营生。
  陶文灿我本是官宦后，　　　挨门乞讨嫌脸红。
  七天七夜未尝饭，　　　　　那时候我饿死半路中。
  陶文灿我饿死中途路，　　　偶遇着紫阳真人下山峰。
  紫阳真人把我救，　　　　　他把我救到紫霞高山峰。
  高山上救了我的命，　　　　又收我当徒弟传授武功。
  在高山学武艺将近一载，　　俺师父才叫我下了山峰。
  临下山俺师父对我讲，　　　他叫我杭州找舅去搬兵。
  也是我路过三江渡口，　　　偶遇着贼人刁龙刁虎。
  茶中下毒把人害，　　　　　害得我陶文灿没了人形。
  只害得陶文灿没人样，　　　又叫我要银钱到苏州城。
  鬼使神差来到此，　　　　　得与贤妻两相逢。
  贤妻呀面前站的就是刁龙贼，还望你给我报仇杀刁龙。

  文灿写着，姑娘看着，文灿写罢，姑娘看了，不看则罢，这一看大姑娘气炸心肝肺，怒打顶梁起，恶向胆边生。不过这姑娘跟别人不一样，心里越恼，面上笑得越甜："刁壮士，你看你的哑巴已经住笔不写了，你数一数，查一查，标上一标，看看总共几个字、几个点儿、几个圈儿，能值多少银子，我去给你取银子。""好，姑娘去吧，去吧！要是钱不够的话跟我一块到俺家，与我拜堂成亲好啦！""好，你等着。"大姑娘一转身上楼了。姑娘来到楼上收拾个头紧脚紧腰紧一连三紧，一伸手"腾"从墙上拽下一口游龙宝剑。大姑娘柳眉倒竖，杏眼圆翻，磋碎口中银牙，挪动金莲来到楼下，用手一指骂道："刁龙，你个王八蛋，你不该茶中下毒害了姑奶奶我的丈夫，我要给丈夫报仇雪恨，与你势不两立，看宝剑。"哗啦啦一剑，刁龙一见急忙闪身躲过，一伸手从背后拔出单刀，眼看姑娘就要动手，这时候惊动了钻天鹞子欧阳修、宝刀手张春，这个说"四弟"，那个说"二哥"。"这姑娘长这么漂亮，人家丈夫长得会赖，竟被这小子茶中下毒害得如此模样，真是可惜呀。咱弟兄路见不平，拔刀相助。帮姑娘打龟孙。"众家弟兄眼看就要动手，这时候张永说话啦："干啥咧，找事儿哩不是？咱师父是叫咱出来找大师哥哩，不是叫你找事儿哩？我告你说，咱在山东济南府之时，常听武林同道说大姑娘陈侠姑武功超群出众，是个女中魁首，巾帼英雄。但是久闻其名没见其面，有道是闻名不如见面，见面胜似闻名，今天有这个机会，咱们何不饱饱眼福呢，看看大姑娘是否有真才实学，还是浪得虚名。倘若大姑娘确有真才实学，又何必咱们多此一举呢？如果大姑娘不是他的对手咱们再帮她不迟，若是盲目动手，找出事儿来耽误了找咱大师哥，咱师父怪罪下来，谁人承担这个责任呢？"张永一番话说得众家兄弟息了怒火，坐下饮茶观战。却说贼人刁龙看在眼里想在心里，自己叫着自己的名字，刁龙啊刁龙，常言道得好，好男不和女斗，好狗不和鸡斗。光天化日，众目睽睽之下，我刁龙与一个女子交手，就是打败她也未免胜之不武，再说方才那几个年轻人已看不上了，我若真的打败了她，他们拔刀相助，来一个群起而攻，可有我刁龙的苦头吃啦。也罢，三十六计走为上，不如我如此如此，这般这般，把她骗到荒郊野外，然后我再施展擒拿法，把她活擒活拿拉到高山给我拜堂成亲。想到此把单刀一摆说声："丫头，你家刁大爷不是你的对手，我去了。"打个箭步蹿出茶馆。姑娘道："刁龙，哪里走，我要与丈夫报仇雪恨，撵你去了。丫鬟看好你家姑爷，待我去追赶贼人刁龙。"

好一个姑娘女魁英,
打个箭步离茶馆,
大姑娘一边追赶破口骂。
吃了熊心豹子胆,
你害了别人我难容忍,
姑奶奶与你何仇恨,
今日里我要给丈夫把仇报,
大姑娘口里骂着紧追赶,
两个人一个跑来一个撵,
胆小的藏的藏来躲的躲,
转眼间来到十字街口,
刁龙一看没路走,
抱拳秉手躬打下,
大姑娘你暂息雷霆怒,
尘世上美貌女子我见多少,
你好像九天仙女临凡尘,
今一天咱二人若交手,
倘若是姑娘你武艺好杀了我,
倘若我失手伤了你,
你要听了我的话,
随我到在高山上,
只要你与我成婚配,
刁龙贼无羞无耻往下讲,
大姑娘用手一指破口骂,
你家中也有姐和妹,
你娘要说不愿意,
你的娘拉住你妹子把儿媳叫,
你拉住你的妹子叫贤妻,

游龙宝剑搭手里。
顺大街追赶贼人叫刁龙。
骂一声贼人刁龙狗娘生。
你竟敢茶中下毒害生灵。
更不该又害了俺相公。
你不该害我的丈夫没人形。
拿住你刮骨熬油点天灯。
顺着大街往前冲。
惊动了赶会的老百姓。
胆大的跟在身后看究竟。
人群围个水泄不通。
但见他停住步打了一躬。
连把姑娘尊几称。
我刁龙有话对你明。
都没有姑娘你的容貌精。
又好像嫦娥离开广寒宫。
怕只怕二虎相斗有险凶。
死在了姑娘剑下也高兴。
可惜了你的好面容。
咱两个免去干戈罢斗争。
咱们两个把亲成。
管叫你荣华富贵享不清。
怒恼小姐女魁英。
骂声贼人叫刁龙。
为什么不拉住你的妹子把亲成。
你说亲上加亲亲九层。
你妹子拉住你娘把婆母称。
你妹子拉住你龟孙喊相公。

你兄妹二人成婚配，
过上三年并两载，
喊你爹叫你舅，
你真是墙上长草飞来的种，
种棵萝卜出白菜，
我料你站那儿不能顶塌天，
今一天犯到我的手，
大姑娘咬牙切齿骂破口，
姑娘啊，要骂你捡狠处骂，
你骂得少了不济事儿，
你若是骂的肚中饿，
你骂的言语垛成垛，
常言道掏钱难买女人骂，
刁龙贼少廉寡耻往下讲，
大姑娘闭口不语把手动，
游龙剑一路甩开分三路，
只打够九九八十零一路，
刁龙打着心暗想，
在高山领了爹爹令，
谁料想药引本是她丈夫，
倘若是一招失手把命丧，
也罢，不免我今天下毒手，
配成一服延寿丹，
只要是我的父长生不老，
八宝殿推翻万历主，
俺的爹面南登龙位，
到那时刁龙我身为皇太子，
想到此刁龙贼暗把真功用，
上八刀砍个雪花来盖顶，
左八刀砍个龙戏水，

风风流流过几冬。
你妹子给你生个小姣儿。
我看你龟孙咋答应。
盘子内栽花根子浅。
你龟孙盘算的咋恁精。
坐下不能把地压崩。
我叫你找妈再托生。
刁龙贼哈哈大笑两三声。
你骂的言语真好听。
就破上三天三夜仨五更。
我端吃捧喝来侍奉。
你放心套车往俺家里拥。
你骂的越多越受用。
气坏姑娘女魁英。
游龙宝剑带风声。
三路又把九路乘。
倒叫刁龙吃一惊。
自己叫着自己名。
下山来与俺爹来配延寿丹。
我怎能贪恋女色手下留情。
是何人给俺的爹爹延寿命。
打发丫头归阴城。
给俺爹爹延寿命。
率领大兵反北京。
扶起俺爹把基登。
我刁龙小王千岁把太子称。
普天下美貌的女子我享受不清。
手中单刀带风声。
下八刀砍个古树盘根。
右八刀砍个虎登山。

前八刀砍个仙人来探路，　　后八刀砍个老君把炉封。
刁龙砍罢中八刀，　　　　　两个人一男一女分不清。
大姑娘打着心暗想，　　　　暗暗骂声贼刁龙。
刁龙贼做事儿实可恨，　　　好不该害了俺相公。
俺丈夫美男子被你害成丑八怪，我不心疼谁心疼。
今天我若杀不了你，　　　　怎对起俺夫妻昔日好恩情。
大姑娘越思越想心越恼，　　一口怒气往上升。
姑娘犯了武林忌，　　　　　怒气攻心犯肚疼。
肚中疼痛如刀搅，　　　　　头发晕眼发花直冒金星。
浑身发麻两膀软，　　　　　剑法散乱难斗争。
剑法散乱难取胜，　　　　　喜坏贼人叫刁龙。
刁龙一见心欢喜，　　　　　连把丫头骂几声。
阎王爷鬼门关上把你等，　　我打发你森罗殿上去报名。
说着话单刀空中举，　　　　对准姑娘下绝情。
单刀不落有命在，　　　　　单刀落下难活成。
眼看姑娘命危险，　　　　　南门外有人迈步走进城。

　　眼看姑娘性命危险，南门外走来一人，身高丈二，膀开一弓，脑袋瓜子跟柳斗样，俩眼一瞪茶缸子样，秤锤鼻子四指恁高，下巴颏儿七八寸恁长，胳膊一伸二檩样，拳头一攥半升样，把手一伸簸箕样，指头一律跟小棒槌样，腰跟那砂缸样，腿跟那二梁样，脚跟那小石碑样，屁股跟抬粪筐样。谁？不是别人，正是大姑娘陈侠姑的同胞亲兄弟——傻子陈宝。他从哪来了？对了，说起陈宝还有一段轶闻趣事哩。当初一日，传本御史陈中平年过半百生了一男一女，女子就是那盖三江玉美人陈侠姑，男的就是这陈宝。虽说是一母所生，但毕竟有贤愚之分，大姑娘天资聪颖，聪明绝顶。陈宝呢？太傻啦，不能自己照料自己。传本御史陈中平自从贬职为民回到家中，得下气恼伤寒病的时候，就把女儿叫到近前说："儿啦，爹娘是不行啦，眼看要与世长辞。爹娘死后，唯一放心不下的就是你傻兄弟陈宝，他太傻了，饮食起居不能自我料理，不管聪明也好傻子也好，毕竟是咱们陈门后代香烟的继承人，还望你把他养育成人，于咱们陈家传宗接代。"姑娘说："爹娘您二老放心，虽说我兄弟是个傻子，但我们毕竟是一母同胞，有手足之情，我会把我兄弟照顾长大的。"这姑娘打发二老入土之后，精心照料自己的兄弟，这陈宝一年小两年大，年过二八一十六岁，个子就长成了，身高丈二，膀开一弓，个子大，饭量大，光蒸馍一顿就得两栲栳。由于传本御史陈中平乃是国之忠良，清正廉明，家底本来不十分丰厚，不上两年被他吃了个一干二净。大姑娘心想我再穷再作难也不能让俺兄弟忍饥挨饿，我实在是于心不忍哪。这姑娘为了恩养自己的傻兄弟，就开了一个三塘茶馆做生意，卖茶挣钱，去秤米买面来养活兄弟。上回书听过的同志们都知道，由于姑娘长得漂亮，往这儿喝茶的茶客没有上岁数人，净是些二十啷当岁的年轻小伙们，有的是真正喝茶的，有的是借喝茶为故，来看姑娘美貌以饱自己的眼福的。陈宝傻是傻，在这方面他非常灵敏，他一见有的人目不转睛地看他姐姐，心里就不愿意啦："俺姐长得好谁都想捞跑，有那龟孙们是来喝茶哩，有那龟孙们就不是来喝茶哩，就是来打俺姐的主意哩。"他不分好歹一概而论把人家都给骂了，有的根本没有这个意思，听了这话不免有些刺耳，咽不下去："我说伙计，你骂啥哩？""咋？不叫骂，骂你是小事，我还要揍你小子哩。""呀，你揍我干啥？""你小子那眼跟柯杈棍儿拧住了样，不住地看俺姐干啥哩！"话到手到，就打下去了，姑娘赶紧上前劝解，把人家的火气劝下去之后，再来教训自己的兄弟："兄弟，你过来。""姐姐，干啥呢？""兄弟，你听姐的话不听？""姐，虽说你是女流之辈，但你毕竟是俺姐哩，我咋能不听你的话？谁的话也不听，就听你的。""好，这就是姐姐的好兄弟，以后哇你不要再打人啦。""好人不打，专打赖人。""兄弟你知道啥是好赖呀，你看姐姐开茶馆卖茶是为了养活你，你要是把茶客都给我打跑了，以后姐姐烧茶卖给谁，卖不了茶就秤不来米，买不来面，你不就得忍饥挨饿吗？""姐，咱爹咱娘死得早，撇下了兄弟我老小，再说你家兄弟我饮食起居不能自己做主，我衣裳脏了你赶紧给我脱下来洗洗，衣裳烂了你给我连连补补，我渴了你给我倒茶，我饥了你赶紧给我蒸点馍吃，要是谁把你捞跑了，以后我再饥喽谁给我蒸蒸馍吃呢。"姑娘心中想俺兄弟虽然是傻子，说这些话却在情理之中。"兄弟你放心吧，姐姐我有我的主意，谁也拉不走姐姐。""我不是怕吗？""你怕啥哩，这样吧兄弟，我说打你情打啦，我不说你可不敢打。""嘿，姐，那中。你早晚说打，那就是赖人，我情打啦，你不说打，那就是好人，兄弟我就不打。""呀，这才是姐的好兄弟。兄弟呀，你也老大不小啦，也该干点活啦。""哦，早想干活哩，就是没啥干。""兄弟，你看姐姐要卖茶必须把水烧开，烧开水得用劈柴，与其买柴火花那些钱，还不胜省下来，也能给你多买几个馍吃。干脆姐姐给你弄一把斧子，你往山上去砍柴吧。""一天砍多少？""一天砍一挑。""一挑是多少？""一挑是两捆。""两捆是多少？""这样吧兄弟，姐姐给你弄两根绳子，你砍那柴火用绳子捆起来，绳子用完了你情回来啦。""中，给我弄扁担吧，弄那粗些儿长些儿那大家伙。""好，姐姐给你弄一根桑木扁担。""好。"这姑娘到在铁匠铺找着王铁匠给他打了一根铁扁担，八十斤重，掂回来啦。"兄弟给，看合适不合适。"陈宝接过来一试："哎呀，说着弄那粗些儿长些儿那大家伙，弄那跟龟孙花秸样，飘轻，去再弄个去。"姑娘又去了，又打了一个一百六十斤的扁担，重掂回来："兄弟看这个咋样儿。"陈宝接过来一试："哎呀，姐，说起来你比我精得多，打一扁担去两趟也没有弄成事儿，我自己去。"陈宝掂住两根扁担拐回来了，来到铁匠铺，找着王铁匠："王铁匠，给回回炉，俩合一。"两个合一个，二百四十斤重。此后他天天上山砍柴。今天是三月三苏州城内古刹大会，姑娘心想会上的人多，喝茶的茶客相应地就增加啦，虽说我思念丈夫不愿下楼做生意，叫丫鬟春桃在下面照看，俺兄弟在家免不了惹事生非，干脆还把他支出去砍柴。所以姑娘给他弄四根绳子接成两根。陈宝来到山上砍砍捆捆试试，"咃，咋回事儿，往日哩我砍那柴堆比这小得多，绳子就用完了，今天这柴堆大得多，为啥还剩这么长绳子。乖乖，天都晌午错了，这会儿我这心神不定哩，俺姐长得好，谁都想捞跑她，不砍了，回家找俺姐去。"他把柴火一捆，往扁担两头一绑，往肩上一挑，回来了，走进南门一看，乖乖，我走哩时候还没有真些人哩，等我回来可挤拥不动啦。啥时候才能到家哩，我先喊喊："闪闪，闪闪我过咧。"他这一喊有几个年轻人心想：乖乖，这是谁真厉害，闪闪他过咧。回头一看，嗯，我当谁哩，原来是陈宝那个傻小舅哇，那一天我到在他那茶馆掏五十两银子买了一壶茶，连闻闻啥气也没闻，叫他小子揍了我一顿，今天甭给他闪路。陈宝一见："咋着哩？没人动是咋回事儿，闪不闪，不闪可挤啦。"那几个年轻人好事儿说："兄弟，来胳膊拐胳膊，腿标住腿，试试他小子看有多大劲。"商量好，你看他们胳膊拐胳膊，腿标住腿，做好准备。"小子，要有种情挤啦。""这可是你叫挤哩，挤死可不赔，我可挤啦。"但见他铁扁担本来是竖着挑哩，"扑嘟"一家伙横过来了，"哗"就听见"咕哩咕咚"，这个说我的爹，那个说我的爷、我的袜子、我的娃、我的表叔二大爷。这个说我的眼也挤瞎啦，那个说我的鼻子也挤塌啦，这个说我的腿也挤叉啦，那个说我的耳根也挤没啦。陈宝一见："嘿，美了吧，美了吧，不叫挤了吧。先给你说，这是头一回，我可是轻轻挤哩，再走到这不给我闪路，我把头给你挤丢，俺姐长得好，谁都想捞跑，回家找俺姐去。"傻陈宝挑着柴挑，好像虎趟羊群顺着大街直奔西关，下回书才引出陈宝战刁龙。

好个陈宝傻英雄，	大街以上抖威风。
真好像虎趟羊群往前闯，	挤了一条人胡同。
一边走来心暗想，	心里头翻江倒海暗叮咛。
想当初俺二老没生多儿女，	所生俺两个姐弟在堂中。
虽说是一母同胞亲姐弟，	俺姐姐聪明我陈保实心。
只因为俺爹娘死得早，	撇下俺姐弟人二名。
饮食起居我不能自做主，	俺姐姐又当爹又当娘把我侍奉。
只因为我姐姐她容貌出众，	有多少王孙公子围着乱求情。
但不知为了啥缘故，	多少人求亲姐不从。
就因为俺姐不应婚姻事，	总担心俺姐会出啥事情。
倘若是俺姐出了事，	撇下我陈宝谁照应。
衣裳脏了谁人洗，	衣裳烂了谁人缝，
我再渴了谁倒茶，	肚中饿谁给我把馍蒸。

挂念我的同胞姐，
傻陈宝想着往前走，
眼看来到十字街口，
就听见里面杀声起，
陈宝一看无路走，
恨不得插翅飞回茶馆中。
十字街就在面前停。
一群人围了个水泄不通。
兵刃叮当撞击声。
但见他停足站喊了一声。

"哎，闪闪，闪闪，我过来。"他这一喊，第一个高兴的就是大姑娘陈侠姑，大姑娘与刁龙打着想着，可恨贼人刁龙茶中下毒，把俺丈夫害得不像人样，越想越恼，一口怒气攻心，肚中疼痛，犹如刀绞一般。只见她头发晕，眼发花，金星乱冒，浑身发麻，两膀发软，鬓角见汗，剑法散乱，只有招架之力，没有还手之功，眼看命丧当场。就在这时候，听见了兄弟的喊声，心中想俺兄弟来得正是时候。"兄弟快来救姐姐。"单说围观的尽是些年轻人，大多数都在姑娘的茶馆里喝过茶，有的练过武功，有的没有练过武功。会看的看门道，不会看的看热闹。不管看门道的也好，看热闹的也好，都已经看出姑娘已不是贼人刁龙的对手。有的练过武功的有心上前帮帮姑娘，可是掂量掂量自己的武功，人家姑娘人称女侠还不行哩，自己会这三脚猫四门斗的功夫上前也是白搭，不但帮不了大姑娘反而搭上自己的性命。有的根本就不会武功，有心帮帮姑娘也是空有其心。正在这时，听见了陈宝的喊声。"兄弟，咱们不能帮助大姑娘，人家兄弟来了，快些闪路。""哗"闪开一个胡同，陈宝一见心中想：这儿的人胆小，我在南门挤一下，他们可害怕了啦，赶紧可给我闪路啦。咦，我说我砍着柴火心里怎不好受，谁料想俺姐长得好这孬孙想捞跑。"哎呀"，把扁担往下边一竖，前边那一捆柴火放在了地上，往后又一抽，后边那一捆柴火放地上了，把扁担往空中一举。"不要害怕，兄弟我来了，好你个瘦儿，招扁担吧！"他把扁担往头上一举看着他姐。咋？因为这姑娘以前说过你早晚想打架你看着姐，我说兄弟你打吧，你情打啦，我若不说打你可别打。那是怕他在家找事儿，骗他哩，哪说哪了早就忘了，谁料他把这个话给记住了。把扁担举起来啦，心想俺姐也不知道叫打不叫。姑娘心中想，俺兄弟今天是咋着回事儿呀："兄弟你咋不打哩？""哎呀，也不知道早些弄啥哩。好你个瘦儿，招铁扁担吧！""呜"地一家伙搂头盖顶直奔刁龙头上打来。刁龙眼看着这一刀就能结果了姑娘，一看一条铁扁担如泰山压顶直奔自己头上打来。心中盘算开了，我躲不躲呢，我若躲开这棍就失去了杀陈侠姑的机会，这一刀杀不了她想再杀她就难了。可是我如果现在杀她就躲不开这一棍，虽说杀了她可是也赔上了自己的性命，落一个两败俱伤，权衡轻重我还是先躲开这一棍，只有保住了自己的命然后再寻找杀这丫头的机会。说时迟那时快，刁龙"托"的一声跳出圈子。陈宝用尽平生气力打了下来，可是一看扁担下空空如也，没有人啦，因为招数使得太老，力量用得过猛，想收招已经是来不及了，只好结结实实打进地下三尺多深。刁龙虽说是躲过去了，站在一旁还有点后怕哩，自己叫着自己的名字，刁龙啊刁龙，亏得我跑得快，否则这一棍打到我头上非把头给我打出肚里不可。却说陈宝托着扁担来到姑娘面前说："姐，啥样，平常我就跟你说，不叫你跟那年轻人说话，你说没事儿，姐姐我有主意。看你的主意多正。还没有去个年轻人说掌柜哩来壶茶，你就'来啦来啦'，你可怪亲热，身为女流之辈，被一个男人拉到大街抛头露面，真些人围着乱看，真丢人哪。您兄弟赖好也是个男子汉，以后咋叫我上山砍柴火哩。回去吧，这个瘦儿我收拾他。"姑娘心想俺兄弟虽然心中缺根弦，但是他有一定的本力，从小就受到我的熏陶，招数不精力量大，那刁龙虽说刀法精妙，但是他的本力与我兄弟相比相差太远，他两个掐长去短，正是半斤八两，一时半刻也不会败在他手。如今我肚中疼痛犹如刀绞，在到这里不但帮不了兄弟的忙反而会连累了他，不如我回到茶馆把我丈夫安排好，把我肚中疼痛调治好，然后我再来帮我兄弟杀了贼人给我丈夫报仇，想到这些说："兄弟，你要小心。""放心吧，回去吧！"大姑娘手掐宝剑按住肚腹，掀动金莲回三塘茶馆而去，再说陈宝托着扁担来到近前骂道："瘦儿，就你那鳖样还想捞俺姐哩，你招扁担吧！""呜"一家伙秋风扫落叶拦腰锁玉带直奔刁龙腰间打来，刁龙一看使了个旱地拔葱"嗖"一声跳在半空，扁担从刁龙脚下扫过。刁龙双脚并拢落在地上，心中想好大的蛮力啊，这一招若打在我身上非把我打成两截不可。我听这家伙说话颠三倒四、语无伦次，不用说是个傻儿，今天我不能力敌，必须智取，我何不如此如此这般打发这小子去阎王殿报到。想到此把单刀一摆说道："傻儿，今天刁大爷陪你玩上几招。"两个人一来一往，一冲一挡，大街上边一场好杀。

两个人话不投机把手动，　　一来一往把战交。
傻陈宝生铁扁担往上打，　　贼刁龙舞单刀往上迎。
傻陈宝泰山压顶打下去，　　贼刁龙身子一闪棍落空。
傻陈宝海底捞月往上打，　　刁龙贼怀中抱月往外封。
傻陈宝一招更比一招猛，　　一棍更比一棍凶。
贼刁龙只管闪展腾挪，　　他要以逸待劳把陈宝赢。
贼刁龙蹿蹦跳跃躲得巧，　　傻陈宝招招式式全落空。
只打够三十回合六十趟，　　累坏陈宝傻英雄。
累得他口中出气像吹火，　　浑身冒汗似笼蒸。
浑身发麻两腿软，　　头晕眼花两膀疼，
棍法散乱难招架，　　喜坏贼人叫刁龙。
才把单刀空中举，　　对准陈宝下绝情。
单刀不落有命在，　　单刀落下难活成。
眼看陈宝命危险，　　把书岔开另有明。
眼不花都往东门看，　　东门外走过来一老一少人两名。
若问来了哪两个，　　来了红孩和雷万鹏。
师徒俩来找陶文灿，　　三月三来到苏州城。
看见苏州城一座，　　雷万鹏想起当年事。
想当初我学艺在嵩山少林寺，　　陶彦山本是俺大师兄。
俺两个同师学艺六年整，　　师兄弟胜过同胞情。
那一日俺两个正把功夫练，　　老恩师把俺两个叫到方丈中。
从怀中掏出来一封信，　　把急书交给俺弟兄。
他叫俺两个离开嵩山少林寺，　　千里送信苏州城。
临走时老恩师看看师兄看看我，　　千嘱托来万叮咛。
那时节辞别老恩师，　　下了嵩山高山峰。
一路上多亏了足智多谋的大师哥，　　才把那送信的任务来完成。

送罢信回转少林寺，
为了嘉奖俺兄弟俩，
传授我少林百步迎风掌，
昔日来此是俺兄弟俩，
昔日来此是送书信，
今日是寻徒来到此，
苍天保佑多保佑，
苏州城能找着大弟子，
为找爱徒许下愿，
思思想想来得快，
迈步就把东门进，
人山人海万头攒动，

老恩师他一见心中高兴，
才把那少林绝技教给俺弟兄。
金钱镖教给大师兄。
今日是俺师徒人两名。
今日来此是寻我门生。
但不知俺师徒是否能相逢。
保佑俺师徒相会在此中。
我情愿满斗焚香谢神圣。
但不知神圣灵不灵。
东门就在面前停。
人山人海闹哄哄。
惊动红孩少英雄。

第十二回　贼刁龙诓骗雷万鹏

　　书接上回，就听见红孩说道："呀，师父又痒哩。""哪痒啦？""手痒啦。"雷万鹏知道他这个毛病，怕他随同师兄一路上犯了打架瘾，别的管不住他，因此才让他留下跟随自己，一路上半月之久不敢发作。今天他一看大会上这么多人，又忍耐不住了。"师父，又痒哩。""嗯，真痒啦？""真痒啦！""来，照住师父肚子上打。""师父吓死孩子也不敢！""咋啦？""师父，一日为师，终身为父，师徒如父子。孩子怎敢对您老人家无理？""既然不敢打，那就别痒啦！""师父，孩子实在痒得受不住，这样吧，不打大人，找几个小孩擩擩中不中？""嗯？混账，大人还不让你打哪，有叫你打小孩吗？红孩，你要知道咱师徒离乡背井是为了寻找你大师哥陶文灿，半月来不见你大师哥的踪影，为师我是茶饭不思，坐卧不安，你可长圆不能再给我戳窟窿扒乱子啦，啊！"红孩心中想：我就说我的手快痒掉啦，俺师父也不会纵容我打架。对，俺师父出来是为寻俺大师哥哩，这大会上这么多人，人头乱晃，那个头是俺大师哥啊，俺师父肯定会目不转睛地四处寻找大师哥，我就说手先不痒哩，先诓住俺家恩师，等他对我不注意的时候，我看看谁搁住挨，先试试。想到此说："师父，要是那喽，先不叫他痒哩！""这才是为师的好弟子，走吧！"雷万鹏前头领路，红孩随后紧跟，雷万鹏一边走一边看，举目远眺，长叹一声："唉，人海茫茫、人头乱晃，哪一个是我弟子陶文灿哪？文灿，你在哪里呀？"红孩一看心想：咋样，俺师父果然是只顾寻找俺大哥哩，根本就没有注意我，我先看看谁搁住挨。乖乖，过来啦。只见迎对面过来一人，身高九尺开外，胸脯子扛着，卖牛肉哩样，晃悠晃悠地过来啦。红孩一看心想：乖乖，这家伙真大个子，中，兴搁住挨喽，先在他身上试乎试乎。只见他把功夫运在拳头上，当两个人擦身而过之时，他来一个叶里藏花，"嘣"一拳，这一拳不偏不斜正好打到大汉的小腹上，那大汉本来不防，加上红孩这一拳来得猛，把大汉打个仰面朝天。他把人家打翻啦还说："嘿，不是咱不是咱。"大汉在地上爬了多时爬不起来，一看他直说不是咱，心中想不是你是谁呀，我又没问你，你就说不是你,这不等于你自己承认了吗?这不是此地无银三百两吗?大汉上前一伸手"腾"可抓住红孩啦。"小子。""放屁,谁是你嫂子,没有看见我是个男人吗?"却说雷万鹏正在四下寻找陶文灿,回头一看不见了红孩,往后边一看,见有人正在吵架,他急忙来到跟前一看:"红孩。""师父,这不怨我,我正在走哩,他捞住我就喊嫂子,他不是把我当成女人了吗?"大汉急忙上前:"老人家,他是你什么人哪?""他乃我的不肖之徒。""唔,原来是您老人家的高徒哇,老人家你可要好好教训他,我与他无冤无仇,正走着哩,他一拳头把我打了个仰面朝天。""你放屁,会上的人您可都听着,我叫红孩,今年才十二啦,就这么大个儿,他恁大个子能被我一拳打个仰面朝天,难道说他就没有吃过粮饭,净是吃糠长大哩。"大汉一听心想:看臊气不臊气,我真大个被一个小孩打翻在地,就够丢人啦,还在这声张哪,这不是自找难看吗?想到此抱拳:"老人家,不是他打我的,是我自己不小心踩住个小石头自己摔倒的。""就那你说是我打你啦?""红孩,你小子少要要无赖,过来。大汉,常言道,养不教父之过,教不严师之惰。我的徒弟得罪你啦,都怪我平时管教不严,有心当着你的面教训他,对你脸上也实在无光,你暂息雷霆之怒,慢压虎狼之威,先回去吧,今天晚上在店房内我好给你报仇出气。""老人家不客气,在下告辞。"大汉转身走啦,大汉一走,雷万鹏说:"红孩,还痒不痒啦。""还痒。""还痒把手伸过来。""给。"雷万鹏一伸手"腾"可抓住啦。"我看你还痒。"红孩心想抓住啦再痒也不行啦,只有乖乖地走吧!爷儿俩顺着大街往西走,但见路北闪出一座店房,坐北朝南,店房门口站着一个堂馆四十啷当岁,肩膀上搭手巾,腰里系水裙,卷着袖子,抓一把筷子喊开啦:"吥,大会上边南来的北往的,东闯的西踱的,做买的做卖的,推车的担担的,咕噜锅的卖蒜的,算卦的卖药的,说书的唱戏的,都来住到咱店里。咱这店是好店,卖捞面条带搋蒜哪,进店一桌接风酒,出店一桌不要钱,东山垟上挂琵琶,西山垟上挂三弦,老客心闷倦,摘下只管弹,弹断喽俺割弦,割弦不叫您掏钱,你要去解小手,我给您把夜壶掂,您要去屙屎我给您掂块砖,支住您那大腿弯,那屙屎八年腿也不会酸。"他这一喊惊动了雷万鹏,雷万鹏心想：自从离开山东济南府，已经半月有余，半月来思念爱徒没用过一顿饱饭，今天来到了闻名天下的苏州，能在江南鱼米之乡吃上北方的一顿家常便饭捞面条也实在是难得，干脆就进饭馆饱餐一顿吧！拉住红孩来到店门口，店家赶紧上前迎接，"客到家啦，请吧。"红孩说："师父甭去，他那店内梆脏。"卖瓜不说瓜苦，开店就怕有人说他的店里不干净。店家就说："老客。""放屁，我才十二就喊老客。""小客。""放狗屁，说着十二啦还喊小客。""看你吧，喊老客你嫌老，喊小客你嫌小，你叫我喊啥呢？客？""哦，喊个客可中了吧！""客，你来过？""没有啊！""那你咋知道俺这店里不干净？""我想着。""哦，说了半天，你是心想哩！""咋？不叫想？""红孩，是你说了算还是我说了算？""当然是你老人家说了算！""既然是我说了算，你小子啰唆什么？走，进去。""进去就进去。"红孩跟着雷万鹏走到上房屋，店家是先抹桌子后倒茶。"老人家请用茶，不客气。""老人家想用点什么点心呢？""来两碗捞面！""好，略等片刻，马上就到。"不多一时端来了两碗捞面，往桌上一放："老人家，请用饭。"店家说罢转身离去，雷万鹏说："红孩吃饭！""我不吃！""吃！""我不想吃。""嗯，你不吃我吃。"但见雷万鹏端起一碗捞面拿起筷子，抄了抄，搅了搅，叨一筷头就要往嘴里送，还没有放进嘴里，就听见红孩说："哎呀，师父。""啊，红孩咋啦？""师父，我急着屙屎哩。""你小子，师父吃饭哩，你屙屎哩。""师父，您吃饭就不许我屙屎啦，哎呀……""嗯，店家。""老人家有什么吩咐呀？""你这店房内有茅房吗？""茅房倒是有一个。""好，麻烦你领他到茅房里方便一下。""客，请吧。""我不去。""红孩，咋不去？""师父，他那茅房里不干净，梆臭。""你小子，那茅房能香吗？""我那茅房内虽说也是臭气儿，但是我闻惯啦，他这我没有闻惯，我屁股蹲到他那茅房里屙泡屎不要紧，把我臭死了咋办？""那你想往哪儿屙？""我想往大厅里屙去哩。""哼，你想上大厅上屙去哩，我能不知道吗？你小子是想到大厅上过你的打架瘾，今天你真屙屎也好，假出恭也罢，我限你我两碗捞面用完以前你给我回来，错了时刻小心着我废了你个奴才。""哎呀，师父你放心吧，你捞面用不完我就回来了,哎呀……""店家。""老人家有何吩咐?""麻烦你领他到大厅上找个茅房方便方便,回来我加倍地谢你。""老人家不客气。客,请吧。""走。"就见店家在前,红孩在后,出店房正西走没有多远路南有个茅房,店家用手一指:"客,去吧!""干啥?""你不是屙屎哩吗?""我给你说啦往这儿屙哩?""这是茅房。""我给你说啦要往茅房里屙哩?""你不往茅房里屙,你往哪儿屙?""哪儿最干净,哪儿最漂亮,哪儿最排场,我往哪儿屙。""说了半天,你不是解手哩,你是找事儿哩,你要找事儿我回去对您师父说。""你说你说。"两个耳光可揍上去了,这两个耳光揍得那店家顺嘴流血,店家咬牙切齿心中暗骂:"好你个小杂种,如此狂妄无理。在我的店门口喊你个老客说我放屁,喊你个小客你骂我放狗屁,如今我就多说一句话,你就揍我两个耳光,我在苏州开店数年之久还从来没受过如此欺辱哪,此仇不报我誓不为人。我何不设一个借刀杀人之计,杀了你个小子。想到此双手一捂脸,说:"客,说了半天你好上干净地方屙?""唔,哪儿最干净,最漂亮,最排场,我往哪儿屙。""哎呀,我挨打也不亏,你好往干净地方屙,我把你领到这儿,不是找着挨打哩吗?你顺着我手指的方向正西到苏州西关,有一个姑娘人送外号盖三江玉美人陈侠姑,开那三塘茶馆,茶馆内一天扫那没数遍,香水香粉洒八遍,桌上抹得明光亮光咪咪叫地发光。你到那茶馆内往茶桌上一蹲,你情屙啦,屙完了啦屁股一撅,那姑娘还给你擦包哩呀。"店家明里这么说,心中暗想:好你个小子,你到茶馆内甭说蹲到茶桌上解手啦,你到那儿说不是喝茶哩是屙屎来啦,那姑娘武艺超群再加上脾气暴躁、性情不好,不杀了你小子才怪哩。但等姑娘杀了你,这才算解了我的心头之恨。可是红孩一听可美透啦。"那你可不准给俺师父说。""你放心,我保准不对你师父说。"说罢店家转身走去。单说红孩顺着大街直奔西关走去,下回书才引出红孩战刁龙。

  好一个红孩小英雄, 他要到三塘茶馆出假恭。
  顺着大街往前走, 心内辗转暗叮咛。
  想当初俺二老没生多儿女, 所生下我一人独孤仃。

也是我红孩运不至，三岁上死了二亲生。
从小就失去父母爱，撇下我孤苦伶仃谁照应。
多亏侠肝义胆的老恩师，把我红孩来收容。
虽说红孩我是孤子，恩师视我如亲生。
费尽辛苦恩养我，又教我习练少林童子功。
老恩师念我是孤子，凡事儿都把我骄纵。
都怪他平时把我宠，致使他的言语我不爱听。
不叫我找事儿我偏找事儿，不叫我扒乱子我偏要戳窟窿。
在山东常听武林同道讲，言说是大姑娘赫赫有名。
听说她的容貌好，又听说姑娘的武艺精，
听说她仗义疏财侠肝义胆，人称她女中侠巾帼英雄。
但只是久闻名没有见过面，不知她是不是浪得虚名。
今日里我去到三塘茶馆，茶馆以内去出假恭。
引出来姑娘陈侠姑，我红孩与她比武功。
我们两个把手动，看看谁输与谁赢。
他若把我来打败，一笔勾销话不明。
我若打败陈侠姑，两全其美多相应。
一来是过了我的打架瘾，二来是给俺师父争光荣。
小红孩思思想想往前走，来到十字大街中。
眼看来到十字街口，一群人围了个水泄不通。
听见里面杀声喊，兵刃撞击有响声。
红孩一见无路走，身子一耸旱地拔葱。
落到过街牌坊上，居高临下看分明。
就看见人群里边俩大个，一胖一瘦比武功。
红孩一见心暗想，别提心中多高兴。

　　红孩心想：乖乖，这美呀。我正想过打架瘾哩，这里正好有两个大个子在打架哩，既然这里有两个活靶子，我又何必舍近求远呢。乖乖，这俩大个高低差不多，胖瘦不均匀啦，这个太胖啦，那个太瘦啦。那个胖大个儿个儿大力猛棍又沉，招招凶猛，棍棍带风，可就是棍法呆滞弄不对，是心中缺根弦。那个瘦子瘦是瘦，可就是刀法精妙，快速绝伦，步法轻盈，身轻如燕。嗯，你还别说他两个如此打法，时间长那胖子有败无胜，俺师父常常教导我们弟兄们说："事不平有人管，路不平有人铲。路见不平拔刀相助乃我辈分内之事。"今天我在这看看，看看他俩谁胜谁负，如果胖子胜了算了。为啥？因为胖子有劲就应该打败瘦子，可是若是瘦子打败了胖子，今天我非打抱这个不平不可，帮助胖大个收拾这个瘦子。红孩正想哩，他两个就分出胜负了，陈宝不分好歹只管上三下四左五右六打哩，那刁龙闪展腾挪，窜蹦跳跃，以逸待劳，只管躲闪。傻陈宝招招落空，三十回合以后，累得他浑身冒汗，遍体生津，口中出气如同刮风一般，用手一指："瘦儿，甭打啦，让我歇一会儿再打。"刁龙心中想：让你歇一会儿再打，等你歇得有了劲儿，我能杀得了你吗？"哼，好你个傻儿，甭想好事儿啦，我能让你歇吗？明年的今日就是你的周年忌日，我打发你前往阎王殿报到去吧！"说话间把单刀往空中一举对准陈宝。红孩在牌坊顶上心想：这家伙是个孬孙货，人家说着歇会再打，这说明没有什么深仇大恨，两个人是在切磋武功哩，切磋武功，点到为止，分出输赢即可。人家既然说歇一会儿再打，这说明已经认输了，既然人家认输了，你就应该见好就收才对，又何必赶尽杀绝呢。看着这瘦子贼眉鼠眼，就不像个好人，待我下去教训于他。想到此大叫一声："好你个瘦儿，休伤这胖大个性命，少爷我来了。"一耸身跳了下去，半空中把双腿岔开，"叭"一声把两个人各自蹬开，然后双腿并拢轻轻地落地上。却说刁龙本想这一刀就结束陈宝哩，谁料想被这半空飞来将踢了一脚，不但没有杀了陈宝反而挨这一脚，实在难忍，破口大骂："小杂种，你活得不耐烦了吗？"红孩一听可恼了，心想：好个孬孙，开口就骂人，你骂我我就不能骂你吗？"放你娘的狗臭屁，你骂我是杂种，你是纯种吗？""好你个小辈，给我招刀。""哼，你小子先别动手，有屁股不愁挨打，想死一会儿我再成全你，等我问明白了再收拾你。"一回头："胖大个，你过来。""干啥哩，小兄弟？""你姓啥？""姓陈宝。"红孩心想：奇怪，他咋姓陈宝？"你叫啥？""叫陈宝。"哦，原来他姓陈叫宝哇。"陈宝，你咋吃恁胖啊？""嘿，吃的多啊。""吃的啥？""蒸馍。""一顿吃多少？""一顿两栲栳多。"红孩心想：这家伙不知是没趣呀！"都是糠蒸哩吧。""可不是，都是好面。""个子不小吃得不少，站那挡风一顶仨，你俩为啥在这儿交手？""俺姐长得好，这孬孙想拉跑，我心里有点恼，就这俺俩才打架呢！"红孩心想，方才瘦子打败胖子我就觉得不公平哩，他竟敢拉人家姐姐，这才叫不平哩。"哎呀，陈宝，你一旁歇息，待我帮你收拾他。""中啊兄弟，你先替我打着吧，待我先歇一会儿。我先给你说，这家伙可老孬孙，我打他的时候他歇哩，等我没有劲的时候，还没有说歇一会儿哩，他就不叫，想杀我哩。你先打吧，等你打不过的时候我再上。""放屁，放屁，打臊气，我还没有打哩，你就知道我打不过。""哎呀兄弟，我想着我恁大个子还打不过哩，你恁大个儿会能打过。""你是光论个子大小哩是不是，麦秸垛怪大压不死老鼠，金刚钻儿虽小能钻瓷器。我个子虽小，但是我的武功好，你给我打臊气，一会打不过都怨你，去去去。"红孩扭项回头："好你个瘦儿，我问你姓甚名谁？""好你个小杂种，我姓刁名龙，往下问就是你刁大爷。""刁龙，你家没有姐，没有妹子，你咋不回家拉你娘去哩？""好哇，你个小杂种，我劈了你。"举刀对准红孩劈下，红孩一见抖擞精神运用少林童子功，力敌贼人刁龙，一场好杀。

刁龙贼高山以上学过艺，　　小红孩练就少林童子功。
两个人正是半斤对八两，　　真好似两只饿虎把食争。
刁龙贼举刀往下砍，　　　　小红孩身子一闪刀落空。
小红孩黑虎掏心劈胸打，　　刁龙贼老君关门往外封。
刁龙贼他的刀法好，　　　　红孩他的拳法精。
上打一个鬼推磨，　　　　　下打一个猴端灯。
脑后摘瓜下毒手，　　　　　一转身白蛇吐信挖双睛。
一招更比一招猛，　　　　　一招更比一招精。
只打够三十回合六十趟，　　也难分谁输并谁赢。
这才是上山虎碰见下山虎，　出水龙碰见混蛟龙。
铁刷子碰见铜笊篱，　　　　铜头和尚撞金钟。

棋逢对手难止兴，匠遇良材自显能。
二人又打多一会，惊动贼刁龙。
刁龙打着心暗想，自己叫着自己名。
这小子年龄不大个子矮，从哪里学来的少林功。
拳法精妙功夫好，我只有败来不会赢。
今天我若败下阵，看起来我刁龙九死一生。
三十六计走为上，今天我逃离苏州城。
刁龙贼拿定主意想逃走，再说红孩小英雄。
二人打了多一会，浑身上下热气腾。
过了打架瘾斗志全失清，跳出圈子说声停。

这红孩就是有这个毛病，他若能再坚持三招两式，那刁龙就要逃走，偏在这个节骨眼上，他过瘾啦，浑身一出汗，手也不痒啦，"托"的一声跳出圈子，说声："甭打啦。"刁龙正在寻找机会逃走哩，听见红孩说声甭打啦，心中又惊又奇，强装镇静："小辈，为何不打啦？""哼，给你说实话吧，方才爷爷手正痒哩，正犯着打架瘾哩，拿你当个活靶子，陪着我走几招练两式，现在身上也出汗啦，手也不痒了，因此不想打啦。"刁龙一听心想：那可真是求之不得啊，既然他已经过了打架瘾，失去了斗志，我何必逃呢，我何不趁此机会杀了这个小辈。想到此骂道："好你个小子，原来你是为了过你的打架瘾才坏了我的事，今天我岂能容你，小子拿命来。"红孩说："你个孬孙善于赶尽杀绝，爷爷不想打了嘛。"一转身要走。红孩的动作虽快，那刁龙更加动作敏捷，他一耸身一抬腿"叭"一脚，以四两拨千斤的功夫借力打力，这一脚踢到红孩的屁股上，把红孩踢了个嘴啃泥，余力未息往前冲出几步有余。刁龙贼一耸身蹿上前去，一抬腿拧在红孩身上说："小子，今天我劈了你。"单刀往空中一举对准红孩往下就劈，恨不得这一刀就把红孩劈成肉酱。陈宝傻了十几年，这时候他突然聪明啦，心中想：方才我性命吃紧，要不是这小兄弟搭救，我早就没命啦，如今那兄弟性命危险，我得赶紧去搭救他，傻陈宝偷偷地来到近前把扁担往那儿一架，这一下既不成招又不成式，偏偏恰到好处。

刁龙恨透了红孩，恨不得这一刀就把红孩劈成肉酱，所以用尽平生力气，可是把刀劈下一看，中间架了一根铁扁担，因为力量用得过猛，招数用得过老，想收招已经来不及了，只好结结实实砍在铁扁担上，震得刁龙两臂发麻，虎口欲裂，"呛啷"一声，宝刀震飞半空。刁龙一看横跨八步，耸身探手接过单刀，骂道："傻儿，你还有这一手啊，我劈了你。"一招拦腰锁玉带对准陈宝腰间斩来，这一刀要把陈宝斩为两段。红孩心想：若不是傻大个救我，我早死多时了，如今傻大个就要命丧当场，我得赶快救他，可是他救我有扁担，我救他用啥呢？红孩往地上一看，就见旁边有个鹅卵石，他弯腰拾起，运用暗器手法"叭"打上去了，这一下不偏不斜正好打到刁龙的手腕上，刁龙手一松单刀就往下落，刁龙急忙伸左手攥住刀柄，心想这个胖子虽然有劲，但是心中缺根弦，是个傻子。那小子虽然说个小但是聪明过人、诡计多端，其实是个劲敌，不如我先一鼓作气收拾了这个小子再杀这胖大个。刁龙主意拿定对准红孩上三下四，左五右六，横七竖八，虚实并进。红孩过了打架瘾早已失去斗志勉强地应付，又斗了一会，红孩招数露出破绽被刁龙一脚踢翻在地，刁龙举刀骂道："小辈，明年的今日就是你的周年忌日，我打发你阎王殿上报到去吧。"眼看红孩命丧当场，在这千钧一发的时刻，就听见半空中沉雷般一声呐喊："刀下留人，雷万鹏在此。"

眼看刁龙要行凶， 来了那飞天蜈蚣雷万鹏。
老侠客为什么此时来到， 同志们不知慢慢听。
只因为老侠客在饭馆把捞面用， 小红孩到大厅出假恭。
左等右等不回转， 只急得老人家坐不安宁。
无奈何找着店家来盘问。 那店家从头至尾说详情。
这般如此讲一遍， 倒叫那雷万鹏大吃一惊。
急慌忙就把饭账算， 迈步走出小店棚。
顺着大街往前走， 暗骂红孩你小畜生。
想当初你二老早丧命， 我才把你来收容。
念起你奴才是孤子， 凡事我把你心疼。

都怪我平时把你宠，	致使宠坏你小畜牲。
不叫你找事儿偏找事儿，	不让你扒乱子偏要戳窟窿。
为过你的打架瘾，	三塘茶馆去出假恭。
在山东常听武林同道讲，	言说大姑娘赫赫有名。
听说她的容貌好，	但只是脾气暴躁武艺精。
倘若你要得罪她，	姑娘怎能把你容。
倘若一怒间杀了你，	我怎对起你爹娘在天之灵。
今日里我去到三塘茶馆，	见见姑娘求求情。
雷万鹏思思想想来得快，	十字街就在咫尺中。
眼前来到十字街口，	人群阻路难行程。
旱地拔葱把身纵，	牌坊以上把身停。
居高临下往下看，	就看见刁龙要行凶。
他这才大喝一声慢动手，	来了我飞天蜈蚣雷万鹏。
一声呐喊如雷动，	下得刁龙胆战惊。

刁龙心想：雷万鹏为何在此处，他与这小子有何瓜葛不成。这小子年纪虽幼，却练就一身少林童子功，莫非是他的弟子，今天他来到此，是不是为了陶文灿而来？陶文灿可是他的掌门大弟子啊，既然他已经有言在先叫我刀下留人，我一刀就不能再劈下，如果再杀了这个小子，他岂能容我，不如卖给他一个顺水人情，讨好讨好他。想到此处收起单刀站起身来，一抱拳说道："雷老侠客，雷老前辈，您老人家武功盖世、德高望重，乃武林之中的泰山北斗，深受武林同道敬仰。但您老人家真人不露相，神龙见首不见尾，俺刁龙难得一见您的尊面，今日能在此地见到您老人家，真乃俺刁龙三生有幸，还请您老人家现身让俺刁龙一睹为快，我这里先给你见礼啦。"雷万鹏一声大笑纵身跳了下来，巍然屹立在刁龙面前，刁龙这才举目一看，但见雷万鹏面如三秋古月，棱角分明，三山得配，五岳匀称，两道剑眉，二目炯炯，太阳穴高高凸起，不用说内外兼修，武艺精湛，心想这老家伙能在武林中享有盛誉，看来绝非徒有虚名。想到此急忙又施一礼说道："雷老侠客，久闻您老人家威名，今日得见尊颜，实乃刁龙大幸，但不知

您老人家离开山东南下苏州有何贵干，是游山玩水呢？还是另有他事？""刁壮士，我雷万鹏南下苏州，是为了寻找我的掌门弟子陶文灿而来，但不知刁壮士为了何事与我的不肖之徒在此交手呢？""哎呀，原来他是你的高徒哇，怪不得年纪轻轻就有如此惊人的武功呢，雷老侠客，说起来实在得罪，事情是这样的……""师父，你甭听他放狗屁，你听我说。""你有什么可说？""师父，您老人家先赎罪，方才在饭馆，我说出来出恭是骗您呢，以后孩子再也不敢啦。我想着找一个活靶子陪着我练几招，谁料想我走到这正好碰见他两个在这儿打架呢。""他打架与你何干？""师父，我问你一句话？""什么话？""路不平有人铲，事不平有人管，路见不平拔刀相助乃我辈分内之事，这是你平时教导我们弟兄们说的。""是啊，这能有错？""咂，对，你也说没错。你看他俩，他太胖啦，他太瘦了，要是胖子打败了瘦子算啦，胖子有劲，就应该打败瘦子。可是这瘦子硬是把那胖子打败了，这时候就激起了我的侠义之心，我就想上前教训他。谁知那胖子大个说休息一会儿再打，既是商量着打，那不是在以武会友，切磋武功嘛，既是切磋武功，点到为止，分出输赢即可。人家说歇一会儿再打等于认输了，既是一方认输，你应该见好就收，谁料想那瘦子要赶尽杀绝，要把胖子斩在当场。这时候我再也按捺不住，我就说你休要伤害胖大个性命，谁料想他开口就骂：'小杂种你少管闲事。'我说我要管，他说你凭什么要管，我说我凭俺师父，他说你恁师父是谁，我说俺师父是山东济南府震东侠、飞天蜈蚣雷万鹏。谁料我不说你还好，我一说你他可骂开了，他说你小子休拿雷万鹏那个老杂毛的名头吓唬我，你甭说是雷万鹏的徒弟，就是雷万鹏亲自到此，我也不买账。你要不管算啦，你若一定要管，我揍你个小子，揍你的屁股，就等于揍你师父的脸哩。师父，你说这恼人不恼人？""他真这样骂我吗？""你要不信你问问这胖大个儿。""胖大个，他这样骂我了吗？""没有。"红孩心想：孬孙货，你算给我扒干净啦。"师父，虽说他嘴上没有骂，但他心里骂了。""他心里骂我你知道？""师父，骂与不骂姑且不论，我问这胖大个为啥与他打架，大个说人家姐姐长得好，这家伙想拉跑。师父，光天化日之下，他竟敢拉人家女子，这事儿我该管不该管？""真的吗?""不信你问那胖大个儿。""这位大个儿,你们两个为什么在此交手打架呀?""俺姐长得好,这孬孙想捞跑,我心里有点恼,就这俺俩在这打起来啦。""你姓啥?""姓陈宝。""叫啥?""叫陈宝。""你姐姐叫什么名字?""俺姐人送外号盖三江玉米人陈侠姑。"他把"玉美人"说成了"玉米人",雷万鹏闻听心中暗想:我在山东常听武林同道言讲盖三江玉美人陈侠姑武功精湛,侠肝义胆,这刁龙怎能平白无故去拉她呢?"陈宝,他拉你姐姐你见了吗?""我在山上砍柴回来路过此地,见他把俺姐拉到这儿,俺姐不愿意跟他走,在这打架呢。"雷万鹏心想:这里边定有缘故,而这陈宝说话语无伦次,八成心中缺根弦,他也给我说不清个所以然来,我还是问刁龙吧!"刁壮士,还是你把这件事情的缘由给我说清楚好吗?"刁龙心想:雷万鹏啊雷万鹏,我要给你说实话,我说我害了你的掌门大弟子,你不活剥我才怪哩。对,想你雷万鹏为人处事,以侠客自居,脾气暴躁,性情不好,急公好义。不如我如此如此、这般这般给你一讲,让你一听,肯定动怒,一怒间不分真假到在茶馆把你的大弟子陶文灿讨回来交给我,那岂不正好。想到此一抱拳:"雷老前辈,事情是这样的,俺爹俺娘都是吃斋行善之人,为了给俺兄弟积德五男二女,就在俺家后院盖了一座积善堂,广收天下失去劳动能力的人,比方说瞎子、瘸子、拐子、哑巴,反正是不能用体力劳动养活自己的人,俺家都把他们无条件养起来。其中俺家光哑巴就收养了一百个,有一个哑巴,比别的哑巴聪明伶俐,写得一手好字。我的哑巴写的字主贵呀,一字值十两银子,一圈也值十两银子,点一点儿也值十两银子,今天他也不知道从哪里得知三月三苏州城内有大会,背着俺爹娘不知我们弟兄不晓,进城赶会来了。到在中午,该吃饭啦,一点人数,就差他自己,俺爹俺娘把我们叫到跟前狠狠地教训了一顿,让我来找他哩,我跑遍了苏州城才在三塘茶馆找到了他。三塘茶馆的女掌柜盖三江玉美人陈侠姑,常听人说她是女中魁首、巾帼英雄、仗义疏财、侠肝义胆,谁料想她是欺世盗名、浪得虚名、名不副实,实乃利欲熏心、见利忘义之辈。想她开了个小茶馆本小利微,我那哑巴写字挣钱快,她想留下我的哑巴不让走,所以她就冒认丈夫,说我的哑巴是她的丈夫,并且血口喷人,说是我茶中下毒害了她的丈夫,你说我冤枉不冤枉。我想你既是想留住不让走,我们也乐得少管一人的闲饭,我走了算啦,谁料她得寸进尺,攥着我不放,攥到这里,我是被逼不过只好与她交手,我想着把她打败,让她知难而退算啦,谁料想我刚把她打败,这个大个就横插一杠,我又刚把他打败,刚要脱身,你这位高足不分好歹又拦住了我的去路,莫名其妙地又打了起来。事情就是这样,还望您老人家为我做主讨回这个公道。"雷万鹏闻听此言心中暗暗道:陈侠姑啊陈侠姑,常听人说你是女中魁首、巾帼英雄,谁料想你如此贪财忘义,见一个残疾人能挣钱,就冒认丈夫,如此说来,显得见你的人格也太低劣啦。今天我既然见到这个不平之事,我岂有坐视不管之理,不如我去到三塘茶馆教训教训你这个无知的丫头,替刁龙讨回这个武林公道。想到此说道:"刁龙,刁壮士,既是如此,今天我就随你到在三塘茶馆把你的哑巴讨回来就是。"刁龙心中暗想:好你个老杂毛,你果真上当了,只要你把陶文灿讨回来交给我,等将来我的父面南登基当了皇帝,到那个时候,我再杀你个老杂毛。想到此说:"如此说来,俺刁龙多谢您老人家。"雷万鹏说声:"陈宝,把你的柴担挑上,领我去见你姐。"就见陈宝挑起柴挑头前领路,刁龙、红孩、雷万鹏一行四人顺着大街直奔三塘茶馆而去,下回书才引出群雄大闹苏州城。

雷万鹏一行四人往前走,	顺着大街不消停。
这一回去到茶馆内,	下一回群雄大闹苏州城。
咱这里闭口不谈后来事,	把书岔开另有明,
回书再来表那个,	咱再说姑娘侠姑女英雄。
大姑娘回到茶楼内,	文灿急忙上前去接迎。
腹内有话难出口,	啊吧啊吧叫几声。
大姑娘见此情万分悲痛,	一伸手拉住了好相公。
拉住文灿把楼上,	陶文灿回头看看众弟兄。
千言万语难讲话,	眼掉泪随着贤妻上楼棚。
大姑娘伸双手抱住陶文灿,	见夫君想起来昔日之情,
忆当初咱夫妻相处在一起,	白天里习文化夜晚练武功。

读书读得你嗓子哑， 我给你捧茶润喉咙。
白天我练剑你指点， 夜晚你读书我支灯。
三月阳春天放暖， 咱夫妻一起跨马去踏青。
三伏天奴夫把功用， 为妻我摇扇为你送凉风。
过了十月金秋景， 转眼间数九天寒入隆冬。
你夜间读书我怕你冷， 妻为你掌火把暖增。
在一起相处六年整， 说不尽你恩我爱多有情。
自从咱夫妻分开手， 总盼夫君难相逢。
今日把丈夫盼到此， 谁料想你被贼陷害好伤情。
美男子被害成丑八怪， 我不心疼谁心疼。
都怨你妻我太无用， 不能手刃贼刁龙。
不能于你把仇报， 怎对起咱夫妻昔日情。
大姑娘一哭肝肠断， 一口黏痰往上涌。
天旋地转站不住， 抱住陶文灿哭死在楼棚。

你想叫谁谁不哭？丈夫被害得不像人样，姑娘能不心疼？抱住陶文灿哭得死去活来，一口黏痰往上一涌，就听见喉咙里一声响，只觉得天旋地转，抱住陶文灿"扑通"一声倒在地，哭死在绣楼上边。文灿心想：我妻对我如此有情有义，可我陶文灿今生今世就这个模样永远难讨我妻欢心，我若苟且偷生，活在世上，会让我妻终身痛苦。既然我妻对我如此有情，就让她多抱我一会儿吧，让她多抱我一会儿，然后我跳楼一死，虽说我妻当时难过，那只不过是暂时的，时间一久也就慢慢地淡忘了，想到此他也没有挣脱姑娘的怀抱，随着姑娘倒在地上。却说丫鬟春桃一看见姑娘拉住姑爹上楼啦，急忙倒了两杯香茶端上楼来。来到楼上一看，姑娘抱住姑爹哭死过去，有心上楼搭救还恐怕拆散人家夫妻恩爱，再说不去救还恐怕姑娘哭死时间长，真死了那可咋办。小丫鬟正在进退两难之时，雷万鹏一行四人走进茶馆。红孩眼尖，一眼便看见众位兄弟都在此喝茶："呀哈，众位师兄你们都在此啊？"众人急忙走上前去推金山倒玉柱，趴地叩头："师父在上，我们兄弟给您老人家叩头了，问声师父身体可好，虎驾可安？万万的纳福,您老人家一路辛苦了。""罢了,谈何辛苦,你们都在此啊,我问你们可找到你家大师哥了吗?""师父,不是说你找到俺大师哥了吗?""谁说哩?""不是说你跟俺大师哥在饭店吃饭哩吗?""谁说哩?""俺七弟张永说哩。""张永,你过来。""师父。""你啥时候见到俺和你大师哥在饭店里吃饭啦?""师父,只因弟子思念大师哥,昨天晚上在睡梦中梦见你和大师哥在一起吃饭啦。""唔,原来如此,看看,还是张永会做梦,你们都不会做梦。"众英雄心想:师父你可真会偏心,七弟说瞎话,我们何尝没有做梦啊,也无非我们都不说出来罢了。雷万鹏说:"罢啦,你们可见到一个哑巴吗?""见了。""哪里去了?""被那姑娘搀楼上去了。""嗯,你们都不要多言,坐在一旁。"一回身对着楼上喊道:"有请绣楼上盖三江玉美人陈侠姑下楼说话。"连喊三遍。大姑娘哭死过去了没有听见,可是第一声陶文灿就听见了,文灿心想:这不是俺师父的声音吗?这一下可好啦,我赶快下楼去见我的师父,想到此急忙挣脱了姑娘的怀抱,一瘸一拐走下楼来。单说丫鬟春桃一见姑爹走一楼去,有心招呼姑爹还想搭救姑娘,有心先救姑娘还担心姑爹有啥意外,前后两难,只站在楼门口发愣。却说雷万鹏一看见从楼上下来这个小哑巴,不知道怎么一回事,心中一阵酸楚,一滴眼泪落了下来,大吃一惊心想:这哑巴与我有啥瓜葛不成,我为何看见他如此地动心,急忙沾沾眼上的泪水。只见陶文灿来到近前眼望雷万鹏,雷万鹏说道:"小哑巴,你是他的哑巴吗?""嗯……"意思是说师父,你是我师父,我是徒儿。给你问安啦,我原来多高着哩,就是喝了他那碗茶,把我害成这样啦,给我个秤笆箩叫我来此要钱,楼上那大姑娘俺俩是两口子。雷万鹏一看心想:这哑巴还透聪明哩,一见我就知道我是个老英雄,又使礼又作揖,看多有礼貌。"不客气,我也称不上什么老英雄,你是在他家吃饭哩,怎么楼上那姑娘不让你走,不要紧,我给你做主,你随你的主人回去吧。刁龙你把他拉回去吧。"刁龙这家伙可美透啦,急忙上前深施一礼:"多谢雷老前辈为我讨回公道。小哑巴,走,随我回家吃饭去。"不容陶文灿不走,他拉着陶文灿走出了三塘茶馆。小春桃一见姑爹被刁龙拉走啦,这一惊非同小可,有心上前阻拦,已是来不及了,急忙上楼去救姑娘。就在这时,张永说话啦:"师父,你为何把那哑巴交于刁龙拉走。""哎,那是人家的哑巴。""你咋知道他是刁龙的哑巴?""刁龙说的。""那姑娘说这哑巴是人家的丈夫。""她是冒认。""你咋知道是冒认?""因为这哑巴写字值钱,比她卖茶挣钱来得快,所以她要冒认。""师父,你咋知道?""刁龙说的。""你和刁龙以前认识?""不认识啊。""既然不认识,刁龙的话你咋恁相信?""男子汉大丈夫嘛!""师父,你言之差矣。男子汉的话都应该相信吗?男子汉大丈夫不一定都是正人君子,男子汉大丈夫里边小儿之辈也是层出不穷、多如牛毛。说人家大姑娘是见利忘义,那简直是天大的空话,人家大姑娘侠肝义胆、仗义疏财,堪称巾帼英雄,胜过七尺男儿。说实话,既然是您老人家来啦,我也不用害怕啦,这哑巴是我在大街上为了捉弄俺家四哥才让俺四哥把他背来了,到了茶馆,姑娘一见到他就给五十两纹银,可是哑巴不要,姑娘认为他嫌少,又给他十枚金钱,又说给他十根金条,这能说人家见利忘义吗?可是无论给多少东西哑巴都不要,姑娘才问他会写字不会,哑巴才讨来笔墨纸砚,正与姑娘写字,刁龙来到这里要把哑巴拉走。姑娘为了让这哑巴继续写下去,才给他定下一字十两、一圈十两、一点也十两的价格,这事俺兄弟都在此,有目共睹,不是一开始就知道哑巴写字值钱哪。可是你老人家不分青红皂白就把这哑巴交给刁龙拉走,如果这哑巴真是人家姑娘的丈夫,那可如何是好?""张永你说咋办?""师父,我看您老人家是清楚一世糊涂一时,你应该把那刁龙叫回来然后再把姑娘叫下楼来,问问他丈夫家住哪里,姓啥名谁。人家姑娘如果说不出来,那就是冒认再叫他拉走不迟,要是姑娘能说出哑巴的名姓,就是人家的丈夫。可是你就这样没有得到姑娘的许可,就把哑巴交给刁龙拉走,一会姑娘到楼下问你要丈夫,你往哪儿给人家弄个丈夫哇?""啊,徒儿言之有理。"急忙来到门口:"呔,刁龙,刁壮士,你且回来,我有话讲。"刁龙一看走不了啦,只好拉住陶文灿又转回茶馆,却说丫鬟来到楼上抱起姑娘喊叫多时,姑娘这才慢慢醒来,睁眼一看怀内不见了自己的丈夫:"啊!丫鬟,你姑爷呢?""姑娘你可醒啦,是这么这么一回事。"大姑娘闻听只气得三尸神暴跳,五灵豪气飞空，一伸手拿过来游龙宝剑，来到楼下，用手一指骂道："呔，哪里来的老杂毛，没有得到本姑娘的许可，竟敢把我的丈夫交与别人拉走，你长了几个脑袋。"雷万鹏闻听说道："哦，想必你就是盖三江玉美人陈侠姑了。""正是你家姑奶奶。""嗯？为何出言不逊，张口骂人？""我骂你是轻的，我还要揍你个老杂毛！"她左一个老杂毛，右一个老杂毛，众英雄闻听拍案而起："好一个丫头竟敢叫骂我家师父，这还了得。兄弟，上。"众兄弟要群起而攻。这时候张永坐在一旁动也没动："哼，一群不要脸贼。""张永，想不到你如此不肖。""我怎么不肖？""她叫骂师父。""骂得轻，使劲骂，师父，要得公道打打颠倒，你没有得到人家姑娘的许可，就把人家的丈夫交与别人拉走。换作是你，人家没有得到你的许可把你的亲人交给别人拉走，你心里啥味啊？""哦，张永你说咋办？""师父，错是咱先错，人家姑娘在气头上，说话免不了有点刺耳，常言道，抬手不打笑面人。她说话再难听，你一个劲给她赔不是，她纵有天大的火，不是也发不出来吗？""嗯，也罢。"雷万鹏这才强压怒火，上前去施了一礼："姑娘，方才老朽多有冒犯，还望姑娘不要和我这老朽之人一般见识，姑娘暂息雷霆之怒，慢压虎狼之威，我这里给你赔礼了。""哼，我不领你这个情。""姑娘，大概你不知道我是谁吧？""你是谁呀？""我就是山东济南府震东侠飞天蜈蚣雷万鹏。""听说过，雷万鹏，你就想着你是山东武林领袖，就敢来到我苏州城撒野吗？你来到苏州也不称上四两棉花纺一纺，问上一问，你家姑奶奶我是好惹的吗？""姑娘，方才老夫一时粗鲁多有得罪，还望姑娘多多海涵，老朽我再次给你赔礼了。"雷万鹏把话说这个份上，姑娘的火已经息了下去，面上仍然是不屑一顾，只是哼了一声。雷万鹏问道："姑娘，这哑巴真是你丈夫吗？"这一句腾一声又把姑娘的火给点起来了："呸，不是我丈夫能是你丈夫。""姑娘你可知道你丈夫姓甚名谁？""我怎能不知道我丈夫姓甚名谁。""那你就把你丈夫的名字说出来让我听听。""我凭什么要把我丈夫的名字说出来让你听听呢？""你要不把你丈夫名字说出来，那就是冒认。""我冒认你该怎么着？我不冒认你又该怎么着？"春桃说："姑娘还是把俺姑爹的名字说给人家吧。""死丫头，你少说废话，我偏不给他说，看他能把我怎么着。""姑娘你不说我说。""死丫头你敢把你姑爹的名字说给别人知道，我把你舌头抠出来。"雷万鹏闻听大怒："好你个丫头竟敢如此狂妄，今天我要教训教训你这个无知之辈。""好吧，雷万鹏。今天就领教领教你的武林绝学，你进招好了。"两个人剑拔弩张，眼看就要动手。这时张永急忙拦住雷万鹏："师父，看看您老人家又发火了不是。""张永，我问她她又不说，我能不气吗？""师父，你这样问人家能说吗？""张永，那咋办？""师父哇，你这样的问法显然又得罪了人家，人家既然不愿说那就算啦，方才那哑巴给她写的有字，让她拿出来你一看不就知道啦。""嗯，也罢。姑娘，听说那哑巴给你写的有字，能不能拿出来让我看看？""呸，我凭什么把我丈夫的东西给你看呢？""姑娘，还是把俺姑爹写的东西拿下来让人家看吧。""死丫头，少废话。""你不去拿我去。""你敢，你敢把你姑爹写的东西交与别人，我把你爪子剁喽，蹄子给你砍喽。""姑娘，俺春桃跟随你这么多年，还从来没有见过你如此不近情理哩，说你又不说，又不让俺说，你又是砍俺的蹄子哩，又是剁俺的爪子哩。今天任凭你把蹄子给俺砍喽，爪子给俺剁喽，俺也要违背你这一回，我去拿去。"丫鬟到在楼上拿了下来："老人家，给，看吧。"雷万鹏接过来一看："啊！这哪是字啊，姑娘这是字吗？""哼，你看看你看看，你有那个能耐吗？你有那个本事吗？滥竽充数。""好你个丫头……""师父你……""张永，说她也不说，看又不是字……""师父，听说人家写的是梅花篆字呀，也别说篆字啦，就是平常字您老人家也是蚂蚁尿书上——湿（识）不了几个，怎能认识梅花篆字？""那你说咋办？""师父，这哑巴既会写篆字，肯定还会写普通的正楷字，让他用正楷字再把他的名字写一遍，不就行了吗？""嗯，哑巴，你能不能再用正楷字把你的名字给我写出来，让我看看，好吗？"陶文灿急忙给丫鬟使眼色，意思赶快给我拿笔去。丫鬟急忙上楼拿下来了，把纸往桌上一铺，文灿提笔在手，挥笔而就。雷万鹏一看："哎哈呀，我的大徒儿呀！""啊？师父，他是何人？""众位徒儿，你们哪曾知晓，他就是我的大徒儿，你们的大师兄陶文灿呀。""啊，师哥。""我的大徒儿。""我的大师兄。""我的官人。""我的姑爹呀！"

雷万鹏把文灿抱在怀中，真好比刀扎罗膈箭穿胸。
虎目中掉眼泪万分悲痛，连把我爱徒儿叫了几声。
自从徒儿离乡井，为师思念爱徒难安宁。
想爱徒盼弟子神魂不定，找爱徒我才离家庭。
千里寻徒来到此，想不到咱师徒如此相逢。
都怪为师太粗鲁，差一点又把爱徒坑。
爱徒儿暂受一时苦，为师我给你报仇杀刁龙。
雷万鹏说罢回头看，不见了贼人叫刁龙。
若问刁龙哪里去，刁龙贼见机关败露逃了生。
老侠客虎目圆瞪钢牙咬，连把徒儿们叫几声。
你们在此等一等，为师我前去追刁龙。
众英雄闻听开了口，连把恩师叫几声。
常言道杀鸡焉用宰牛刀，有事现有俺弟兄。
您老人家在此等一等，俺兄弟去追贼刁龙。
说罢话众位英雄离茶馆，好似猛虎崩开笼。
这时候赶会的众人都走去，一眼便看见贼刁龙。
骂声贼人哪里走，料你插翅难逃生。
上天赶你灵霄殿，入地狱赶你十八层。
你若跑到东洋海，赶你去到水晶宫。
今天拿住刁龙贼，刮骨熬油点天灯。
一边骂着一边赶，十字街就在面前停。
刁龙贼十字大街正北拐，眼看北门就在咫尺中。
眼看来到北门口，有一人迈步走进城。
若问来了哪一个，刁虎进城找刁龙。

刁虎迈步走进北门可喊开了："呔，刁龙大哥，大哥刁龙，你在哪里咧，我是你兄弟刁虎，进城来找你来了，买哩馍快些叫我吃点吧。"
刁龙一听："兄弟还吃馍哩，网包抬猪娃儿——蹄爪露出完啦。老叫

男人（三）

男子汉啊，该唱的歌儿唱罢唱呀，你爷爷的爹，爷爷唱嘴一个儿，可是唱孙儿口几下起报——嗓子你还会唱起来。"儿子一听说："好啦，不你是唱孙的儿子，难不到你的后代老是你死，爹斟下来不死就大八十有明明是老一次儿子，你爷的孩不是你死，有且佛寺，回到家中竟唤叫二爷爷道，叫接说你他们推一推，"哎呼死抗跑，大八了再死两旁经，王右谁家，就是命来苏州，也重对着的逐渐的来其之间。""哈啊，兄弟，都不到你却有神啊，跟络和北说，你想孩也不是老兄死之辈，来吗，咱们给他推上一推。"况则，举目一着，"嗨？我的爹一个，怎么死了两少啦，才相说：这时兄弟他们推过床头相推翻起了两个一地床就北，但是你们一膀住他的孩儿被闯抗了两个，眨睛二位没其有力给吗，但作他们两边一个到一阵呼，""花。""我推了了，你推了了，其余兄弟接我们两边找跳最起来。""着。""又苏推，"哎呀。""我们二位帮人围在床心，脏在血跑跳的像了了，落着没死了了，四人几分推开，一枯东来。

从前以国传了老与了了有。
一个儿捞着为了胸又来。
二个入海处上了红了老，
桑老跌骨朝来射入冷，
四个人工是来十万多，
不长者来及了吗。
这一个儿催来草不劲，
又有两个儿一少抖来探。
三了儿摔柏找且上多重碰，
连一盘都拖前道拖了五重，
了儿戴苍化蝶起千万绦，
又有他找一阵是接烟步，
贼向情者来了了体。

从队以图住了老与了打跳。
一个儿捞着为了胸又来。
二种从小鸭鸭小来冰。
若你捏落者者。
三种从小踹爆小来冰。
既向他拖娘了踹几了。
整推小你起老迷药吗与罄。
二他说晒聂了老娘了了。
都一个家用情几了。
了打一个儿搜熄了。
柴蒂美灵自粉竹仗拔双睦。
既何情老七多了重耕棒。
家乡了北了了。
紫艺不可按起事。
信一抓蟹趴到了了。
那作了又一斜老雄北王步。
既何信姜走了老。

183

一月里无有事,
佛爷出去经商卖,
要算账,三十六计走为上,
只留刀枪来看守。
南山上捕来了众奴才,
奴才呀一个被我难倒母,
命令小半晌里,
便用枷锁逼着走,
不勾减去卖不得。

二月里无有事,
尊有八月为上旬。
十有八人为大旗,
尊有八人为众信徒。
不勾非来卖不得,
四驾山上又攒足,
来载走来出火花,
装载来一丛百意车,
林林有树杂难计,
蚕丝力所捕获生,
卜问书中谈分明。